벤은 누구인가

벤은 누구인가

초판 1쇄 발행 2025년 1월 29일

지은이   서우석
펴낸이   이기봉
편집   좋은땅 편집팀
펴낸곳   도서출판 좋은땅
주소   서울특별시 마포구 양화로12길 26 지월드빌딩 (서교동 395-7)
전화   02)374-8616~7
팩스   02)374-8614
이메일   gworldbook@naver.com
홈페이지   www.g-world.co.kr

ISBN   979-11-388-3969-3 (03810)

당신의 역사를 기록해 드립니다

벤은 누구인가

서우석 지음

wha is ben

좋은땅

작가의 말

머나먼 미래를 주제로 한 내용의 소설이나 영화를 보면, 대부분 SF 장르이거나 현재의 모습은 전혀 남아 있지 않은 기계와 AI의 세상으로만 표현되곤 한다. 나는 누구도 예상할 수 없는 미래를 그렇게 획일화된 시각으로만 바라보고 싶지 않았다. 아무리 세상이 변화하고 과학 기술이 발전하더라도, 사람 사는 모습은 과거나 현재나 미래나 크게 다를 게 없을 거라 생각한다. 물론 지금과 똑같은 환경은 절대 유지되고 있지 못하겠지만, 그렇다고 지금 세계에 존재하고 있는 수많은 역사의 흔적들이 사라지진 않을 것이다. 따라서 이 소설은 22세기를 배경으로 하지만, SF 장르가 아니다. 미래에도 존재하는 흔한 보통 인간 한 명의 흥미진진한 삶을 이야기하는 리얼리티 성장 소설이라고 할 수 있다.

나는 사람 이야기를 쓰고 싶었다. 특별한 재능을 가진 것도 아닌, 금수저를 물고 태어난 것도 아닌, 그저 평범한 한 사람의 일대기를. 인생은 끊임없는 선택과 변수의 집합이다. '나는 아니겠지' 했던 일들이 '모두에게나 언제든' 일어날 수 있는 일들이다. 누구나 각자의 인생에서 본인이 주인공이 된다. 어딘가 익숙하지만 공감되는 이 책의 주인공과 여러분의 삶을 비교해 보고, 주인공의 입장에 여러분의 인생을 대입해 보면서 스스로 어떻게 살아가고 있는지 되돌아볼 수 있는 시간이 되길 바란다. 끝으로 이 책을 선택해 주신 여러분들께 감사의 뜻을 전한다.

목차

프롤로그

시대 배경은 22세기 초반. 극도로 발전된 과학 기술은 부모의 DNA 조합만으로 어떠한 자식이 태어날지 예측해 낼 수 있게 만들었다. 신체조건, 성격, 인류에 미칠 영향력 등등 99%의 정확도로 새 생명의 데이터를 미리 확인 가능한 세상이다. 그리고 파괴되어 가고 있는 환경을 지키겠다는 명목하에, 인류는 자발적으로 새로운 생명의 탄생을 제한하고 있다. 전 세계에서 하루에 태어날 수 있는 인간의 수는 최대 100,000명으로 공식 규정되어 있다. 따라서 출산 계획이 있다면 미리 WBEO(세계출산심사위원회)에 신청을 하고 허가를 받아야 한다. 제출해야 할 서류가 많고 심사 과정이 까다롭기 때문에 출산 허가를 받는 것은 굉장히 어려운 일이다.

그리고 여기 벤(Ben)이 있다. 20세기에 태어났지만, 어째서인지 늙지도 않고 22세기까지 살아가고 있다. 그는 누구일까.

벤(Ben)의 직업은 '인간 기록원'. 심각한 인구 감소 문제로 인간 하나하나의 가치가 높아진 22세기 세상 속에서, 새롭게 태어난 한 생명의 일생을 관찰하고 기록하여 역사에 남기는 일이 생겨났다. '인간 기록원'은 간단하지만 막중한 책임감이 요구되는 직업이다. 한 사람의 인생을 들여다본다는 것은 위험하고도 조심스러운 행위이기 때문이다. 따라서

'인간 기록원'이 되는 방법은 쉽지 않다. 우선 우수한 신체 상태가 필수이다. 담당 인간의 모든 일상을 바라보며 기록하기 위해선 체력과 건강은 반드시 최상의 상태를 유지할 수 있어야 한다. 당연히 정상적인 인성을 지니고 있어야 하며, 또 섬세한 관찰 능력과 변수 대처 능력 역시 필요로 한다. 사소한 것도 놓치지 않고, 예상치 못한 상황 속에서도 절대 당황하지 않은 채 맡은 일을 해내야만 한다. 이러한 조건들이 충족될 때 '인간 기록원'으로 선발될 수 있다. 그렇게 선발된 모든 이들은 반드시 따라야 할 규칙이 있다. 이는 다음과 같다.

1. 담당하는 인간의 삶에 절대 개입하지 말 것.
2. 자신을 담당하는 기록원이 누군지 모르게 할 것.
3. 맡은 기간 내에서 최대한 자세히 관찰하고 기록할 것.

펼쳐질 이야기는 벤(Ben)이 기록하고 있는 단순 기록지가 아니다. 벤(Ben)이 전달해 주는 한 사람의 전기라고 할 수 있다. '인간 기록원' 벤(Ben)의 시점에서 자신이 담당하는 인간의 일생을 바라보는. 벤(Ben)이 그려 내는 주인공의 일상부터, 중간중간 벤(Ben)이 평가하는 주인공에 대한 코멘트까지. 자신도 모르는 사이 누군가 당신의 삶을 하나의 역사로 기록해 주고 있다면 당신은 어떻겠는가.

I

1만남에 우연이 있을까

　2109년 8월 30일. 오늘은 이탈리아에서 유일한 생명이 탄생하는 날이다. 나는 현재 로마(Rome)에 거주 중이다. 얼마 전에 미리 이탈리아인을 담당해야 한다는 사실을 알게 되었다. 그래서 먼저 적응을 위해 이탈리아에서 생활하고 있다. 하지만 로마에서 태어나는 아이는 아니다. '인간 기록원'이 되고 맞이한 첫 번째 대상자의 부모는 현재 피렌체(Florence)에 거주 중이다. 그런데 또 아이는 시칠리아(Sicily)에서 출산할 계획이라고 한다. 섬에서 태어나는 아이가 기운이 좋다나 뭐라나. 더 멀리 가야 하는 번거로움이 있지만, 괜찮다. 내가 담당할 아이의 부모는 확실히 좋은 사람들로 보인다. 부모의 좋은 DNA가 많이 섞인 훌륭한 아이가 탄생했으면. 아니, 사실 훌륭하지 않아도 상관없다. 모든 인간은 태어나 살아가는 것 자체만으로도 존중받아야 하는 존재다. 함부로 타인의 훌륭함을 평가할 수는 없다. 남들과 비교할 필요도 남들보다 특별할 필요도 없다. 평범한 인생만큼 어려운 인생이 없다. 그저 평범하게 건강하게 행복하게 자라기만을 바랄 뿐이다.

　아침 일찍 시칠리아행 열차에 탑승했다. 날이 좋지 않은 거 같다. 금방이라도 한바탕 쏟아 낼 것만 같은 어두운 하늘에 짙은 먹구름이 가득

　　　　　　　　　　　　　벤은 누구인가

하다. 출발을 앞둔 열차 창문 너머로 결국 굵은 빗방울이 떨어지기 시작
했다. 무사히 도착할 수 있을지 모르겠다.

　장대비가 양팔을 따끔하게 때리며 나를 반긴다. 과거 데이터에 따르
면 시칠리아는 온화한 날씨 속 지상 낙원과 같은 곳이었다고 한다. 그런
시칠리아에 이렇게 사나운 비가 내리는 날이 오다니. 그래서 오히려 더
기대된다. 잠시 후 만날 아이는 어떤 사람이 될지.

　아이는 오후 7시쯤 세상에 나올 예정이다. 날이 좋았다면 시칠리아
구경도 좀 하려고 했건만. 어쩔 수 없지 뭐. 바로 병원 근처 숙소에 도착
했다. 준비할 건 크게 두 가지이다. 기록할 책과 카메라. 책과 카메라를
쓰는 '인간 기록원'은 아마 전 세계에서 내가 유일할 것이다. 다들 다양
한 최첨단 기술을 활용하지만, 왠지 난 아직도 과거의 것들이 익숙하고
편하다. 준비는 다 끝났다. 아침까지만 해도 떨리지 않았는데, 이제 조
금씩 떨려 온다. 직접 만날 일은 없겠지만, 그래도 오랜 시간 동안 지켜
볼 아이와의 첫 만남이다. 서로가 서로에게 선택받은 운명적인 인연.

　오후 6시 30분. 병원에 도착했다. 오늘은 이탈리아에서 이 아이만 태
어나는 날이라 그런지, 그 순간을 함께하려는 많은 외부인으로 병원이
북적거린다. 정신없는 건 딱 질색인데. 정신 집중해서 내 할 일을 해야
한다. 처음 온 병원인데 사람들까지 많으니 어디로 가야 하나 방황하고
있던 그때. 저 멀리서 울고 있는 한 남자를 발견했다. 아이의 아버지이
다. 왜 벌써 저리 펑펑 울고 있는지 의아한 감정이 들었지만, 이내 이해

되기 시작했다. 저 부모의 과거 기록 데이터가 떠올랐기 때문이다. 저들은 몇 년 전, WBEO로부터 출산 허가를 받은 적이 이미 한 번 있었다. 그러나 그렇게 허가받은 새 생명의 탄생을 기다리던 부부에게 절망적인 일이 발생했다. 유산이었다. 누구보다 자식을 기다리고 바라던 부부에게는 세상이 무너진 순간이었을 것이다. 심지어 까다로운 절차를 통과해 허가받은 소중한 첫 번째 아이를 잃었으니 그 허무함과 비통함은 감히 내가 상상할 수 없을 것이다.

하지만 부부는 포기하지 않았다. 절망적인 상황이 펼쳐졌지만, 희망을 놓지 않았다. 사실 시칠리아에서 아이를 낳는 이유도 간절함 때문이었다. 유산 이후 어느 날 부부의 꿈에 누군가 나타나 다음 아이는 꼭 섬에서 낳아야 한다는 말을 하고 사라졌다고 한다. 꿈을 믿지 않는 사람들에게는 그저 의미 없는 개꿈으로 받아들일 일이셨지만, 저들에게는 희망을 품고 다시 시작할 수 있는 계기가 된 날이었다. 그렇게 몇 년이 흘러, 지금 저 안에서 곧 태어날 아이를 맞이할 준비를 하고 있다. 부부가 함께 붙잡고 있던 간절함과 기적이 오늘 탄생한다.

"으애애앵"

오후 7시 9분. 아이가 세상으로 나왔다. 우는 목소리부터 범상치 않다. 잠시 후, 의사가 문을 열고 나온다. 문밖에는 수많은 사람과 기자들이 초조한 마음으로 조용히 기다리고 있다. 많은 인파에 살짝 당황한 표정을 지은 의사는 목을 몇 번 가다듬고는 짧게 한마디 하고 들어갔다.

벤은 누구인가

"아이와 산모 모두 건강합니다."

환호와 박수 소리가 병원을 가득 채운다. 하지만 내 눈에는 오로지 아직
도 울고 있는 아이의 아버지만 보일 뿐이다. 물론 울음의 의미 변화는 확실
히 느껴진다. 조금 전까지만 해도 불안함의 눈물이었다면, 지금은 감사함
의 눈물이다. 왠지 모르게 나도 울컥한다. 당장이라도 저 아이 아버지를 토
닥거리며 축하해 주고 싶지만, 참아야겠지. 화장실로 가 찬물로 세수하며
거울을 보고 말했다.

"넌 지금 일하는 중이다."

이제 본격적인 일이 시작된다. 신생아실로 이동한 아이와 첫인사를 하러
가는 발걸음이 빨라진다. 과연 어떤 아이일까. 과거 신생아실에는 여러 아
이가 다닥다닥 붙어 있어, 친지들이 찾아와도 아이를 한 번에 찾기가 어려
웠다고 한다. 하지만 지금은 저 방 안에 오직 저 아이뿐이다. 벌써 신생아
실 유리 앞에는 사람들이 하나둘씩 자리를 잡고 아이를 구경하고 있다. 도
대체 왜 남의 집 아이를 저렇게까지 궁금해하는지 싶지만, 이해는 된다. 오
늘, 2109년 8월 30일에 태어난 이탈리아인은 저 아이가 유일하기 때문이
다. 사람들이 조금 빠지길 기다렸다. 잠시 후, 드디어 유리창 바로 앞에 자
리를 잡고 섰다. 아이의 모습이 동공에 가득 들어온다.

동그랗고 작은 두상. 진하게 새겨진 쌍꺼풀. 똘똘한 눈과 오뚝한 코. 슬
며시 짓고 있는 미소와 포동포동한 볼살. 살포시 놓여 있는 아기자기한 팔

다리. 그리고 눈에 들어온 아이의 성별. 고놈 참 멋있게 생겼네. 이름표를 발견했다. 아이의 이름은 우디(Woody). 내 얼굴에도 미소가 가득해진 기분이다. 나랑 아무 관계도 없는 아이에게 왠지 모를 유대감이 벌써 형성되는 것만 같다. 유리 너머 아이에게 속삭였다.

"무럭무럭 건강하게 자라렴. 네 역사는 내가 열심히 기록해 줄게."

시간이 흐르고, 남아 있던 사람들도 금방 사라졌다. 그리고 회복실에서 나온 산모가 우디를 보러 왔다. 우디 어머니와의 첫 만남이다. 우디를 바라보며 세상 그 어떤 누구보다 행복한 표정을 짓는 우디 어머니. 나는 그 모습을 멍하니 바라보고 서 있다. 알 수 없는 감정이 올라온다. 뭐지 이 기분은. 슬픈 상황도 아닌데. 두 뺨을 타고 무언가 흘러내리고 있다.

입원 5일 차. 우디 어머니는 충분한 회복 기간을 가진 후 오늘 퇴원한다. 일반적으로 3일이 지나면 퇴원하지만, 우디 어머니는 시간이 조금 더 필요했다. 우디 어머니의 기력이 많이 빠져 보인다. 물론 출산 후라 그렇겠지만, 기본적으로 몸이 튼튼한 편은 아니다. 그렇기 때문에 앞으로 더 신경 쓰고 더 조심하며 건강을 챙길 필요가 있다. 우디도 어머니도 아버지도 모두 무탈하길.

벤은 누구인가

"벤(Ben)과 우디(Woody)의 운명적 만남"

넘치는 사랑

우디의 삶을 상세히 기록할 수 있는 법은 간단하다. '인간 기록원'을 관리하는 본사에서 곧 태어날 예정인 아이의 임부에게 초소형 알약을 제공한다. 임부가 삼킨 알약 안에는 인간에게 무해한 탐지기가 들어 있다. 약은 임부의 몸속으로 들어가 눈에 보이지도 않을 크기로 더 작아진 후, 알아서 태아의 몸속으로 한 번 더 들어간다. 태아의 몸에 들어간 탐지기는 아이가 성장하고 살아가는 모든 순간을 함께한다. 탐지기의 주요 기능은 해당 인간이 어떤 말을 하고 어떤 소리를 듣고 어떤 것을 보고 어떤 감정을 느끼고 어떤 표정과 몸짓을 하고 있는지 알 수 있다는 것이다. 이 탐지기가 보내 주는 모든 모습은 오로지 담당 기록원만 볼 수 있다. 그렇다면 '인간 기록원'은 어떻게 일하는 것일까. 기록원에 합격한 즉시 또 다른 알약 하나를 준다. 그 약에는 두 가지 기능이 있다. 첫 번째 기능은 약에 들어 있는 초소형 기기가 나중에 담당 인간이 정해지면 그 인간의 몸속 탐지기와 연결해 주는 것이다. 이렇게 연결된 탐지기가 보여 주는 담당 인간의 모든 순간을 기록원은 관찰하고 기록하게된다. 또 다른 기능은 기록원 본인의 과거 경험과 감정이 객관적인 기록을 방해하지 않도록 지금껏 살았던 모든 기억을 지우는 것이다. 그래서 더욱 '인간 기록원'이 되기란 큰 결심이 필요하다. 물론 그 결심을 내리

벤은 누구인가

고 합격만 한다면, 남은 삶을 풍족하게 살아갈 수 있는 재정적인 지원과 보상이 제공된다. 어쨌든, 나는 과거 기억이 없다.

우디는 어머니의 품에 안겨 피렌체로 왔다. 피렌체만의 고즈넉한 공기가 잠든 우디의 피부에 닿으며 새 생명을 반긴다. 집에 도착했다. 우디 부모님의 집이자 앞으로 우디가 지내게 될 집은 피렌체 도심에서 조금 벗어난 곳에 자리 잡고 있다. 과하게 크지 않고 3인이 살기에 딱 적당한 크기이자, 피렌체만의 감성이 살아 있는 아늑한 집이다. 우디 어머니는 이미 준비되어 있던 우디의 방에 들어가 작디작은 침대에 우디를 눕힌다. 피렌체 집까지 도착하는 내내 우디는 한 번도 울지 않았다. 대부분의 신생아들은 시도 때도 없이 울음을 터트리곤 하지만, 우디는 달랐다. 새근새근 잠든 채 조용히 집까지 이동한 우디. 우디가 지닌 선천적인 성격이 벌써 예측 가능하다.

이제 우디를 주인공으로 하는 길고 긴 영화가 본격적으로 시작된다.

2110년 가을. 우디가 태어난 지 1년이 넘어가고 있다. 별 탈 없이 부모님의 아낌없는 사랑을 받으며 자라는 우디에게 얼마 전부터 좋지 않은 징조가 나타나기 시작했다. 가끔 잠을 자다 깨서는 가슴이 불편한지 그 작은 손으로 가슴 주위를 톡톡톡 치는 우디. 그러던 어느 날, 그 정도가 심했는지 울음을 터트리고 만다. 결국 아버지의 등에 업혀 병원으로 향하는 우디. 병원에 도착한 우디가 또다시 가슴을 움켜쥔다.

"우디야? 아들? 많이 아파?"

    힘들어하는 우디의 모습에 부모님의 표정이 걱정으로 가득해지며 심란해진다. 긴 대기 시간이 끝나고 우디의 진료 차례. 양손에 부모님의 손을 잡고 진료실로 들어가는 우디. 의사는 짧은 진단을 마치고 보호자 한 분만 남고 한 분은 우디를 데리고 나가 주길 요청한다. 우디 아버지가 우디를 데리고 밖으로 나간다. 진료실에 혼자 남은 우디 어머니는 침을 꼴딱 삼킨다. 이내 의사가 작은 한숨을 내쉬며 입을 연다.

"우디가... 심장이 좋지는 않습니다."
"얼마나... 어떻게... 안 좋은 겁니까...?"
"심한 수준은 아닙니다. 쉽게 말해서, 스트레스성 심장 질환이라고 이해하시면 됩니다."
"스트레스성... 이요...?"
"그렇습니다. 우디가 뇌에서 일정 정도의 스트레스를 인지하게 되면 즉시 심장으로 전해져 심장을 빨리 뛰게 하거나 쿡쿡 찌르는 듯한 통증을 유발합니다."
"아... 이런 병도 있군요..."
"그래도 다행인 점은 다른 일상생활에 문제는 없을 것입니다. 심지어 운동을 해도 괜찮습니다. 우디의 병은 스트레스에만 직결된 문제입니다."
"최대한 스트레스를 받지 않도록 해야겠군요."
"네. 극도의 스트레스가 지속되면 일상생활도 힘들어질 수 있기 때문에 평소 우디가 스트레스 관리 능력을 키울 수 있도록 교육하시는 방향이 좋겠습니다."

"알겠습니다. 감사합니다."

스트레스로 인한 심장병. 어쩔 수 없이 심장에 불편함을 느끼며 살아야 하는 우디의 선천적 문제가 발견됐다. 진료실을 나온 우디 어머니는 아무 말도 없이 우디의 손을 잡고 집으로 향한다. 집에 도착하고 피곤해하는 우디를 방에 눕혀 재우곤 부엌에 나와 대화를 나누는 부모님.

"하... 우리 아들 어떡해..."

"괜찮을 거야. 스트레스만 안 받으면 되니까. 우리가 더 노력하자."

"그래야지... 우디한테 이 사실은 언제 알려 줘야 하나..."

"좀 더 크고. 학교도 다니고. 정체성이 확립될 시기에 알려 주자."

아들 걱정에 긴 시간 심오한 대화가 이어진다. 아무것도 모르고 잠에 든 우디. 인생을 살다 보면 크고 작은 스트레스는 언제든 발생할 수밖에 없다. 우디의 심장 문제는 우디가 평생 가지고 가야 할 선천적 이슈이기 때문에 우디 본인이 커 가면서 직접 겪어 보고 적응하고 또 유연하게 대처해 낼 수 있는 방법을 스스로 만들어 나갈 수 있길 바랄 뿐이다. 긴 인생 동안 어떤 일들이 우디 앞에 펼쳐질지 모르니.

2113년 여름. 우디는 빠르게 성장했고 벌써 뛰어다니며 집 안을 휘젓고 다닌다. 특히 집에 굴러다니는 미니 사이즈의 축구공을 발에서 떼질 않을 정도로 차고 다니는 우디. 축구에 관심이 있는 걸까. 이렇게 활동적인 우디를 데리고 부모님은 오랜만에 밀라노(Milan)에 있는 대형 쇼핑몰에 놀러 나왔다. 한여름 더위를 피해 온 수많은 사람들로 쇼핑몰이 북적거린다. 쇼핑몰 내부는 다양한 음식점부터 영화관, 서점 등등 없는 게 없을 정도다. 특히 이곳에서 가장 유명한 것은 단연 초대형 수족관이다. 이탈리아에서 가장 큰 수족관이 이곳에 들어와 있다. 수족관에 처음 와 본 우디는 모든 게 신기하다. 입구에서부터 거대한 고래가 우디를 반긴다. 놀랄 법도 한 우디지만, 무섭지도 않은지 고래 앞으로 다가간다. 고래와 우디 사이의 거리는 이들을 막고 있는 유리창 하나뿐이다. 마치 고래와 교감을 나누고 있어 보이는 우디. 다음 구역을 넘어가니 열대어가 모여 있기도 하며, 또 다른 구역에는 펭귄이 헤엄치고 있기도 한다. 정말 다양한 종류의 해양 생물들이 총집합해 있다. 우디는 신나서 수족관 구석구석을 돌아다니고 있다. 그런 우디를 잃어버리지 않기 위해 부모님은 우디에게서 눈을 떼지 못한다. 우디가 신비로운 수족관 여행을 끝내고 나오자, 각종 해양 생물들을 캐릭터로 만든 기념품 가게가 출구 앞에 자리 잡고 있다. 이를 그냥 두고 넘어갈 일이 없다. 한창 인형과 장난감에 관심이 많을 나이의 우디. 이것저것 들어 보며 사 달라고 떼를 쓴다. 우디 어머니는 다 사 줄 수는 없다며 한 가지만 고르라고 말한다. 우디는 더 이상 떼쓰지 않고 신중히 고민하기 시작한다. 어린아이의 소박한 것에 대한 저 진지함에 우디 어머니의 입가가 미소로 가득하다.

고심 끝에 인형 하나를 골라 어머니에게 전달한 우디. 어머니는 우디에게 옆에 꼭 붙어 있으라는 말을 하며 계산하기 위해 카운터에 선다. 급한 성격의 아버지는 가게 밖으로 먼저 나가 우디와 어머니가 나오길 기다리고 있다. 그때, 어머니 옆에 얌전히 서 있던 우디의 시선을 사로잡는 고래 홀로그램. 우디의 눈에는 하늘을 날아다니는 고래로 보일 뿐이다. 누군가 걸어가며 틀어 놓은 고래 홀로그램에 눈을 떼지 못하는 우디. 멀어져 가는 고래를 우디가 놓치고 싶지 않나 보다. 고래를 홀린 듯 꽂혀 따라가는 우디. 가게는 정문이 있고 옆쪽에 작은 쪽문이 있다. 하늘을 나는 고래가 쪽문을 열고 밖으로 나간다. 그리고 우디도 함께 따라 나간다. 어머니는 계산에 집중하고 있다. 아버지는 정문만 주시하고 있다. 우디가 태어난 이후로 부모님과 최대로 떨어지고 있다. 점점 멀어진다. 우디가 고래를 따라 여행을 떠났다.

"우디야~ 여기 있다~ 우디가 사고 싶다던..."

계산을 끝마치고 우디를 부르며 돌아선 어머니가 말을 잇지 못한다. 우디가 사라졌다. 곧장 다급하게 우디를 부른다.

"우디야? 우디야! 우디야!!!"

어머니의 모습을 지켜보던 아버지도 놀라 가게 안으로 뛰어 들어온다. 격양된 목소리로 어머니에게 묻는다.

"우디 어딨어! 어디로 간 거야! 우디야!!"

주위를 빈틈없이 둘러보며 큰 목소리로 우디를 부르지만, 역시 보이지 않고 대답도 없는 우디. 그렇게 대형사고가 발생하고 말았다.

그 시각, 우디는 고래를 따라 길고 긴 쇼핑몰 복도를 하염없이 걷고 있다. 매장 안에 우디가 없다는 걸 확인한 부모님은 밖으로 뛰쳐나간다. 인산인해를 이루고 있는 쇼핑몰. 이곳에서 사라진 작디작은 우디를 직접 돌아다니며 눈으로만 찾기란 사실상 불가능에 가깝다. 그러나 이성을 잃은 우디 아버지는 쇼핑몰이 울릴 정도로 우디를 울부짖으며 돌아다닌다. 반면어머니는 이성의 끈을 놓지 않고 곧장 안내 데스크로 달려가 아이를 찾아달라는 방송을 요청한다.

"우리 아들 좀 찾아 주세요! 이름은 우디. 이제 네 살 되는 아이예요. 노란색 옷에 파란색 모자 쓰고 있어요. 제발..."
"어머님. 진정하세요. 저희가 바로 방송해 보도록 하겠습니다."

우디 어머니의 간곡하고 긴급한 부탁에 안내 데스크 직원도 급히 상황실에 전화를 돌린다. 그로부터 30초 정도 만에 쇼핑몰 전 구역에서 들릴 정도의 큰 음성으로 스피커를 통해 안내 방송이 흘러나온다.

"아이를 찾습니다. 이름은 우디. 네 살 정도 되었으며, 노란 티와 파란 모자를 쓰고 있습니다. 해당 아이를 발견하시면 주변 안내 요원 및 직원에게 말씀해 주시면 감사하겠습니다. 다시 한번..."

방송이 나오곤 있지만 우디 어머니와 아버지의 발걸음은 멈추지 않는다. 우디를 찾아 쇼핑몰 구석구석을 뒤진다. 불안한 시간은 속절없이 10분여가 흘러 버린다. 우디는 어디에 있는 걸까.

벤은 누구인가

이곳 쇼핑몰에서 눈이 뒤집힌 채 뛰어다니는 사람은 우디 어머니와 아버지가 유일하다. 누가 봐도 방송에 나온 아이의 부모다. 우디 어머니가 한 층을 다 돌아보고 위층으로 올라가려는 그 순간. 저 멀리서 누군가 소리친다.

"여기요!!! 어머님!!"

우디 어머니의 귀가 쫑긋한다. 소리가 나는 쪽을 휙 돌아본다. 20대 중반 정도로 보이는 한 커플이 어머니 쪽으로 손을 흔들며 이쪽이라며 큰 목소리로 부르고 있다. 어머니는 부리나케 그 커플이 있는 쪽으로 뛰어간다. 그리고 그들의 손을 잡은 채 뒤에 쭈글쭈글하게 서 있는 우디가 어머니 시야에 들어온다.

"아이고... 우디야..."

어머니가 한숨 섞인 목소리로 우디를 부른다. 그러곤 긴장이 풀렸는지 자리에 풀썩 주저앉는다. 우디가 그제서야 울음을 터트리며 어머니를 애타게 부르면서 달려가 꼭 안긴다.

"어마아아...!!!"
"우디야... 엄마가 미안해... 무서웠지... 엄마가 미안해..."

우디가 어머니에게 안겨 서럽게 운다. 어머니는 우디를 진정시키며 등을 토닥여 준다. 때마침 우디 아버지도 그곳을 지나가다 사람들이 모여 있는 걸 발견하고는 다가와 우디와 어머니임을 확인한다. 아버지는 머리를 감싸 쥔 뒤 자신의 허벅지를 세게 움켜쥐며 고개를 푹 숙이고 안도의 한숨을 크게 내쉰다. 주변에서 누군가 박수를 치며 큰 소리를 낸다.

"다행이에요! 찾으셔서 정말 다행입니다!"

그 말이 끝남과 동시에 이곳저곳에서 같은 말과 같은 박수가 나오기 시작한다. 그렇게 쇼핑몰을 뒤집어 놓은 우디의 일명 "고래 여행" 실종 사건은 끝이 났다. 이젠 절대 놓지 않겠다는 의지가 느껴지는 어머니의 품에 안긴 채 집에 돌아온 우디는 피곤했는지 이번엔 바로 꿈나라 여행을 떠난다. 잠든 우디를 두고 부엌에 마주 보고 앉은 어머니와 아버지.

"오늘 고생 많았어. 내가 우디한테 집중을 못 했어..."
"아니야... 당신 잘못 아니야. 성격이 급해서 먼저 나가 있었던 내 잘못도 있어..."
"우디가 스트레스 많이 받았을까...? 심장 괜찮겠지...?"
"괜찮을 거야... 우디한테는 세상 여행이었을 거야..."
"하... 우디한테 트라우마로 남으면 안 될 텐데..."
"아닐 거야... 크면 다 잊을 수 있을 거야..."
"그래야 할 텐데... 어찌 됐든, 우리 앞으로 우디한테 더 집중하자."
"한시도 놓치지 않고 지켜봐야지. 더 아끼고 더 사랑해 줘야 돼."

우디 걱정뿐인 긴 대화. 결론은 우디에게 지금까지보다도 더 큰 사랑을 주자. 그야말로 넘치는 사랑이다. 우디가 이런 부모님을 만난 것도 엄청난 행운이자 타고난 복이 아닐까. 우디도 얼른 나이를 더 먹고 부모님께 받은 사랑만큼. 아니. 그보다 더 큰 사랑을 돌려 드리는 시간이 오길 기다린다. 세상 그 어떤 누구보다 가장 소중한 존재는 부모이기에.

"고래는 드넓은 바다를
끝없이 헤엄친다."

II

유년의 결핍

2115년 8월 30일. 우디의 여섯 번째 생일이다. 조금은 특별한 날이다. 다음 주면 우디가 드디어 학교에 가는 날이기 때문이다. 한시도 떨어지지 않고 부모님의 지극한 사랑만 받아 오던 우디에게 처음 새로운 사람을 만날 기회가 찾아온다. 하지만 부모의 눈에는 여전히 학교에 보내자니 걱정뿐인 꼬마 아이다. 우디 어머니가 케이크를 앞에 두고 마냥 신나 있는 우디에게 묻는다.

"우디야. 다음 주면 드디어 학교 가네? 기분이 어때?"
"좋아! 기뻐! 기대해!"

아직 서툰 표현 방식이지만 확실한 자신의 기분을 나타내는 우디. 우디의 당차고 해맑은 모습에 어머니는 미소를 지으며 안심의 한숨을 내쉰다. 이제부터 "학생 우디"의 평범하지만 예측할 수 없는 특별한 이야기가 펼쳐진다.

과거와 현재의 필수 교육 과정엔 큰 차이가 하나 있는데, 바로 학교 형태이다. 과거 초등학교, 중학교, 고등학교가 따로 분류되어 있었다면,

현대에는 세 학교가 모두 통합된 거대한 구역 내에서 함께 생활한다. 마치 대학교처럼 넓은 땅에 여러 건물이 있는 체재와 유사하다. 초등교육을 1단계, 중등교육을 2단계, 고등교육을 3단계로 지정해 단계별로 수료해 나가는 시스템이다. 초등교육관에서 1단계 5년을 마치면, 옆에 있는 중등교육관으로 이동해 2단계 4년을 시작한다. 마지막으로 고등교육관으로 이동해 3단계 4년을 마무리해야 모든 교육 과정을 이수할 수 있다. 이것이 현대 교육의 가장 큰 특징이다.

우디가 앞으로 다니게 될 피렌체 학교는 이탈리아 전체를 놓고 봐도 손에 꼽힐 정도의 오래된 명문 학교다. 역사와 전통을 자랑하지만, 그만큼 시설이나 건물은 타 지역 학교들에 비해 낙후된 편이다. 개학 날이 밝았다. 우디의 집이 있는 피렌체 5구역에서 학교는 걸어서 5분 정도 거리로 굉장히 가깝다. 어머니의 손을 잡고 들뜬 발걸음으로 학교를 향해 걸어가는 우디. 피렌체 학교의 교문은 특색이 있는 편은 아니다. 주황빛 벽돌로 지어진 기둥이 양옆에 나란히 서서 긴 세월 학생들을 반기고 있다. 교문을 들어서면 바로 앞에 엄청난 크기의 운동장이 떡하니 학교 정중앙을 차지하고 있다. 운동장을 가운데에 두고 우측으로 초등교육관이, 좌측으로 중등교육관과 고등교육관이 배치되어 있다. 우디는 교문을 통과하곤 바로 오른쪽으로 돌아 초등교육관 1층으로 들어간다. 작은 수족관이 우디의 눈을 사로잡는다. 다양한 종류의 작은 물고기들이 헤엄치고 있다. 우디는 곧장 뛰어가 수족관 유리에 얼굴을 붙이고 물고기와 대화를 시도한다. 그런 우디의 머리를 쓰다듬으며 주위 시설을 천천히 둘러보는 어머니. 우디는 1학년 5반을 배정받았다. 1층부터 1학년이 사용하고 순서대로 올라가며 5층을 5학년이 사용하는 건물의 구조다.

어머니는 물고기와 대화를 마친 우디의 손을 다시 잡고 5반이 있는 방향으로 복도를 걷는다. 복도는 이미 아이들과 그들의 손을 잡고 돌아다니는 부모들로 북적거린다. 5반 앞에 도착하자 담임선생님으로 보이는 여자가 학부모들과 웃으며 대화하고 있다. 어머니가 우디를 이끌고 여자 앞으로 다가간다.

"혹시 5반 담임선생님 되시나요?"
"네~ 어머님~ 안녕하세요~"

우디 어머니와 담임선생님이 짧은 인사를 주고받는다. 그 모습을 고개를 치켜들고 멀뚱멀뚱 바라보고 있는 우디. 대화가 끝날 무렵에야 우디와 눈이 마주친 담임선생님은 우디에게 반갑게 인사한다.

"네가 우디구나~ 반가워~ 담임선생님이야~"

역시 낯을 가리는 우디는 한 발짝 물러나며 고개만 숙이며 말없이 선생님에게 인사한다. 귀여운 이 행동에 우디 어머니와 선생님은 눈을 마주치고 작게 웃는다. 서로 잘 부탁한다는 말과 함께 대화를 마치고 선생님은 교실로 먼저 들어간다. 어머니는 한쪽 무릎을 꿇고 우디와 눈높이를 맞추며 우디의 옷과 머리를 정리해 준다. 그러곤 미소를 가득 담아 우디를 바라보며 말한다.

벤은 누구인가

"우리 아들! 오늘부터 학교생활 시작이네~ 선생님 말씀 잘 듣고! 친구들이랑 잘 지내고! 재밌게 다니자~ 파이팅!"

우디는 어머니를 따라 하며 주먹을 불끈 쥐고는 교실로 들어간다. 뒤에서 보면 똑같이 작고 소중해 구분하기 힘들 정도인 아이들이 본인들보다 큰 의자에 앉아 있다. 담임선생님의 소개를 시작으로 첫 수업이 시작된다. 우디는 이 모든 환경과 새로운 사람들이 낯설 뿐이다. 우디는 눈을 땡글땡글 뜨고 숨은그림찾기라도 하듯 주위를 탐색하고 있다. 그런 우디를 발견한 담임선생님이 웃으며 우디를 지목한다.

"우디~ 신기한 게 많죠~"
"...네!"

이번엔 대답까지 성공했다. 우디가 난생처음 와 본 학교라는 곳에 적응하기까지 얼마나 시간이 걸릴까. 짧은 첫날의 모든 수업이 끝이 났다. 학교까지 마중 나온 아버지 손을 잡고 집에 돌아온 우디. 부모님은 궁금한 게 너무도 많다. 모든 게 처음이었을 학교에서의 하루가 어땠는지 우디에게 묻는다.

"학교는 어땠어?"
"음... 재밌어!"

우디의 단순히 재밌다는 말에는 많은 의미가 담겨 있다. 우디가 말할 수 있는 가장 긍정적인 표현이다. 앞으로의 생활이 기대된다는 뜻일 수도. 친구들이 마음에 든다는 뜻일 수도. 확실한 건 첫날임에도 학교에 흥미를 느꼈다는 점이다. 어머니는 우디를 안아 주고 아버지는 우디의 머리를 쓰다듬어 준다. 어머니 품에 안긴 우디는 꽥꽥거리는 요상한 소리를 내며 숨 막힌다는 장난을 친다. 태생적으로 내성적인 성격을 지니고 태어난 아이일지라도 대부분의 자식은 부모 앞에서 애교쟁이로 변신하는 법이다. 긴장도 됐을 법한 하루를 마친 우디지만, 한없이 밝다. 이 밝은 성격을 잃지 않길 바란다.

  개학 첫 주는 담임선생님과의 상담 주간이다. 아직 많이 어린 나이기긴 하지만, 미래의 꿈은 무엇인지, 어떤 사람이 되고 싶은지, 순수한 아이의 첫 목표를 알아볼 수 있는 시간이다. 우디는 입학 전부터 꽂혀 있던 게 있다. 바로 축구다. 물론 아직 축구라는 표현보다는 공놀이에 가깝다. 우디가 걷기 시작하고 얼마 지나지 않아 뛰기 시작한 순간부터 우디의 발에는 공이 늘 붙어 있다. 우디는 그냥 뛰어다니지 않는다. 꼭 공을 차며 뛰어다닌다. 마당에서는 물론이고 집 안에서도 공을 차며 놀곤 한다. 그러던 어느 날, 우디는 평소처럼 마당 잔디에서 공을 차며 놀다가 집 안으로 들어와서는 뜬금없이 처음으로 꿈이 생겼다면서 어머니에게 신나 이야기를 한 적이 있다.

  "엄마!!! 나 축구선수!!"

  우디의 인생 첫 꿈이 생겼다. 축구선수. 우디의 상담 차례가 오고 담임선생님과 마주 보며 상담 의자 자리에 앉는 우디. 선생님과의 상담이 시작된다.

　　　　　　　　　　　　　　　　　벤은 누구인가

"자~ 우디야~ 학교생활은 좀 어때요? 재밌어요?"

"네! 재밌어요!"

"다행이네~ 그럼 우디는 꿈이 뭐예요?"

"축구선수! 축구선수 할 거예요!"

"우와~ 축구선수~ 우디가 축구를 좋아하는구나~"

"네! 축구 좋아요!"

"축구선수 좋지~ 그럼 우디는 커서 어떤 어른이 되고 싶어요?"

조금 깊은 질문에 눈동자를 굴리며 고민하기 시작하는 우디. 잠시 후 맑은 표정으로 입을 연다.

"도움이 되는 사람! 도움을 주는 사람!"

우디는 다른 사람에게 도움을 주고 또 도움이 되는 그런 사람이 되고 싶어 한다. 대부분의 어린아이들이 그렇듯 순수하고 착한 마음이 그대로 드러난다. 하지만 어쩌면 우디가 인생 첫 좌우명을 말한 셈이다. 우디가 커서도 이 말을 기억할지는 모르겠지만, 지금 한 말처럼 남을 배려하는 이타적인 어른으로 자라길 바란다.

축구선수를 꿈꾸는 우디는 자신의 목표를 진심으로 구체화하고 싶어 한다. 상담 이후 매일같이 부모님께 축구를 배우고 싶다며 징징대고 있다. 사실 처음에는 부모님의 고민이 있었다. 과거 우디의 심장 문제가 계속 마음에 걸렸기 때문이다. 운동이랑은 무관한 심장 문제라고 의사가 말하긴 했었지만, 아무래도 신경이 쓰일 수밖에 없는 부분이었다. 하지만 그렇다고 우디가 이토록 진심으로 바라는 축구를 못 하게 한다면, 그것이 우디에게 더 스트레스로 작용할 수 있다고 판단한 부모님은 우디의 축구를 허락하기로 결정했다. 부모님은 곧바로 축구를 전문적으로 배울 수 있는 가장 빠른 길로 안내해 주기로 한다. 그곳은 바로 피렌체를 연고로 하는 프로 축구 구단 "ACF 피오렌티나(Fiorentina)" 소속의 유소년 아카데미다. 해당 구단은 1926년에 창단되어 200년에 가까운 역사를 자랑하는 클럽이다. 이탈리아 프로 축구 리그인 "세리에 A"에서 언제나 한자리를 차지하고 있는 명문 구단이다. 팀 컬러는 특이하게도 보라색이다. 당연히 홈 유니폼은 200년 가까이 보라색 계열로 변치 않고 있다. 홈구장인 "스타디오 아르테미오 프랑키(Stadui Artemio Franchi)"는 르네상스 시대의 중심 도시인 피렌체답게 과거 유명 건축가가 지었으며 약 5만 명 정도가 입장 가능한 크기로, 이는 이탈리아 내에서 5번째로 큰 규모의 경기장이다. 이 정도가 간단한 "ACF 피오렌티나"에 대한 설명이다. 이제 우디는 이 클럽에서 운영하는 유소년 아카데미 입단을 준비한다. 물론 입단이라는 거창한 말을 쓰기엔 조금 민망할 수 있다. 우디 정도 나이의 웬만한 축구 좋아하는 아이들은 기본적으로 축구를 배울 수 있기 때문이다. 그래도 어찌 됐든, 우디는 초등학생이 됨과 동시에 "ACF 피오렌티나" 아카데미 소속 선수가 된다.

예상대로, 우디는 아버지와 함께 아카데미 훈련장에 방문한다. 내부의 상담실에서 아카데미 팀 감독과 간단한 이야기를 나누자마자 우디는 바로 축구를 배울 수 있게 되었다. 훈련장은 우디의 집과 학교에서도 차로 5분 거리밖에 되지 않는다. 여기서 중요한 점은 우디의 축구 교육이 "방과 후"

　　　　　　　　　　　　　벤은 누구인가

를 기본으로 한다는 것이다. 당연하지만, 우디는 이제 13년간 필수 교육을 받아야 하는 학생이기 때문에 축구가 학교를 대신할 수는 없다. 모든 학교 수업이 끝난 방과 후에 축구를 배우게 될 것이다. 그렇게 우디는 그토록 바라던 축구를 제대로 배울 수 있게 되었다. 우디가 과연 축구에 대한 흥미를 얼마나 이어 갈 수 있을까. 혹시 우디가 축구에 재능이 있다면, 어느 정도일까. 우디가 정말 축구선수가 될 수 있을까.

아카데미에서의 축구 수업을 배운 지 일주일이 흘렀다. 우디의 축구에 대한 흥미는 역시 더 커졌다. 우디는 집에서도 학교에서도 머릿속으로 늘 아카데미에서 축구 할 생각만 하고 있다. 축구에 완전히 빠져 버린 우디. 오늘도 여느 때와 다름없이 축구를 끝내고 집으로 돌아오는 길이다. 집 근처에는 작은 공원이 하나 있다. 매일 공원에서는 반려동물을 이끌고 산책 나온 사람들을 쉽게 찾아볼 수 있다. 그리고 우디는 동물을 좋아한다. 동물을 무서워하고 도망가는 아이들이 있는 반면, 우디처럼 동물을 보면 먼저 다가가 만져 보려 하고 귀여워하는 아이들도 있다. 우디는 심지어 자신보다 큰 동물일지라도 관심을 가지고 다가간다. 그런 우디 앞에 우디의 심장을 말랑말랑하게 하는 동물이 나타났다. 우디보다도 조금 작은 크기의 새하얀 강아지. 그런데 저 강아지. 주인이 보이지 않는다. 함께 걷던 우디 어머니가 강아지의 주인이 주변에 있나 주위를 둘러보지만, 주인으로 보이는 사람은 전혀 보이지 않는다. 버려졌을 가능성이 높은 떠돌이 강아지다. 그리고 우디는 저 강아지에게 알 수 없는 찌릿한 텔레파시를 느낀 모양이다. 본능적으로 강아지에게 다가간다. 떠돌이 강아지의 대부분은 낯선 사람이 다가오면 도망가기 마련이다. 하지만 저 강아지도 우디에게 어떤 텔레파시를 받은 걸까. 도망가지 않는다. 영화의 한 장면 같다. 작은 발과 짧은 보폭으로 다가가는 우디. 꼬리를 흔들며 우디를 뚫어지게 쳐다보는 하얀 강아지. 우디는 강아지에게 말을 건다.

"너 엄마 어딨어? 혼자야?"

우디의 질문에 왠지 모르게 강아지가 표정으로 대답하는 것만 같다. 당장이라도 눈물이 흐를 거 같은 촉촉한 눈빛을 보내고 있다. 이를 본 우디가 어머니에게 부탁한다.

"엄마! 얘 혼자인가 봐. 불쌍해... 우리가 데리고 가면 안 돼?"

갑자기 처음 본 강아지를 데리고 가서 키우자는 우디의 말에 어머니가 순간 놀란다. 어머니는 너무 즉흥적이었던 우디의 부탁에 당황하고 잠시 생각해 보다 우디와 눈이 마주친다. 어머니는 자식의 눈빛만 봐도 무슨 생각을 하는지 어떤 마음인지 바로 알 수 있다고 한다. 어머니가 발견한 우디의 눈빛에는 간절함과 진심이 느껴졌다. 우디는 정말로 저 강아지가 마음에 든 거 같다.

"우디야. 저 강아지가 마음에 들어? 키우고 싶어?"
"응응! 얘도 우리 집 가고 싶대!"

우디의 말도 안 되는 설득에 어머니가 이미 넘어간 듯싶다. 자식을 이기는 부모 없다는 말처럼. 우디와 어머니는 결국 강아지를 데리고 집으로 향한다. 오늘부로 우디에게 새로운 가족이 생겼다. 우디에게 우디만큼이나 작고 귀여운 동생이 생겼다. 집에 들어오자마자 마당을 뛰어다니는 우디와 강아지. 이를 지켜보던 어머니가 우디를 큰 목소리로 부른다.

"아들! 근데 강아지 이름은? 지어 줘야지~"

이리저리 뛰던 우디가 멈춰 서서는 잔디밭에 풀썩 주저앉는다. 그 앉은 무릎 위로 다이빙하듯 달려와 안기는 강아지. 둘이 오늘 처음 본 게 맞나 의심이 들 정도다. 운명적 만남이라는 게 이런 걸까. 물론 사람은 아니지만, 우디에게 나타난 첫 번째 소중한 존재이다. 강아지를 쓰다듬으며 심각한 고민에 잠긴 우디. 강아지 이름을 고민하고 있다. 잠시 후 강아지를 번쩍 들어 올리며 소리친다.

"비앙코!! 얘 이름은 비앙코야!!"

비앙코(Bianco)는 이탈리아어로 흰색을 의미한다. 온갖 심각한 고민을 하는 표정을 짓던 어린아이의 머리에서 나온 이름은 굉장히 단순하고 순수했다. 새하얀 강아지를 보고 떠올린 이름 비앙코. 너무도 직관적이지만 이보다 정확하고 깔끔한 이름은 또 없을 것이다. 하얀 강아지 비앙코. 이제 비앙코는 우디의 가족이 되었다.

시간이 흐르고 1학년의 끝이 다가왔다. 우디는 여러 친구를 사귀었으며,

축구는 하루도 빠짐없이 출석하고 있다. 우디의 축구 잠재력은 아카데미에서도 높게 평가하는 분위기다. 물론 아직 너무 어린아이일 뿐이지만. 우디는 학교와 축구 이외의 거의 모든 시간을 비앙코와 놀며 보내고 있다. 비앙코를 마치 애착 인형처럼 곁에서 떨어뜨려 놓지 않고 있는 우디. 어느 한가로운 주말 오후, 우디와 어머니는 비앙코를 데리고 공원 산책을 나왔다. 짧지만 싱그러운 봄의 기운이 여실히 느껴지는 공원은 다양한 꽃을 비롯한 각종 식물이 푸릇푸릇하게 피어나 있다. 우디를 따라 신나서 꼬리를 미친 듯이 흔들며 뛰어다니는 비앙코. 우디를 시야에 두고 어머니는 잠시 벤치에 앉아 휴식을 취한다. 우디가 조금 지쳤는지 잠시 뜀을 멈추고 땅바닥에 털썩 앉는다. 이에 비앙코도 옆쪽 풀숲에 들어가 드러누워 휴식을 취한다. 그렇게 잠시 우디와 비앙코가 떨어져 있게 된다. 정말 잠깐의 순간이었다. 하지만 모든 사건은 순식간에 발생한다. 풀숲 어디선가 갑자기 나타난 대형견. 비앙코보다 5배 이상은 커 보이는 크기의 들개다. 그리고 마치 사냥을 준비하는 굶주린 늑대처럼 으르렁대며 비앙코에게 천천히 다가간다. 비앙코가 그 들개를 발견한 순간은 이미 늦었다. 깜짝 놀란 비앙코가 몸을 힘차게 돌려 도망치기 시작했지만, 추격전은 5m도 가지 못했다. 곧바로 들개의 사나운 이빨에 목을 물려 버린 비앙코. 그대로 내동댕이쳐지며 깽깽 신음을 낸다. 귀가 쫑긋해진 우디가 번쩍 일어나 비앙코가 있는 풀숲 쪽으로 조심스레 걸어간다. 터져 나오는 비명.

"아아아악!!!! 엄마!!!"

공원을 울리는 우디의 비명에 우디 어머니가 화들짝 놀라 우디에게 달려

벤은 누구인가

간다. 정신없이 울고 있는 우디. 한 손으로 눈물을 닦으며 다른 한 손으로 비앙코 쪽을 가리키고 있다. 곧장 우디를 진정시키기 위해 안아 주며 우디의 손가락이 향하는 방향으로 고개를 돌려 보는 어머니. 비앙코는 피를 철철 흘리며 쓰러져 있다. 들개는 1차 공격을 마치고 2차 공격을 준비하듯 비앙코 주위를 빙빙 돌고 있다. 이를 발견한 어머니는 우디를 들어 안고 풀숲 안으로 뛰어가 들개를 몰아낸다. 하지만 들개는 포기할 생각이 없어 보인다. 한번 뒤로 도망가는가 싶더니 금방 다시 돌아와서는 우디 어머니에게 달려들 준비를 하고 있다. 어머니도 긴장한 눈빛이다. 살벌한 들개와 어머니의 대치 상황. 침 흘리던 들개가 달려드는 그 순간. 지나가던 주민들이 끼어들어 어머니를 지켜 준다. 달려든 들개는 한 주민의 발차기를 맞고 나가떨어진다. 그러곤 저 멀리 풀숲 사이사이를 통과하며 도망가 버린다. 들개는 사라졌다. 주민들은 우디를 안고 있는 어머니에게 괜찮냐며 몰려든다. 어머니는 괜찮다며 우디의 상태를 확인하는 데 정신없다. 여전히 서럽게 울고 있는 우디의 손가락은 변함없이 비앙코 쪽으로 뻗어 있다. 비앙코의 새하얀 털은 시뻘건 피로 물들었다. 비앙코의 처참한 모습을 발견한 어머니는 바로 우디의 눈을 가린다. 이어서 우디가 비앙코를 볼 수 없도록 몸을 돌린다. 그리고 이는 우디와 비앙코가 이별하는 순간으로 남게 되었다. 소식을 듣고 뛰어나온 우디 아버지는 비앙코를 바로 동물 병원으로 데려갔지만, 비앙코는 이미 무지개다리를 건넌 이후였다. 우디와 집에 돌아온 어머니는 우디의 심장을 천천히 쓰다듬으며 진정시키고 있다. 비앙코 소식을 기다리던 우디는 어머니의 자장가 마법을 버티지 못하고 잠에 든다. 울다가 잠든 우디. 잠시 후, 생글생글 웃음을 보인다. 꿈나라에서 비앙코를 만나기라도 한 모양이다. 미소 짓던 우디가 갑자기 슬픈 표정으로 중얼거리며 손을 살며시 들어 올린다. 이어 무언가를 붙잡기 위해 노력하는 손 모양을 취한다. 떠나가는 비앙코를 향한 허우적거림이지 않을까. 꿈속에서나마 애달픈 작별인사를 나눈 우디와 비앙코.

이 사건 이후로 우디는 산책을 거부하고 있다. 1학년이 끝나고 2학년을 앞둔 방학 기간까지 여전히 비앙코를 찾는 우디. 결국 부모님은 우디를 데리고 심리 상담 센터를 방문한다. 아동 정신과 전문의에게 지난 사건을 이야기해 준다. 그러곤 뇌를 들여다볼 수 있는 특수 기계를 통해 우디의 정신 상태를 확인한다. 의사는 검사 결과를 우디 부모님에게 설명해 준다.

"우리 뇌에는 이별을 대치하는 힘을 가진 부분이 있습니다. 우디가 이번 일로 그곳에 손상을 입었습니다. 물론 아직 우디의 뇌가 전부 발달된 상태도 아니고, 정체성이 확립되기 전이기 때문에 시간이 흐르면 비앙코에 대한 기억은 사라질 것입니다. 다행히 큰 트라우마로 평생 기억되지는 않겠습니다. 하지만 말씀드렸다시피 이별을 담당하는 부분이 망가져 버려 앞으로 우디의 인생에서 생길 어떠한 이별에도 우디가 민감하게 반응할 것으로 판단됩니다. 안타깝지만 특히나 사랑하는 존재를 잃는 이별의 경우, 심각한 심적 고통을 느끼게 될 수도 있습니다. 다시 말해, 앞으로 우디에게 가장 큰 약점은 이별입니다. 아무리 이번 사건이 우디에게 시간이 흐르고 잊힌 기억이 되더라도, 유년 시절의 결핍은 알게 모르게 성인이 되어서도 영향을 미치기 마련입니다."

이별에 취약한 우디가 되었다. 사람은 긴 인생에서 필연적으로 크고 작

벤은 누구인가

은 이별들을 경험하게 된다. 그 대상이 친구이든 연인이든 가족이든. 우디가 사랑하는 정도가 컸던 대상일수록, 그 대상과의 이별로 겪는 아픔의 정도는 사랑의 크기보다 더 클 것이다. 이를 겪을 나이까지 자라면, 우디가 스스로 이별을 극복해 낼 방법을 터득할 수 있길. 자신을 지킬 수 있는 내면의 벽을 단단히 지을 수 있길. 담대히 버텨 낼 수 있길.

"마음 깊은 곳에 자리 잡은 두려움"

전성기

3학년이 된 우디. 그간 학교에서 다양한 친구를 사귀었지만, 정작 단짝 친구라 할 수 있는 친구가 아직 없다. 물론 많은 친구도 좋지만, 더 중요한 것은 언제든 속마음을 털어놓을 수 있는 깊은 친구의 존재다. 이런 친구는 평생 한 명만 있어도 성공했다 말하곤 한다.

3학년의 첫날. 우디는 아직 학교에 모르는 학생들이 가득하다. 3반을 배정받고 들어온 교실엔 처음 보는 얼굴들이 앉아 있다. 그런데 그중에서 유독 어디선가 본 것만 같은 익숙한 얼굴의 학생 두 명과 연속으로 눈이 마주치는 우디. 분명 1학년 때도 2학년 때도 같은 반은 아니었던 학생들이다. 그 둘은 앞뒤로 나란히 앉아 있다. 그리고 우디는 본능적인 끌림에 따라 그들이 있는 쪽으로 다가간다. 앞에 앉은 날카로운 눈과 작은 얼굴의 여학생. 뒤에 앉은 선한 눈과 포동포동한 얼굴의 남학생. 우디는 일단 남학생 옆자리에 앉는다. 우디가 자리에 앉자마자 남학생이 우디에게 먼저 인사한다.

"안녕! 난 윌리엄이야!"
"응. 안녕? 난 우디라고 해."

"너 여기 학교 근처 5구역에 살지?"

"어? 어떻게 알았어? 나 알아?"

"등교할 때마다 길에서 봤었는데, 나 본 적 없어?"

그렇다. 우디가 낯이 익었던 이유가 있었다. 지난 2년 동안 등굣길마다 매일같이 길거리에서 마주쳤던 사이였다. 사근사근한 그의 이름은 윌리엄(William).

"너도 5구역 살아?"

"아니. 난 바로 옆에 6구역 살아!"

5구역에 붙어 있는 옆 동네 6구역에 살고 있는 윌리엄. 6구역에서 학교를 가려면 5구역을 지나쳐야만 한다. 윌리엄의 친화력이 예사롭지 않다. 우디와 윌리엄이 동네 이야기를 나누자 앞에 앉아 있던 여학생이 뒤를 획 돌아보며 대화에 참여한다.

"뭐야. 너 5구역 살아?"

"응? 응... 안녕?"

"오호. 나도 5구역 살아! 안녕? 난 엠마야!"

"아 진짜? 반가워! 난 우디야!"

우디와 같은 5구역에 산다는 엠마(Emma)가 나타났다. 피렌체 내 수많은 구역 중에서 같은 구역에 사는 동네 친구를 같은 반에서 만난다는 게 흔한 일은 아니다. 우디는 엠마의 얼굴을 바라보며 곰곰이 생각하더니 조심스레 입을 연다.

"우리... 지나가다 본 적 있지?"
"그럴걸? 같은 동네인데 당연히 봤겠지~"

역시 엠마도 지나가다 자주 본 적 있던 친구였다. 자연스럽게 윌리엄과 엠마도 인사를 나눈다. 세 명이 책상을 사이에 두고 옹기종기 모여 이야기를 나누고 있다. 서로 집도 굉장히 가깝다는 사실에 놀라며 대화가 끊이질 않는다. 이들의 웃음소리가 교실을 가득 채운다. 우디의 학급 친구이자 동네 친구가 된 윌리엄과 엠마. 시간이 조금 흐르고, 이렇게 셋은 서로의 단짝 친구가 되었다.

매 학년 학기 초면, 학부모 참관 수업이 있다. 1년에 한 번 있는 날로 아이들의 부모가 학교에 찾아와 자식들이 어떻게 수업을 듣고 어떻게 학교생활을 하는지 직접 볼 수 있는 날이다. 우디 아버지는 일 때문에 오지 못했고, 어머니만 참관 수업에 참석했다. 쉬는 시간, 교실에 들어온 어머니는 친구들과 떠들고 있는 우디를 발견하고 웃는 얼굴로 인사한다. 우디도 어머니를 보자마자 신나서 손을 흔든다. 그러곤 다시 친구들과 떠들기 위해 몸을 돌린다. 어머니 눈에 들어온 우디 앞의 두 아이. 역시 윌리엄과 엠마다. 어머니도 저 둘이 우디와 가장 친한 친구들이리라 바로 알아차린 듯싶다. 수업이 시작되고 각 학부모들은 교실 뒤에 서서 아이들의 수업 듣는 모습을 지켜본다. 수업이 끝나고 우디는 어머니 앞으로 달려온다.

"엄마!"

"아들~ 아, 우디야. 아까 같이 있던 친구들…"

"응! 윌리엄이랑 엠마! 소개해 줄게! 잠시만!"

우디가 어머니 말을 끊을 정도로 신나서 뒤돌아 뛰어간다. 곧이어 양손에 윌리엄과 엠마의 손을 잡고 다시 어머니 앞으로 온다.

"엄마! 얘가 윌리엄! 얘가 엠마!"

우디가 어머니에게 윌리엄과 엠마를 차례로 소개한다. 윌리엄과 엠마는 예의 바르게 우디 어머니에게 인사를 드린다.

"그래그래~ 윌리엄이랑 엠마? 너희가 우디랑 요즘 제일 친하게 지내는 친구들인가 보구나! 집에서 너희 얘기 많이 들었단다~"

우디가 집에서 학교 이야기를 할 때면 늘 등장하던 친구들이었다. 그래서 우디 어머니는 윌리엄과 엠마의 이름이 이미 익숙했다. 아이들이 어머니와 인사를 나누는 사이 윌리엄과 엠마의 어머니가 양쪽에서 다가온다.

"어머~ 우디 어머니~"

"네~ 안녕하세요~"

아이들의 어머니들이 모여 인사를 나눈다. 어른들의 대화가 시작되자 아

벤은 누구인가

이들은 고개를 들어 각자 어머니의 얼굴을 멀뚱멀뚱 쳐다본다. 다시 수업이 시작되고 아이들은 자리로, 어머니들은 교실 뒤에 자리 잡는다. 그렇게 오전의 모든 참관 수업이 끝나고 학부모들도 학교를 나선다. 우디 어머니는 윌리엄과 엠마의 어머니와 밖에서 식사를 하고 커피까지 마시기로 한다. 자연스레 우디, 윌리엄, 엠마는 본인들뿐만 아니라 어머니들까지도 잘 아는 깊은 사이로 발전하게 되었다.

우디는 여전히 축구에 미쳐 살고 있다. 축구 실력도 날로 발전하고 있다. "ACF 피오렌티나" 아카데미에서도 우디의 실력을 알아보고는 1~3학년에 해당하는 저학년 부 주장을 임명했다. 벌써 팀의 주장을 맡게 된 우디. 주장이 된 우디는 자신의 몰랐던 능력을 깨닫는다. 바로 리더십이다. 축구를 통해 없던 리더십을 가지게 된 건지. 아니면 숨겨져 있던 리더십을 발견한 건지. 어느 쪽인지는 알 수 없지만, 확실한 건 우디가 축구를 통해 리더십을 발휘하고 있다.

얼마 전, 우디는 주장으로서 첫 전국 대회에 출전했다. 로마에서 펼쳐진 저학년만 참가하는 대회로 우디에겐 피렌체를 벗어나 다른 지역에서의 첫 축구였다. 아쉽게 대회 성적은 예선 탈락이었지만, 자신의 실력을 외부에 처음 선보인 자리에서 우디는 역시 돋보였다. 등번호 8번이 적힌 보랏빛 유니폼을 입고 뛰던 우디를 향해 상대 팀 감독은 하나같이 "8번 막아! 8번!"이라며 소리쳤다. 우디는 이제 상대의 집중 견제를 받는 에이스로 등극했다.

대회가 끝나고 평소처럼 아카데미에서 훈련을 하던 우디를 고학년 부 감독이 부른다. 사실 고학년 부 감독이 저학년 선수를 찾을 일은 거의 없다. 있다면 하나뿐이다. 바로 월반이다.

"우디야. 두 달 후에 고학년 전국 대회가 있는데, 한번 나가 볼래?"

저학년이 아닌 4~5학년이 참가하는 고학년 전국 대회에 참가해 보길 권유하는 고학년 부 감독. 규칙상 3명까지는 월반이 가능하다고 한다. 우디에게 엄청난 기회가 찾아왔다. 이보다 좋은 경험치를 쌓을 방법은 없다. 우디는 고민도 없이 받아들인다.

그렇게 두 달간 4~5학년 형들과 함께 훈련에 들어간 우디. 저학년 부 주장이자 에이스에서 고학년 부 막내가 되었지만, 우디는 주눅 들지 않고 자신이 해야 할 역할에만 집중했다. 그리고 밀라노에서 펼쳐지는 고학년 전국 대회 날이 밝았다. 저학년 대회와는 달리 우디는 벤치 멤버로 출발한다. 어쩔 수 없다. 형들 사이에 혼자 낀 동생이기 때문이다. 매 경기 후반에야 교체로 출전하는 우디. 하지만 우디는 잠깐이라도 들어와 번뜩이는 움직임을 보여 주고 있다. 이번 "ACF 피오렌티나" 아카데미 고학년 팀은 이미 그 실력이 전국에 널리 알려져 있는 강팀이다. 이들의 목표는 하나. 우승을 정조준하고 있다. 우디에게도 첫 대회 우승이라는 기회가 찾아왔다. 그리고 그 꿈이 현실이 되기 일보 직전이다. 결승에 진출했다. 결승 상대는 "AS 로마" 아카데미 팀이다. 경기는 치열하게 진행되고 0:0의 상태가 후반부까지 이어지고 있다. 그리고 드디어 교체 투입되는 우디. 시간이 많지 않다. 로마 팀의 마지막 파상공세가 펼쳐진다. 어렵게 막아 낸 피오렌티나 팀 수비

벤은 누구인가

수가 멀리 걷어 낸 공이 역습을 준비하던 우디 앞으로 떨어진다. 그대로 공을 몰고 달려 나가는 우디. 상대 수비수가 태클을 걸어 오지만 우디가 가볍게 제쳐 낸다. 골키퍼와 일대일 상황. 시간이 멈춘 듯 경기장의 공기가 고요해진다. 상대 골키퍼와 골대를 힐끔 보고는 정확한 임팩트로 슈팅을 날리는 우디. 우디가 쏜 볼은 좌측 상단 골망을 흔든다. 그대로 1:0 경기 끝. 우디의 극적인 결승 골로 우승을 차지한다. 두 번째 대회이자, 무려 월반한 대회에서 눈도장을 확실히 찍은 우디. 우승 소식을 들고 돌아온 우디는 벌써 피렌체 내 또래들 사이에서 유명해져 있었다. 학교에서도 아카데미에서도 우디는 이제 유명인사가 되었다. 우디의 축구 인생 첫발이 너무도 크게 찍혔다. 출발은 완벽하다. 하지만 자만해서는 안 된다. 겸손하게 더 노력해야 우디가 꿈꾸는 진정한 축구선수로 성공할 수 있을 것이다.

4학년이 빠르게 흘렀다. 우디는 윌리엄과 다시 같은 반이 되었으며, 그사이 또 한 명의 단짝 친구를 사귀었다. 그의 이름은 토마스(Thomas)다. 토마스는 또래 친구들에 비해 큰 덩치와 사나운 인상을 지니고 있지만, 생각보다 겁도 많고 소심한 학생이다. 외적인 부분 때문에 오해해 주변에서 토마스를 멀리하기도 하지만, 우디는 토마스가 재미있다며 윌리엄과 함께 4학년 대부분의 시간을 함께했다. 또 토마스도 우디처럼 어려서부터 축구에 관심이 많아 학교 쉬는 시간 및 점심시간, 또 체육 시간까지 늘 우디와 함께 축구도 하며 정을 두텁게 쌓고 있다.

초등교육 마지막 학년. 5학년이 시작되었다. 이제 학교에서 우디를 모르는 학생은 거의 없을 정도다. 축구로 시작된 유명세는 우디의 다른 면모까지 부각시키며 대단한 인기를 누리게 했다. 또 우디는 아기티를 벗어 던지고 고유의 얼굴이 자리 잡아 가기 시작했다. 짙은 눈썹과 큰 코가 가장 먼저 눈에 들어오는 우디의 얼굴. 축구를 기본으로 뛰어난 운동신경을 지닌 우디가 이렇게 뚜렷한 이목구비까지 가지자 주변 친구들은 반칙이라며 장난 섞인 시샘을 하기도 한다. 어른들의 세계에서도 어떤 스포츠 스타가 이 정도의 관심을 한 몸에 받으면 정치에 진출하거나 사회적으로 높은 위치에 한자리를 가지기도 한다. 아이들의 세계도 마찬가지다. 매년 학기 초면 한 교육관을 대표하는 학생대표를 선출한다. 우디는 학생대표에 전혀 관심이 없었다. 하지만 친구들은 물론이고 우디와 친하지 않은 학생들까지도 우디가 학생대표를 맡아야 한다며 우디를 추천하기 시작했다. 그러나 나서는 걸 싫어하고 부끄러움이 많은 우디는 모두의 추천에도 학생대표 출마를 거절한다. 그렇게 학생대표와는 멀어지려던 어느 날. 집에서 저녁을 먹던 우디에게 제안을 하는 아버지.

"우디야. 학생대표 안 해 보고 싶어? 난 우리 아들이 참 잘할 거 같은데? 축구도 주장 하면서!"
"음... 엄청 하기 싫은 건 아닌데..."
"더 크면 할 일도 많고 힘들겠지만, 지금은 이런 거 저런 거 경험해 보기 딱 좋은 나이란다. 아빠는 우디가 많은 경험 해 봤으면 해~"

평소 늘 친구같이 놀아 주던 흥 많은 우디 아버지가 오늘따라 진지하게 우디에게 학생대표 참가를 권유한다. 우디도 사실 하기 싫은 것보단 조금의 부담감이 느껴졌을 뿐이었다. 우디의 리더십은 이미 축구를 통해 본인

벤은 누구인가

도 주변도 알고 있기 때문이다. 밤이 되고 우디는 방 침대에 누워 한참을 고민한다. 그러다 고개를 크게 끄덕이곤 미소를 지으며 잠에 든다.

다음 날 학교에 도착한 우디는 곧장 학생대표 출마를 선언한다. 학생대 표를 준비하기 위해선 우디를 도와줄 선거단원들이 필요하다. 윌리엄, 엠 마, 토마스 등을 필두로 많은 이들이 우디를 돕겠다고 모여든다. 선거까지 남은 시간은 2주. 우디는 최선을 다해 선거를 준비한다. 2주 동안 남들보다 아침 일찍 등교해 등굣길 학생들을 대상으로 유세도 해 보고. 쉬는 시간과 점심시간에도 학교를 돌아다니며 한 표 한 표를 부탁해 본다. 눈 깜짝할 사 이에 2주가 흐르고, 선거 날이 찾아왔다. 전날 밤부터 긴장한 채 잠도 제대 로 자지 못한 우디가 교실에서 결과를 기다리고 있다. 개표가 끝이 나고 이 제 학교 전체 방송을 통해 당선자를 발표한다.

"아아. 지금부터 새로 선출된 학생대표를 발표하겠습니다."

초등교육관 건물이 발소리 하나 들리지 않을 정도로 고요해진다. 우디는 두 손을 꼭 잡고 침을 꼴딱 삼킨다.

"당선자는... 우디! 축하합니다!"

친구들이 얼싸안고 축하해 주지만, 정작 우디는 차분하다. 기쁨과 함께 부담감을 함께 느낀 걸까. 웃고는 있지만 생각이 많아 보이는 우디. 어찌 됐든 학교대표로 당선된 우디는 앞으로 남은 5학년 기간 동안 바삐 지내게 되었다. 물론 초등교육관에서 무얼 할 게 있겠냐마는. 그래도 학생을 대표하는 자리인 만큼 평소보다 할 일은 분명 많아질 테다. 우디가 슬기롭게 헤쳐 나갈 수 있길.

예상대로 우디는 바쁜 1년을 보내고 있다. 우디는 학생대표가 되면서 또래들뿐만 아니라 아래 학년 동생들까지도 본인을 모르는 학생이 없을 정도의 스타가 되었다. 특히 얼마 전 열렸던 체육대회에서는 친구고 동생이고할 거 없이 우디의 축구 하는 모습을 응원하러 모여들곤 했다. 감히 예상하건대 우디 인생 최고의 전성기가 찾아온 거일지도 모르겠다. 물론 앞으로 긴 인생에서 더 좋은 전성기가 꼭 찾아오길 바라는 마음이지만, 그럼에도 지금의 우디는 남다르다. 그리고 한 사람에게 잘되는 기운이 불어오면 뭘해도 잘된다고 한다. "ACF 피오렌티나" 아카데미 고학년 부 주장을 맡은 우디는 다시 한번 전국 대회에 참가한다. 아카데미에서의 마지막 대회다. 5학년, 즉 10살이 넘어가는 순간부터는 정식으로 프로 축구단의 직속 유스팀 소속으로 합류하게 된다. 정리하면, 10세까지는 아카데미. 11~14세까지는 U-14 유스 팀. 15~18세까지는 U-18 유스 팀. 그 이후에는 프로 리그를뛸 수 있는 공식 프로 축구선수가 되는 것이다. 아직 갈 길이 멀다. 하지만 스타트만큼은 완벽하게 끊은 우디. 동료들을 이끌고 나선 이번 전국 대회에서도 우승을 차지한다. 더불어 우디는 대회 MVP까지 차지한다. 이보다 완벽한 아카데미를 보낼 수는 없을 것이다.

학교대표. 주장. 스타. 우디를 수식하는 단어는 다양하다. 드라마의 주인공 같은 5학년을 보낸 우디. 그리고 오늘, 드디어 초등교육관을 졸업한다. 졸업식에 온 우디 부모님은 우디와 인사하기 위해 모여 있는 많은 학생들을 보고 놀람과 동시에 기특함을 느끼는 표정을 짓는다. 사실 말이 졸업식이지 거의 모든 학생이 그대로 옆 건물인 중등교육관으로 넘어가는 것일 뿐이다. 그래도 초등교육 5년 동안 고생했다며 서로를 안아 주고 있는 귀여운 아이들의 모습이다.

수줍음 많던 우디도 이런 대단한 인기와 다양한 경험으로 인해 도전 정신이 커진 듯싶다. 우디는 중등교육 1학년 개학 전, 긴 방학 기간 동안 해 보고 싶은 게 많다며 부모님에게 리스트를 읊어 준다. 우디가 해 보고 싶은 것들은 다음과 같다. 농구, 수영, 배드민턴, 탁구, 그리고 피아노. 피아노를 제외하고 결국 다 스포츠다. 우디는 항상 축구 외에 다른 스포츠에도 관심이 많았다. 당연히 반대할 이유가 없던 부모님은 곧장 각각의 스포츠를 배울 수 있는 아카데미로 우디를 보내 준다. 타고난 운동신경으로 모두 기본 이상의 실력을 보이는 우디. 이제 우디에게 운동은 강점이 되었다. 특이한 점은 피아노다. 우디가 어떤 이유에서 피아노에 갑자기 관심을 가지게 된 건지는 알 수 없지만, 처음 쳐보는 피아노 실력이 심상치 않다. 음악적 감각도 갖추고 있는 걸까. 피아노에 푹 빠진 우디는 시간이 날 때마다 피아노를 치며 마음의 평화를 얻기 시작했다. 우디에게 스포츠가 아닌 또 다른 흥미가 생겨 반가울 따름이다.

우디의 10살까지의 인생은 상승 그래프였다. 이제 본격적인 10대의 시작이다. 모든 사람에게 10대는 그 어떤 시기보다 더 다양하고 더 재밌는 이야기가 쏟아지기 마련이다. 우디의 10대는 어떠할까.

"더할 나위 없던 5년"

III

그 시절 그 친구들과

2120년 뜨거운 햇살이 내리는 여름날. 아름다운 피아노 선율이 우디의 집에 울려 퍼진다. 우디를 위해 집에 피아노를 사다 놓은 우디 부모님. 요즘 시대에 집에서 피아노 소리가 들린다는 것은 결코 쉬운 일이 아니다. 누구에겐 아름다운 선율일 수 있지만, 또 누군가에겐 그저 소음일 수 있기에. 이 시대 분위기는 사람들이 뭐가 됐든 집에서 큰 소리 내기를 눈치 보는 환경이다. 다행히 우디의 집 근처에는 다른 집들이 붙어 있지 않아 우디가 맘 편히 피아노를 칠 수 있다. 스트레스를 절대적으로 피해야 하는 우디에게 간단하면서도 좋은 힐링 도구가 생겼다. 피아노는 우디의 숨 쉴 구멍이 되었다.

며칠 후면 우디가 드디어 중등교육관에 입학한다. 중등교육관은 다른 도시로 이사를 가거나 혹은 반대로 다른 도시에서 이사를 온 학생 외에는 대부분이 초등교육관에서 그대로 넘어온 학생들로 구성된다. 우디는 몇 개월 전까지만 해도 초등교육관 학생대표를 맡았었다. 그렇기에 일반적인 생각으론 우디가 많은 친구들이 있고 또 거의 모든 학생과 알고 지내지 않을까 오해할 수도 있다. 그러나 우디는 묵묵히 할 일만 하는 조용한 카리스마의 학생대표였다. 생각보다 많은 친구들이 생긴

　　　　　　　　　　　　　　　　　　벤은 누구인가

것도 아니다. 심지어 같은 반이었다 하더라도 대화 한번 해 보지 않은 학생이 있었을 정도였다.

아무리 옆 건물로 이동했을 뿐이라 하더라도 중등교육관 입학은 입학이다. 새로운 곳의 입학은 언제나 떨리고 긴장되기 마련이다. 지난 학생대표의 지위는 끝이 났으며, 다시 우디는 평범한 축구선수를 꿈꾸는 학생으로 돌아왔다. 새로운 건물 새로운 학급에 들어온 우디의 눈에 들어온 한 학생. 바로 몇 개월 전까지도 초등교육관 5학년 같은 반 학생이었던 헬렌(Helen)이다. 헬렌과 2년 연속으로 같은 반에서 만나게 됐다. 하지만 지난 1년 동안 우디와 헬렌은 대화를 몇 마디 나눠 본 것이 전부였다. 아직 친하지 않은 둘. 그렇지만 처음 보는 얼굴들 사이에서 반가운 헬렌의 모습이 유독 우디의 눈에 반짝인다. 항상 밝게 웃는 얼굴로 늘 다른 학생들을 도와주던 선한 심성으로 알려진 헬렌. 헬렌을 모르는 학생은 있어도 헬렌을 싫어하는 학생은 아마 없을 것이다.

우디와 성격과 성향 모두 비슷한 면이 많은 헬렌은 자연스럽게 우디와 가까워졌다. 등하교도 함께하고 밥도 같이 먹고 과제도 같이 하며 우디와 헬렌은 서로에게 높은 신뢰가 쌓인 절친한 친구가 되었다. 우디는 사소한 고민이 생길 때면 늘 헬렌에게 이야기했고 그럴 때마다 우디의 마음은 편안해졌다. 물론 반대로 헬렌도 마찬가지였다. 남들에게 쉽게 꺼내지 못하는 이야기를 공유할 수 있는 친구 사이가 된 우디와 헬렌. 한번은 이런 일도 있었다. 안타깝게도 다른 친구들과 어울리지 못하고 따돌림을 당하던 학급의 한 여학생이 어느 날 화장실에서 괴롭힘을 당하고 있었다. 지나가던 다른 학생들은 그저 방관하며 지나쳤다. 그런데 그때, 헬렌이 나타났다. 대담하게도 가해 학생들로부터 피해 학생을 구출해 냈다. 그 과정에서 다툼도 발생했지만, 헬렌의 멘탈은 강했다. 아니. 사실, 강한 척한 것이다. 남들 앞에선 절대 밀리지 않는 강한 모습으로 강자로부터 약자를 구해 냈지만, 사실 헬렌의 실제 내면은 여리고 또여리다. 그 사건 이후, 헬렌은 우디를 찾아와 울음을 터트리고 말았다. 우디는 잘했다며 애썼다며 위로해 주며 헬렌 곁을 지켰다. 우디는 늘 헬렌을 존경스러운 친구라 생각해 오고 있다. 우디에게 헬렌 같은 친구가 나타난 것은 정말 행운이다.

그렇게 1학년의 절반 정도가 흘렀다. 그런데 학교에서 이상한 소문이 돌기 시작했다. 우디와 헬렌이 사귄다는 소문. 그도 그럴 것이 우디와 헬렌의 사이가 좀 돈독했어야지 말이다. 하지만 우디와 헬렌은 정말로 소중한 친구 사이 그 이상도 그 이하도 아니다. 둘의 마음이 그 정도 선으로 똑같다는 것도 서로가 이미 알고 있는 상태. 그렇기에 우디는 당당하다. 소문은 시간이 지나면 흐려질 것이고 우디를 귀찮게 하는 친구들의 놀림과 장난은 웃고 넘어가면 될 일이다. 아무 사이도 아니기 때문에. 그렇게 한 주가 흐르고 소문이 가라앉을 때쯤, 우디가 같은 반의 토마스와 옆 반의 윌리엄을 만나 밥을 먹는다. 그리고 역시나 헬렌 이야기를 꺼내는 친구들.

"이야~ 너 진짜 헬렌이랑~ 뭐냐~"
"아니라고... 근데 윌리엄. 네 반까지도 퍼진 거야? 이게 뭐라고..."

벤은 누구인가

"당연하지 인마! 우리 반뿐이겠냐~"

월리엄의 놀림에 고개를 절레절레 흔들며 진절머리를 느끼는 우디. 이번엔 옆에 있던 토마스가 조금 퉁명스러운 말투로 이야기한다.

"야 근데 헬렌은 좀 아니지 않냐? 별로인데?"
"...뭐? 뭔 소리야 이건 또."
"아니~ 그렇잖아. 막 그렇게 예쁜 것도 아니고. 별로다 별로야."
"야. 너 말을 그딴 식으로밖에 못 하냐? 헬렌도 내 소중한 친구야. 그리고 네 얼굴로 무슨 남을 평가해. 거울이나 보고 말해."
"아이고~ 왜 흥분해~ 진짜 좋아하는 거야 뭐야~"
"됐다. 됐어. 나 먼저 일어날게."

토마스의 불편한 언행에 불쾌함을 느낀 우디가 밥을 먹다 말고 먼저 자리를 뜬다. 당황한 표정의 토마스와 월리엄. 며칠 후, 월리엄과 따로 만나 이야기를 나누는 우디.

"월리엄. 토마스 걔는 입이 문제야. 왜 맨날 생각 없이 말을 할까?"
"걔 그러는 거 한두 번이냐. 네가 이해해라..."
"에휴... 저러니까 친구가 없지..."

토마스에 대한 좋지 않은 감정들이 예전부터 조금씩 쌓여 가던 우디. 하지만 평소 유머러스한 토마스 옆에 있으면 아무 생각 없이 웃을 수 있었기에 계속 가깝게 지낼 수밖에 없었다. 결국 이번에도 우디는 "그럴 수도 있지"라는 생각으로 넘어간다.

1학년이 마무리되고 2학년에 들어선다. 우디와 4년 만에 같은 반으로 모인 윌리엄과 엠마. 그리고 우디는 "ACF 피오렌티나" U-14 유스 팀 소속으로서 전보다 더 힘들고 더 어려운 훈련과 시합을 이어 나가고 있다. 확실히 아카데미에서의 느낌과는 다르다. 동료이자 경쟁 상대들의 체격은 급격히 성장해 대부분 우디의 신장을 뛰어넘는 수준이다. 반면 우디는 눈에 띄게 키가 크지는 못하고 있지만, 다행히 발재간 하나만큼은 누구에게도 뒤지지 않아 아직까지도 팀의 주축 선수로 활약하고 있다. 이렇게 프로 축구 클럽 산하의 유스 팀에서 뛰고 있는 우디지만, 피렌체 학교 내에서도 매년 반 대항 축구대회가 열리곤 한다. 몇몇 반에는 우디처럼 프로 선수를 준비하는 실력자들이 포진해 있다. 우디 입장에선 100%로 열심히 뛰기에도 자존심 상하지만, 그렇다고 대충 뛰기엔 승부욕이 내버려 두지 않는다. 결국 우디는 최선을 다할 것이 분명하다. 우디는 체육 시간이나 쉬는 시간마다 학급 남학생들을 모아 놓고 짧고 굵게 축구 기본 훈련을 시키고 있다. 우디의 5반 자존심을 걸고 말이다. 교내 반 대항 축구대회가 개막하고 우디의 활약과 더불어 윌리엄을 비롯한 학급 친구들의 열정으로 5반은 어느덧 4강까지 올라온다. 결승을 앞두고 만난 상대는 토마스가 이끄는 7반이다. 경기가 시작되고 압도적인 경기력으로 손쉽게 두 골을 몰아넣는 5반. 연속 실점에 7반 학생들이 감정적으로 올라왔는지 거칠게 태클하기 시작한다. 바로 토마스의 주도하에. 토마스는 얼굴이 붉으락푸르락 달아올라 동료 학생들에게 강하게 들이박으라며 소리 지르고 있다. 이를 듣고 우디가 짜증 섞인 표

벤은 누구인가

정으로 토마스 옆에 다가가 한마디 한다.

"야야. 살살 하지? 애들 다치겠다."
"꺼져."

토마스는 양손으로 우디를 밀쳐 버리고 공을 향해 달려간다. 우디도 어이없다는 듯 제스처를 취하고 다시 경기에 집중한다. 경기 종료 시간이 다가오고 여전히 2골 차 스코어가 유지 중이다. 공격은 여전히 5반이 주도하고 있다. 우디가 드리블을 치기 시작하고 손쉽게 두 명을 제쳐 낸다. 그리고 앞에 나타난 토마스. 우디는 토마스의 가랑이 사이로 공을 빼내고 돌파해 들어간다. 그 순간, 토마스의 팔이 우디의 목을 감싼다. 뒤에서 우디의 머리를 비신사적으로 조여 못 움직이게 하는 토마스. 과거 프로 레슬링에서 쓰이던 전문 용어로 '헤드록' 기술이다. 심판이 휘슬을 불고 달려가지만, 토마스는 우디를 놓아주지 않는다. 숨이 막혀 하던 우디가 팔꿈치로 토마스의 배를 가격하고 둘 사이가 떨어진다. 흥분한 우디가 토마스에게 달려든다.

"이게 돌았나!! 미쳤어!?"

주변에 있던 윌리엄이 놀라 달려와 우디를 잡고 말린다. 토마스도 흥분한 상태로 씩씩거리고 있다. 축구가 뭐라고. 축구가 결국 우디와 토마스의 싸움을 이끌어 냈다. 경기가 끝나고 둘은 한마디 말도 없이 각자 교실로 올라간다. 윌리엄이 우디 옆에 앉는다.

"야. 괜찮아? 목이랑 머리랑 좀 어때."

"괜찮아. 안 아파. 근데 나 걔랑 더는 친하게 못 지낼 거 같다."

그렇게 토마스와 거리를 두기로 결정한 우디. 쓸데없이 자존심만 가득한 10대 남자들은 서로 사과라는 것을 몰랐고, 결국 2학년이 끝날 때까지 우디와 토마스는 지나가다 마주쳐도 어색하게 시선을 피했다. 이제 둘은 이전과 같이 함께 놀며 시간을 보낼 일이 없어졌다. 자연스럽게 완전히 멀어져 버린 우디와 토마스.

2122년 8월 30일. 3학년 개학을 앞두고 맞은 우디의 13번째 생일. 우디는 생일이지만 다른 날과 별다를 것 없이 오늘도 하루 종일 훈련하느라 지친 몸을 이끌고 집으로 향하고 있다. 방학이면 매일매일 축구에만 집념할 수밖에 없는 우디. 뜨거운 열대야 속 밝게 빛나는 달과 별이 비추는 거리를 걸으며 집으로 향하는 우디의 핸드폰이 울린다.

"어~ 윌리엄~"

"어디냐~"

"나? 지금 집 가는 중이야."

"다행이군!"

"응? 뭐가 다행이야?"

"아냐~ 너 집 가는 길에 있는 공원 있지? 잠시만 그리로 와라~"

"공원? 갑자기?"

"…"

　　　　　　　　　　　　　벤은 누구인가

"여보세요?"

뜬금없이 공원으로 오라는 말만 하고 전화를 끊어 버리는 윌리엄. 우디
는 당황한 표정을 지으며 일단 공원 쪽으로 걸어간다. 공원이 시야에 들어
오자 우디는 주위를 둘러보며 윌리엄이 있나 찾아보지만, 오늘따라 공원엔
아무도 보이지 않는다. 공원에 들어선 우디가 고개를 갸우뚱하며 전화기를
꺼내려고 하는 순간.

"야~ 우디~"

반가운 목소리가 우디의 뒤통수에서 들려온다. 우디가 몸을 뒤로 돌린
다. 엠마다. 엠마가 생일 축하 노래를 부르며, 양손에는 누가 봐도 직접 만
든 엉성한 수제 케이크를 들고 우디 앞으로 천천히 걸어온다. 우디는 깜짝
놀라 눈이 커지고 입이 벌어진다. 그 순간, 다시 뒤통수에서 들려오는 또
다른 목소리의 노랫소리. 윌리엄이다. 우디가 다시 뒤를 돌아보자 윌리엄
이 소형 폭죽을 하늘로 터트린다. 우디의 생일을 맞아 윌리엄과 엠마가 서
프라이즈 생일 이벤트를 준비했다. 이들이 불러 주는 생일 축하 노래가 끝
나자, 엠마는 우디의 얼굴 앞으로 촛불이 붙어 있는 케이크를 들이댄다. 우
디는 감격에 찬 미소를 지은 후, 눈을 살며시 감고 양손을 기도하듯 꽉 움켜
쥐며 짧게 소원을 빈다. 다시 눈을 뜨고 힘차게 후 하고 바람을 불며 촛불
을 끄는 우디. 이어 윌리엄과 엠마를 쳐다본다.

"야... 너네 뭐냐... 감동이다..."

"울어? 에이~ 안 울지? 울지 마라~"

"안 울어! 고맙다 진짜…"

우디가 붉어진 눈을 손으로 훑어 내며 티 나지 않게 작은 눈물을 닦아 낸
다. 우디에게 이런 근사한 생일 선물 이벤트를 선사해 준 친구는 윌리엄과
엠마가 처음이다. 감동받은 우디는 둘을 동시에 껴안으며 고마움을 표현한
다. 그러곤 넓은 벤치에 앉아 케이크를 나눠 먹으며 행복한 생일 하루의 저
녁 시간을 보낸다. 우디에게 이런 친구들이 있어 정말 다행이고 또 안심이
다. 좋은 일도 힘든 일도 우디가 언제든 믿고 기댈 수 있는 진한 친구가 되어
줄 윌리엄과 엠마. 우디가 이들과의 우정을 오래도록 잘 지켜 낼 수 있길.

3학년이 시작되었다. 과거에도 현재에도 미래에도 만국 모든 10대 중반
즈음의 청소년들 대부분이 겪는 병. 사춘기다. 사춘기가 나타나는 방식은
사람마다 정말 다양하다. 일반적으로 난폭해지고 예민해지고 민감해져 일
탈을 일으키곤 한다. 물론 그 일탈의 정도 역시 사람마다 다르다. 남에게
피해를 줄 정도로 강하게 오는 경우도 있지만, 본인도 인지하지 못할 정도
로 가볍게 지나가는 경우도 있다. 우디의 경우는 어떠할까. 다행히 우디는
후자에 가까워 보인다. 우디는 부모님에게 신경질 내거나 짜증을 내지도,
친구들과 사소한 일로 다투지도, 정의롭지 못한 행동을 하지도 않는다. 특
히 대단한 점은 흡연이다. 우디가 소속된 "ACF 피오렌티나" U-14 유스 팀
내 우디의 동료들 절반 이상은 담배를 피우고 있다. 청소년의 담배는 허락
되고 있지 않지만, 이들에겐 그런 법 따위 눈감으면 그만이다. 훈련 중 쉬
는 시간이나 모든 훈련이 끝나면 우디의 동료들은 삼삼오오 모여 담배를

벤은 누구인가

태우곤 한다. 보통 사람은 주변 환경에 스며들 수밖에 없다고 한다. 우디의 축구 환경은 좋지 못하다. 하지만 우디의 신념과 정신력은 강했다. 몇몇 동료들의 권유에도 우디는 몸에 좋지 않은 담배를 절대적으로 거부했다. 우디는 담배 냄새조차 역겨워해 동료들이 모여 담배를 피우고 있으면 멀리 떨어져 거리를 뒀다. 유스 팀 감독도 이런 우디의 모습을 칭찬하기도 했다.

"우디는 담배 안 피워서 참 좋구나!"
"네. 감독님. 저는 절대 흡연 안 해요. 지금부터 꾸준히 자기 관리만큼은 확실히 해야 한다고 생각하거든요."

여기서도 우디의 성격이 확연히 드러난다. 스스로 한번 마음먹으면 지켜 내야만 하는 집요함. 이런 성격은 후에 '끈기'라는 긍정적인 방향으로 활용될 수 있지만, '집착'이라는 부정적인 모습으로도 나타날 수 있다. 우디가 현명히 통제해 낼 수 있길.

다시 돌아와, 그나마 우디에게 가장 크게 나타난 사춘기의 변화는 바로 목소리다. 고작 몇 년 전까지만 해도 아기티를 벗어나지 못한 까랑까랑하고 귀여운 목소리는 이제 우디에게서 찾아볼 수 없다. 우디의 목소리는 동굴처럼 깊고 두껍게 굵어졌다. 묵직하게 튀어나온 목젖이 그 완벽한 증거가 된다. 그 외에도 몸에 털이 많아지고 여드름도 올라오는 등 남성 호르몬이 남들보다 더 강하게 흘러나오는 우디. 점점 성인이 될 준비를 시작하고 있다. 성격도 조금은 변했다. 선천적으로 내향적이었던 우디는 맞지만, 어린 시절 우디는 밝고 애교도 있는 나름 활발한 아이였다. 그러나 이제 그런 우디는 사라졌다. 과묵하고 진중하고 무뚝뚝한, 어쩌면 조금은 어두운 분위기가 우디를 덮었다.

언제 끝날지 알 수 없는 차디찬 늦겨울이 지나가고 있는 평범한 어느 날. 평소와 같이 등교해 중등교육관 1층에 도착한 우디는 뭔가 싸늘하고 무거운 공기를 느낀다. 학생들은 물론이고 교사들까지도 여기저기 모여 어두운 표정으로 조심스럽게 입을 가리고 웅성웅성 이야기를 나누고 있다. 어디서는 한숨 소리가 어디서는 곡소리가 들린다. 우디는 영문을 알 수 없어 아랫입술을 쭉 빼고 이해할 수 없다는 표정으로 계단을 올라 3학년 층으로 올라간다. 분위기는 더욱 심각하다. 모두가 서로의 눈치를 보는 듯 고요하다. 우디가 천천히 발걸음을 교실로 향해 복도를 걷는다. 어디선가 들려오는 울음소리. 우디가 고개를 돌린다. 토마스의 학급 담임선생님이다. 그녀는 동료 교사에 안겨 서럽게 울고 있다. 우디가 무언가 잘못됐음을 직감적으로 느끼고 몸이 굳어진다. 그때 멀리서 우디를 부르며 다가오는 윌리엄. 윌리엄의 표정은 금방이라도 터질 듯한 눈물을 참는 얼굴이다. 그리고 아무 말 없이 우디를 안는다. 우디는 여전히 도통 무슨 상황인지 알 수 없어 멍하니 윌리엄의 등을 일단 토닥여 준다. 우디가 어렵게 묻는다.

"왜 그래...? 무슨 일 있어...?"
"하..."

우디의 질문에 윌리엄이 쉽게 입을 열지 못한다. 계속 무슨 말을 할 듯 말 듯 입술을 붙였다 뗐다를 반복하는 윌리엄. 우디가 답답해하며 다시 묻

벤은 누구인가

는다.

"아니... 무슨 일인데 그래... 학교 분위기는 또 왜 이래?"
"그게... 토마스가... 어제..."

월리엄이 말을 끝까지 이어 나가지 못하고 다시 우디에게 안긴다. 그 순간 우디의 머릿속을 스치는 수많은 상상들. 전부 부정적인 상상뿐이다. 우디가 긴장한 말투로 월리엄의 어깨를 세게 붙잡고 또다시 묻는다.

"하... 토마스... 왜... 아프대...? 다쳤대...?"

월리엄이 고개를 힘들게 좌우로 움직인다. 아프지도 않고 다치지도 않았다면. 우디의 안면 근육이 떨리기 시작한다. 더 묻지 않고 가만히 월리엄의 얼굴만 바라본다. 잠시 후 조금은 진정된 월리엄이 힘겹게 입을 연다.

"후... 토마스가 어제... 교통사고가 났대... 근데..."
"근데...?"

우디가 희망과 절망이 섞인 말투로 되묻는다. 하지만 월리엄은 다시 고개를 좌우로 젓는다. 절망이었다. 토마스가 교통사고로 세상을 떠났다. 우디가 믿을 수 없다는 표정을 지으며 한 발자국 뒤로 물러난다. 그리고 고개를 돌려 여전히 울고 있는 토마스의 담임선생님을 바라본다. 모든 상황이 믿고 싶지 않지만, 현실이다.

학교에서는 3학년 모든 학생을 장례식장으로 이동시킬 준비를 하느라 바삐 움직이고 있다. 장례식장은 피렌체 외곽 끝자락에 위치해 있다. 영혼이 빠져나간 표정의 우디가 교실로 들어와 자리에 털썩 앉는다. 우디는 본인의 학급이 이동할 순서가 올 때까지 교실에서 대기한다. 모두가 자기 자리에 조용히 앉아 무거운 침묵을 유지하고 있다. 물론 우디의 토마스에 대한 감정이 대부분 좋지 않았던 것은 사실이지만. 최근 1년 가까이 서로 모른 체하며 멀어졌지만. 그렇지만. 한때 늘 붙어 다니며 웃고 떠들던 친구의 갑작스러운 죽음. 우디는 지금 아무 생각도 들지 않는 듯 어떠한 표정도 짓지 않는다.

점심시간이 훌쩍 넘어가고서야 우디네 학급이 이동한다. 우디가 난생처음으로 장례식장에 도착한다. 이곳은 피렌체의 유일한 장례식장이다. 피렌체 태생이라면 모두 이곳을 이용해 장례식이 이뤄진다. 거대한 건물 내부엔 수많은 방들이 있으며, 방마다 떠나간 사람과 떠나보내는 사람들이 마지막 인사를 나눈다. 건물 입구에 오자 우디의 눈에 다양한 사람들이 들어온다. 세상을 잃은 표정으로 눈물을 훔치고 있는 사람들부터 멍하니 하늘을 바라보며 줄담배를 태우고 있는 사람들까지. 우디가 눈동자만 양옆으로 둘러보며 그대로 건물 내부로 들어간다. 중앙에 길게 늘어선 큰 복도를 사이로 양옆에 방들이 쭉 배치되어 있다. 각 방의 입구에는 떠나간 사람의 사진이 크게 걸려 있다. 하나같이 밝게 웃고 있다. 이곳 분위기와는 전혀 상반되게. 과연 그들은 저 사진을 찍으며 알았을까? 마지막 사진으로 남을 것이라는 걸? 그럼에도 저리 행복하게 웃으며 찍을 수 있었을까? 사진 속 떠나간 사람은 환하게 웃고 있지만, 이를 바라보고 있는 사람들은 침울하게

벤은 누구인가

울고 있다.

복도를 하염없이 걷던 우디와 친구들은 토마스의 이름이 적혀 있는 방 앞에 도착한다. 우디의 시선이 웃고 있는 토마스의 사진으로 자연스럽게 이동한다. 토마스와 눈이 마주치는 우디. 우디의 턱이 살짝 떨린다. 방 안으로 들어가자 가장 안쪽에 신부님이 서 있고 그 앞으로 큰 관이 놓여 있다. 방 안의 사람들은 하나둘씩 차례를 지켜 앞으로 이동해 토마스와 마지막 인사를 나눈다. 우디와 친구들도 1열로 줄을 선다. 그런데 우디의 표정이 심상치 않다. 여전히 떨리고 있는 턱. 앞니로 아랫입술을 깨물며 숨을 크게 쉬고 있다. 이내 심장에 불편함을 느꼈는지 가슴을 살살 문지르며 마사지하기 시작한다. 이를 발견한 학급 친구 한 명이 괜찮은지 묻자, 우디가 힘겹게 대답한다.

"나... 더는 못 있을 거 같아..."

갑자기 방을 뛰쳐나가는 우디. 그대로 건물 밖까지 나온다. 밖으로 나오자마자 양손을 무릎에 대고 숨을 가쁘게 몰아쉰다. 이어 하늘을 바라보며 벅찬 심호흡을 시작한다. 토마스의 죽음을 받아들이기엔 아직 어린 나이의 우디. 결국 혼자 집으로 향한다. 넋이 나간 상태로 집에 가는 우디의 핸드폰이 울린다. 핸드폰에 시선을 두지도 않고 습관처럼 전화를 받는다.

"여보세요."
"우디야. 어디야? 장례식장이야?"

"누구...? 아. 헬렌이야?"

"응. 맞아."

"나 집 가는 중이야..."

"그래..? 너 괜찮은 거야? 목소리가..."

"모르겠어... 괜찮아..."

"아이고... 집 가는 길에 잠깐 앞에 공원으로 올래?"

"공원? 그래. 알겠어..."

걱정이 가득 담긴 말투로 잠시 만나자고 하는 헬렌. 집 근처에 도착한 우디는 터덜터덜 공원으로 향한다. 공원 입구에 도착한 우디는 공원 중앙까지 들어갈 힘이 없는지 입구 앞에 놓인 벤치에 그냥 앉는다. 고개를 푹 숙이고 있는 우디. 잠시 후, 그 앞으로 사람 형체의 그림자가 나타난다. 고개를 천천히 들어 올리는 우디. 헬렌이다. 우디가 헬렌과 눈이 마주치는 그 순간. 어쩌면 지금까지 꾹 참고 있었을지도 모를 우디의 눈물이 처음으로 흘러내린다. 우디의 서러운 눈과 뜨거운 눈물을 본 헬렌은 아무 말 없이 우디를 안아 준다. 우디는 앉은 상태 그대로 헬렌의 명치에 얼굴을 대고 울음을 터트린다. 우디의 머리를 부드럽게 쓰다듬어 주는 헬렌. 그렇게 몇 분 동안 서로 어떤 말도 없이 감정으로만 들리지 않는 대화를 이어 간다. 우디가 조금 진정된 듯싶자, 헬렌이 처음으로 목소리를 낸다.

"괜찮아. 괜찮아. 다 괜찮아."

오늘따라 유난히 쌀쌀한 밤공기와 선명한 밤하늘. 수많은 별들 사이로

벤은 누구인가

별똥별 하나가 밝게 빛을 내며 떨어진다. 우디의 남은 3학년 기간이 그 어느 때보다 조용히. 마치 아무 일도 일어나서는 안 된다고 세상이 압박하듯이. 그렇게 흘러 지나갔다. 모두가 조심스럽게 또 조심스럽게.

"존경하는 친구
편안한 친구
그리고
웃게 해 줬던 친구"

첫 번째 사랑

중등교육의 마지막 학년이 시작됐다. 다행히 학교 분위기는 다시 활기차게 돌아가고 있다. 우디는 여전히 축구에 열중이다. 이번 학년이 특히나 중요하다. "ACF 피오렌티나" U-14 유스 팀에서 마지막 시즌이다. 다음 단계인 U-18 유스 팀으로 부름을 받기 위해선 특히 이번 시즌에 모든 걸 쏟아야 한다. 이 시기부터는 이제 어쩔 수 없이 학교생활에 더욱 소홀해질 수밖에 없다. 학교에서도 우디의 진로로 인한 선택과 집중을 이해해 주고 인정해 주기로 했다. 우디는 앞으로 대부분의 학교생활을 오전수업까지만 진행하거나, 혹은 결석하는 경우도 잦아질 예정이다.

우디에겐 지루한 학기 초가 지나고 있다. 지난주 유스 팀에서 다녀온 전지훈련으로 인해 일주일 동안 학교를 가지 못한 우디. 오랜만에 교실에 들어오자 자리가 바뀌어 있다. 우디가 없는 사이 자리 교체가 진행된 모양이다. 사라진 자리에 멀뚱멀뚱 서서 주위를 둘러보던 우디가 앞에 앉아 있는 학급 친구에게 자신의 새로운 자리가 어디냐며 물어본다. 교실 앞쪽 자리로 손가락을 가리키는 학급 친구. 우디는 고개를 끄덕이며 그쪽으로 이동한다. 새로운 자리에 다가서자 향기로운 향수 냄새가 우디의 코끝을 자극한다. 이어서 눈에 들어오는 본인의 자리 옆에 앉아 있는 긴 생머리 여학생의 뒷모습. 우디가 순간 걸음을 멈추고 멈칫하더니 조심스럽게 여학생 옆자리에. 아니, 본인의 자리에 앉는다. 자연스럽게 고개를 오른쪽으로 돌리며 여학생과 눈이 마주친다. 우디가 3초 정도 얼음이 되었다가 이내 어색한 첫인사를 건넨다.

"아... 안녕?"
"안녕. 학교 오랜만에 왔지?"
"응. 맞아. 이름이... 낸시... 맞지...?"
"응. 맞아. 우리 처음 인사하는 거지? 우디?"
"그러게. 하하하..."

바쁜 축구 일정으로 학기 초 새로운 학급 친구들과 친해질 시간이 부족했던 우디. 어렵게 기억을 더듬어 낸시(Nancy)의 이름을 떠올려 냈다. 물론 낸시를 한번 보고 기억 못 할 사람은 아마 없을 것이다. 그 이유를 낸시의 비주얼이 증명해 준다. 여학생들 사이에서 큰 키에 고양이를 닮은 우아한 외모. 우디와 마찬가지로 진한 이목구비를 가지고 있는 낸시. 그런 낸시와 짝꿍이 된 우디가 과할 정도의 긴장한 말투로 어색한 대화를 나눈다. 아무리 낯을 가리는 우디지만 이렇게까지 순식간에 바보가 된 경우는 없었다.

쉬는 시간이 되고 화장실을 다녀온 우디가 교실 앞에 서 있는 낸시와 헬렌을 보고 어째서인지 본능적으로 벽 뒤에 숨는다. 왜 그랬을까. 낸시와 헬렌이 서로 손바닥을 맞잡으며 무슨 이야기를 나누는지 내내 행복한 웃음을 짓고 있다. 아무래도 낸시와 헬렌이 친한 친구 사이인가 보다. 우디가 최대한 그들의 눈에 띄지 않겠다는 몸짓으로 살금살금 교실로 들어간다. 하지만 낸시와 헬렌은 이미 우디의 그런 모습을 발견하고 아까보다도 더 해맑게 웃는다.

쾌청한 날씨의 어느 주말. 오랜만에 한 주의 휴가를 받은 우디가 느긋하게 어머니와 밤 산책을 하고 있다. 최근 들어 피로가 누적돼서인지. 미래에 대한 고민이 시작된 건지. 다크서클이 깊게 내려온 우디. 하늘을 바라보며 어머니와 대화를 이어 간다.

"엄마. 나 축구로 성공할 수 있을까?"
"우디. 꼭 축구 하나에만 목매지 않아도 괜찮아. 아들이 좋아서 하는 축구잖아? 잘되면 좋겠지만, 잘 안되면 또 어때? 하고 싶은 거 재미있게 한 거면 된 거지. 엄마도 아빠도 우디가 지금이든 5년 후든 언제든 어떤 선택을 해도 지지해 주고 도와줄 거니까 아무 걱정 하지 마렴."

우디의 마음을 편안하게 만들어 주는 천사 같은 어머니. 우디도 어머니의 말에 미소를 지으며 고개를 끄덕인다.

"와~ 근데 오늘 별 진짜 많이 보인다! 잠깐 서서 별 구경하자!"

하루도 빠짐없이 매일 밤하늘을 밝게 책임지는 별들에게 처음으로 새삼

경외감을 느끼는 우디. 턱이 빠질 듯이 입을 벌리고, 마치 별을 입 안으로 받아 내겠다는 제스처를 취하며 수많은 별이 그려 내는 눈부신 밤하늘에 흠뻑 취해 있다.

"엄마... 나 별이 너무 좋아..."

다른 학생들에 비해 학교에서 생활하는 시간이 적은 우디가 유일하게 좋아하는 수업이 두 가지가 있다. 하나는 당연히 체육이고, 다른 하나는 음악이다. 우디는 여전히 몇 년째 피아노를 틈날 때마다 치고 있다. 물론 예전에 비해 그 빈도는 줄고 있고 앞으로도 더 줄어들겠지만, 한번 제대로 배우고 손에 익힌 피아노 실력은 예상컨대 평생 가져갈 재능 중 하나가 된다. 이처럼 우디가 반기는 음악 수업 시간. 오늘은 각자 자신 있는 악기로 학생들 앞에서 연주를 선보이는 날이다. 역시 피아노를 선택한 우디. 정해진 순서대로 음악실의 앞쪽 작은 무대에 나와 본인들의 실력을 뽐낸다. 우디의 차례가 오고 긴장한 모습으로 피아노 앞 의자에 앉는다. 크게 심호흡을 한번 하고 피아노 건반 위에 양손을 둥글고 우아하게 올려놓는다. 음악실의 공기가 고요해진다. 우디가 가장 잘 치고 가장 좋아하는 연주곡이 시작되고 학생들의 다양한 표정을 우디가 알게 모르게 느끼고 있다. 연주가 끝나고 고개를 살짝 돌려 학생들 쪽을 쳐다본다. 음악실에 울려 퍼지는 박수갈채. 그리고 우디와 눈이 마주친 낸시. 낸시는 마치 "좀 하는데?"라고 말하고 싶어 보이는 도도한 표정에 미소를 살짝 얹고 있다. 박수 소리는 지금 우디의 귀에 들리지 않는다. 낸시와 눈을 맞추고 있는 우디의 눈빛에서 지금껏 본 적 없는 설렘이 느껴진다. 음악 시간을 마치고 교실로 돌아온 우디가 자

벤은 누구인가

리에 앉는다. 잠시 후 낸시도 자리에 앉으며 입을 연다.

"피아노 잘 치더라. 멋있었어."
"아... 그래? 고마워..."

낸시의 무심하게 툭 던지는 칭찬에 우디가 쑥스럽게 고마워한다. 이번엔 눈빛뿐만 아니라 얼굴 전체에서 느껴진다. 드디어 우디가 호감을 느끼는 여학생이 나타났다.

우디에게 처음으로 생긴 이성에 대한 관심. 우디는 자신의 심장이 뛰었음을 본능적으로 느낀다. 그리고 문득 낸시와 함께 있던 헬렌이 떠오른다. 곧장 헬렌에게 연락해 할 얘기가 있다며 주말에 약속을 잡는다. 지금까지 우디 인생에서 가장 길게 느껴졌을 주말까지의 기다림이 지나고 헬렌을 만나는 우디.

"우디. 무슨 일인데 그렇게 들떠 있어?"
"그래 보여? 나도 모르겠어... 왜 이러지..."
"뭔데 뭔데~"
"그... 있잖아... 너 낸시랑... 친해...?"
"낸시? 응응. 같은 동네 살아서 예전부터 친구였어!"
"아아... 그렇구나..."
"근데 갑자기 낸시는 왜? 너... 혹시..."
"응...? 뭐가 뭐가...! 아냐... 그런 거..."

"에? 아무 말도 안 했는데?! 너 낸시 좋아하는구나?"

"티... 많이 나...?"

"엄청~"

"에휴... 근데 뭘 어떻게 해야 할지 모르겠어..."

"내가 살짝 도와줄까?"

"어떻게?!"

"그냥 낸시한테 너 언급 자주 하면서 생각나게 만들기?!"

"오! 좋은데! 너무 고마워 진짜..."

헬렌의 도움을 받기로 한 우디는 신나서 집으로 돌아간다. 그로부터 며칠이 흐르고 헬렌에게 다시 연락이 온다.

"우디! 좋은 소식이야!"

"뭔데 뭔데 뭔데???"

"내가 낸시한테 너 얘기 자연스럽게 하면서 너 어떻게 생각하는지 슬쩍 물어봤거든?"

"..."

"너 멋있다고 호감이래!"

"와..."

"뭐야. 반응이 왜 이래?"

"몰라... 리액션이 고장 났어..."

"아이고야~ 어쨌든 이제 네 차례다~ 잘해 봐라~"

"응응... 고마워...!"

벤은 누구인가

우디에게 호감이 있다는 낸시의 마음을 확인한다. 정말로 이제 우디의 몫이다. 우디의 첫 연애가 이루어질 수 있을까. 우디가 과연 용기를 낼 수 있을까. 사춘기를 지나 보냈지만, 여전히 어린 나이답게 순박한 우디는 "3단계 작전"을 세운다.

우디의 1단계 작전은 '친해지기'다. 사실 둘은 아직 어색한 사이다. 우디는 먼저 친근하게 다가가 친구로서 가깝게 만들겠다는 계획이다. 등교를 준비하는 시간이 평소보다 오래 걸리기 시작한 최근의 우디. 용모도 옷도 깔끔하게 신중히 가다듬고 있다. 일찍 학교에 도착한 우디가 10초에 한 번씩 문 쪽을 돌아보며 낸시가 들어오는지 수시로 확인한다. 잠시 후, 낸시가 들어오고 우디가 로봇 같은 미소로 반갑게 인사한다. 그렇게 시작된 '친해지기' 작전. 며칠째 다양한 대화 주제로 많은 이야기를 나누는 우디와 낸시. 우디의 작전이 성공적으로 진행되고 있어 보인다.

그리고 다음 2단계. '어필하기' 작전이다. 우디가 표면적으로 어필할 수 있는 최대 장점은 두 가지다. 축구와 피아노. 피아노는 이미 보여 줬다. 이제 정말 자신 있는 특기인 축구를 보여 줄 차례. 마침 매년 개최되는 반대항 축구대회가 열린다. 기회를 놓치지 않겠다는 우디의 각오가 느껴진다. 일반 학생들 사이에서 경기를 뛰는 축구선수 준비생이 어쩌면 치사하게도 최선을 다해 죽기 살기로 열심히 뛰고 있다. 이를 관중석 벤치에 앉아 응원하며 지켜보고 있는 낸시. 우디가 화려한 득점을 터트린다. 그리고 낸시가 앉아 있는 쪽을 바라본다. 세리머니를 준비한 모양이다. 관중석에 앉은 모든 학생이 우디를 주목한다. 우디가 양손을 가운데로 모으고 엄지와 검지만으로 작은 하트를 만든 후 머리 위로 들어 올린다. 운동장이 소란스러워진다. 여기저기서 누구한테 보내는 하트냐며 의미 없는 토론을 시작한다. 낸시는 알 수 없는 표정 사이로 살며시 미소 보이고 있다. 우디의 원맨쇼로 경기가 끝나고, 낸시는 교실에서 기다렸다는 듯이 우디에게 묻는다.

"야! 아까 하트 누구한테 날린 거냐!"
"있어~ 내가 좋아하는 사람~"

낸시는 답을 알고도 물어본 걸까. 그럼에도 에둘러 표현하는 우디. 장난 섞인 대화로 둘 사이의 웃음꽃이 피어난다. 2단계까지 수월하게 진행되고 있다. 이제 마지막 3단계다. '고백하기'. 우디가 마음의 준비 시간을 며칠간 갖는다. 그리고 대망의 그날. 우디와 낸시가 나란히 앉아 수업을 듣고 있다. 우디가 낸시 쪽으로 몸을 붙여 속삭이듯이 작게 말한다.

"근데 너는 왜 연애 안 해?"
"나? 음... 글쎄? 너는?"
"난 좋아하는 사람 있다니까~"
"사실 나도 좋아하는 사람 있..."
"뭐!?!"

우디가 갑자기 발작하듯 목소리를 키운다. 그러곤 뻘쭘해하며 선생님과 주변 학생들에게 사과를 하고 입을 손으로 가로막는다.

벤은 누구인가

"누구...?"

"있어~ 멋있는 애~"

우디가 혼잣말로 작게 복화술을 한다.

"안 되는데..."

이를 들은 낸시가 얼굴을 우디에게 가까이 대며 묻는다.

"안 돼? 뭐가~"

"아니... 하... 안 되겠다."

우디가 낸시의 눈을 정면으로 주시한다. 긴장한 듯 흔들리던 눈빛을 굳은 결심에 찬 눈빛으로 바꿔 끼운다.

"나 너 좋아해. 다른 애 말고, 나랑 사귀자."

낸시가 순간 놀란 표정을 짓더니 다시 웃음을 보이며 대답한다.

"이 바보야. 내가 좋아한다는 멋진 애가 너였어."

우디는 이미 헬렌에게 들은 이야기가 있긴 했지만, 낸시의 마음을 확신할 수 없어 늘 불안해했다. 하지만 우디의 바람대로 낸시의 마음도 진작 우디에게 가 있었다. 그렇게 어린 학생들의 어설픈 고백은 풋풋한 연애의 시작을 알렸다. 우디의 첫 번째 사랑이다.

10대의 사랑을 진정한 깊은 사랑이라고 표현하기엔 무리가 있는 게 사실이다. 오히려 10대 때만 느낄 수 있는 순수한 사랑이라 생각한다면 그 가치가 더 높아진다. 친구 사이에서 연인 사이가 된다면. 얼마나 어떻게 달라질 수 있을까.

연애를 시작하기로 하고 처음 학교에서 만난 우디와 낸시. 어딘가 어색해 보인다. 평소 같으면 편히 인사하고 자연스러운 대화를 이어 나갔을 둘이지만, 하루 만에 자연스러움 한 스푼이 빠지고 어색함 한 스푼이 추가됐다. 그래도 이들은 어색함의 감정이 아닌 설렘의 감정으로 느끼고 있을 테다. 며칠이 흐르고 어색한 설렘은 자연스러운 설렘이 되었다. 다른 학생들의 눈에도 이들의 관계에 변화가 생겼음이 금방 느껴진 듯하다. 우디와 낸시가 연애를 시작한 지 일주일 정도 만에 둘의 관계가 학교에 빠르게 소문이 났다. 이제 학교에서 이 커플을 모르는 학생은 없을 수준이 되어 버렸다. 학교에선 이들을 '선남선녀' 커플로 부르기 시작했다. 그도 그럴 것이, 초등교육관에서부터 유명했던 우디는 물론이고, 낸시 역시 조용한 학생이었지만 주변에 늘 많은 친구가 있었고 많은 남학생의 인기를 받아 왔다. 학교 대표 커플이 된 우디와 낸시.

아무리 모두가 아는 소문난 커플이지만 학교에서 대놓고 애정 표현을 하기엔 우디와 낸시 모두 그럴 성격이 못 된다. 이들이 사귄 지 한 달이 다 되

벤은 누구인가

어 가지만 아직 손도 잡지 않았다. 그리고 소극적인 자신을 답답해하던 우디가 드디어 용기를 내기로 결심한다. 각자 바쁜 일상으로 평일 오후에도 주말에도 학교 밖 데이트를 해 보지 못한 우디와 낸시가 처음으로 영화관에 가기로 한다. 우디는 최대한 긴 러닝타임의 크게 관심도 없는 우주 영화를 하나 선택해 예매한다. 영화관에 들어와 어두컴컴한 곳에 딱 붙어 앉은 우디와 낸시. 우디는 이미 오늘 마음을 먹고 나왔다. 영화관에서 먼저 손을 잡기로. 영화가 시작되고 초반부를 지나갈 즈음, 영화엔 집중하지 않고 자신의 손을 만지작거리며 눈치를 보고 있는 우디. 그 순간 떨고 있는 우디의 손 위로 내려오는 따스한 온기. 낸시의 손이다. 우디와 낸시가 서로를 지그시 바라본다. 그렇게 길고 긴 영화가 끝날 때까지 애틋한 두 손은 포개져 풀리지 않았다.

우디와 낸시가 만난 지 3개월이 흐르고 있다. 4학년도 끝을 향해 달려가고 있다. 우디에게는 학교보다 중요한 결과 발표가 남아 있다. 바로 "ACF 피오렌티나" U-18 유스 팀 합류 가능 여부 문제다. 우디는 최선을 다했고 보여 줄 수 있는 모든 실력을 최대로 발휘했다. 내일이면 결과가 나온다. 긴장하고 있을 우디를 위해 낸시가 준비한 게 있다며 우디를 집 앞으로 불러낸다. 우디가 현관문을 열고 나오자 길 건너에 서 있는 낸시가 보인다. 손에는 작은 박스가 들려 있다. 우디가 헐레벌떡 낸시 앞으로 뛰어간다.

"자! 선물!"
"이게... 뭐야...?"
"내일 결과 나오는 날이잖아. 그동안 고생 많았어! 별거는 아니고 그냥...

선물이야!"

"우와…"

  예상도 못한 선물에 우디의 눈가에 감동이 일렁인다. 궁금함을 못 참고
그 자리에서 박스를 열어 본다. 다양한 간식들이 가득하고, 그 틈으로 무언
가 보인다. 수첩처럼 링이 걸려 있는 작고 두꺼운 편지. 우디의 손이 가장
먼저 편지로 향하자 낸시가 놀라며 제지한다.

  "안 돼! 부끄러우니까 집 가서 봐!"

  우디가 미소와 함께 고개를 여러 번 끄덕거리곤 자연스럽게. 우디 입장
에선 최대한 자연스럽게. 낸시를 천천히 그리고 아늑히 안아 준다. 우디와
낸시의 첫 포옹이다. 집에 돌아온 우디는 방에 들어가 곧장 편지를 펼쳐 본
다. 우디의 눈이 당장이라도 쏟아질 듯이 개방된다. 편지는 우디와 낸시가
사귀기로 한 날짜부터 오늘 날짜까지 무려 3개월 동안 매일매일 짧게 적어
온 내용들이다. 어느 날은 그냥 일기 같은 내용도. 어느 날은 우디에게 고
마웠던 내용도. 어느 날은 함께 재밌게 놀았던 내용도. 전혀 상상 못한 편
지에 놀라고, 또 그 형식과 내용에 감격하는 우디. 우디에게 이런 편지는
난생처음이자 앞으로도 없을 것이다.

  우디가 U-18 유스 팀에 합격했다. 주변에서 많은 축하를 받는다. 축구도
아직까지 별 탈 없이 잘 풀리고, 낸시와도 잘 지내고 있어 행복한 우디. 얼
마 후, 그런 우디에게 청천벽력 같은 일이 발생한다. 현재 이탈리아를 비롯

벤은 누구인가

한 유럽 대부분의 국가에서는 특정 도시에 대한 인구 집중 현상을 막기 위해 하나의 제도를 세워 놨다. 각각의 도시는 수용 가능 인원이 정해져 있어, 5년마다 그 수용 가능 인원이 초과돼 있을 시에 복불복으로 그 초과 인원만큼의 수를 주변 도시로 이주시키는 정책이다. 물론 이주 비용은 전액 국가에서 보장해 주지만, 갑작스러운 이주 통보는 모두가 꺼려 하는 상황이다. 그런데 그 상황이 우디에게 발생해 버렸다.

"엄마? 아빠? 이게 어떻게 된 일이야…? 우리 이사 가?"
"그렇게 됐네… 아들 너무 실망하지 말고…"
"이런 게 어딨어!!"

우디가 아무 잘못도 없는 부모님에게 괜한 짜증을 낸다. 우디는 이사 가야 한다는 사실을 받아들일 수 없다. 하지만 어쩌겠나. 떠나야 하는 걸. 지금 우디가 이렇게 예민하고 신경질적인 이유 중 가장 큰 부분은 바로 낸시 때문이다. 옆집도 아닌 옆 구역도 아닌 아예 다른 옆 도시로 떠나야 한다면, 낸시와의 거리가 멀어질 수밖에 없다. 우디는 이 상황을 낸시에게 어떻게 설명해야 할지 머리를 쥐어뜯으며 고민한다. 다음 날, 학교에 도착해 낸시를 복도로 데리고 나와 신중히 이야기를 시작한다. 강제 이주 정책의 희생양이 되었다고. 낸시의 난감한 표정과 함께 정적이 흐른다. 그러다 낸시가 일단 나중에 생각해 보자며 차갑게 자리를 뜬다. 우디는 낸시의 대수롭지 않다는 듯한 반응에 조금 당황한 얼굴이다. 사실 낸시도 우디 못지않게 바쁜 날들을 보내고 있다. 진로에 대한 진지한 고민이 필요한 고등교육 입학을 준비해야 할 시기이기 때문이다. 공부하길 좋아하고 늘 성실한 낸시도 최근 미래에 대한 걱정으로 생각이 많아 보였다. 그런 상황에서 남자친구인 우디의 소식은 그저 또 하나의 고민거리에 불과했다.

그날 이후로 우디와 낸시는 조금씩 각자의 바쁜 삶 속으로. 서로의 시야에선 사라져 가고 있다. 졸업식을 하루 앞두고, 낸시가 할 말이 있다며 학교 운동장 벤치로 우디를 불러낸다.

"내가 생각을 해 봤는데..."
"응..."
"아무래도 우리 그만 만나는 게 맞을 거 같아."
"..."
"너도 다른 도시로 이사 가고 전학 가면 만나기도 어려울 거고..."
"..."
"몸도 마음도 멀어지는데... 이제 각자 바삐 살자."
"..."

낸시의 이별통보에 우디가 얼어붙는다. 한마디 말도 못 하는 우디. 그런 우디를 뒤로하고 낸시가 자리를 뜬다. 우디는 낸시가 떠나가는 방향으로 몸을 돌리곤 어찌할 바를 몰라 한다. 낸시가 점점 멀어져 간다. 입을 열어 보지도 못하던 우디가 어떤 이유에서인지 본능적인 건지 갑자기 낸시를 쫓아간다. 낸시가 뒤를 돌아본다. 따라오고 있던 우디와 눈이 마주친다. 낸시가 한숨을 크게 내쉬며 우디에게 다시 날카로운 창을 내던진다.

벤은 누구인가

"따라오지 마."

우디의 두 발이 그대로 땅에 들러붙는다. 집착은 안 된다며 땅에서 손이 올라와 우디의 발목을 움켜잡고 있는 것처럼. 우디는 심장에 욱신거림을 느꼈는지 가슴을 부여잡는다. 그리고 낸시는 우디의 검고 무거운 액체의 시야 밖으로 사라진다. 그렇게 짧으면 짧았던 우디의 첫 번째 사랑 이야기가 끝이 났다. 낸시는 우디에게 어떤 존재로 어떤 의미로 남게 될까. 우디가 낸시와 남긴 추억이라곤 대부분이 학교에서뿐이었다. 함께 만든 추억이 많지 않다면, 금방 잊을 수 있을까. 우디는 이별에 취약하다. 어릴 적 강아지부터 최근 친구까지. 몇 번의 이별을 경험해 봤지만, 사랑의 이별은 처음이다. 얼마나 힘들게 보낼지 예상은 된다. 남들보다 천천히 그리고 더 아파하지 않으면 우디가 아니다.

4학년이 끝남과 동시에 중등교육 졸업식이 열렸다. 우디는 친구들과 짧게 인사만 나누고 얼른 학교를 나와 축구장으로 향한다. 요즘 들어 미친 듯이 훈련에 몰두하고 있는 우디. 학교에는 최소한의 시간을, 축구에는 최대한의 노력을 쏟겠다는 의도가 다분히 느껴진다. 무언가를 잊기 위해서.

다행히도 우디가 예상보다는 빠르게 그리고 덜 아프게 이별을 지나 보냈다. 이사도 원활하게 진행됐다. 우디가 15년여 만에 처음으로 피렌체를 벗어나 새로운 도시로 정착한다. 바로 피렌체 바로 옆에 위치한 도시. "피사 (Pisa)"

"추억이 적다는 이유로 덜 아프다면
그것만큼 슬픈 경우가 또 있을까"

IV

새로운 환경, 선택의 연속

피렌체와 가까운 도시지만 우디는 한 번도 피사에 가 본 적 없었다. 새로운 도시에 적응할 틈도 없이 전학 온 새 학교의 입학일이 다가왔다. 피렌체 학교에서 초등과 중등 9년을 다닌 우디는 새로운 피사 학교에서 나머지 고등 4년을 다녀야 한다. 9년을 봐 오던 친구들은 이제 없다. 새로운 학교에서 적응을 못 하면 어쩌나 걱정이지만, 그나마 다행인 점은 헬렌이 있다는 것이다. 우디와 마찬가지로 운 없이 당첨된 헬렌도 피사로 이사를 왔다. 개학을 앞두고 우디는 동네에서 헬렌을 만나 이야기를 나눈다.

"이제 새 학교 가야 하네... 떨린다..."
"그러니까... 새로운 애들은 어떨까? 잘 적응할 수 있겠지?"
"우리처럼 낯가리는 성격은 쉽지 않겠는데..."
"그러니까... 우리 초반엔 같이 다니면서 서로 의지하자!"
"응응. 그러자!"

그렇게 우디와 헬렌은 새 학교 적응을 위해 서로서로 도움을 주자며 약속한다. 동병상련의 마음이란 이 둘의 상태라고 할 수 있다. 둘은 겪정 반 설렘 반으로 개학을 기다리고 있다. 이곳에서는 과연 어떠한 일들이 펼쳐질까.

  2124년 9월 1일. 개학 날이다. 우디가 평소보다 이르게 일어난다. 긴장된 마음에 잠을 조금 설친 우디. 우디의 집에서 학교까지는 걸어서 20분 정도 소요된다. 9시까지 등교지만, 우디는 8시 20분에 집을 나선다. 미리 도착해 학교를 가볍게 둘러볼 계획이기 때문이다. 헬렌의 집은 우디의 집과 5분 거리로, 우디와 헬렌은 한동안 같이 등교하기로 했다. 그렇게 우디는 헬렌을 만나 함께 학교로 향한다. 우디가 전학 온 새 학교는 피사 시내 중심에서 약간 떨어진 지역에 있으며, 설립된 지 이제 3년이 넘어가는 신설 학교다. 또 언덕 위에 위치해 매일 완만한 오르막을 올라야 한다. 우디와 헬렌은 조금 힘겹게 오르막을 오르며 주변을 쉴 틈 없이 두리번거린다. 앞으로 4년간 오르락내리락해야 할 길을 처음 눈에 담고 있다. 5분 정도 올라왔을까. 눈앞에 피사 학교의 개성 있는 교문이 우디의 눈에 들어온다. 마치 '피사의 사탑' 두 개를 축소시켜 놓은 듯 양쪽에 기둥이 세워져 있다. '피사의 사탑'은 1372년 완공된 이래로 무려 약 750년을 버텨 온 세계문화유산이다. 수없이 많은 지진 등의 자연재해에 금방이라도 무너질 것만 같이 기울어진 '피사의 사탑'은 결코 무너지지 않고 지금까지 그 자리를 버텨 왔다. 그렇기 때문에 단연 피사의 대표 상징물은 변함없이 '피사의 사탑'일 수밖에 없다. 피사 시내 어느 곳을 가도 '피사의 사탑'과 관련된 아이템들이 없는 곳이 없다. 우디가 새로 전학 온 이 학교 역시 교문에서부터 '피사의 사탑'을 모방한 티가 바로 난다. 교문 주변은 벌써 등교하는 학생들로 조금씩 모여들기 시작한다. 새로운 장소의 어색함에 약간은 묵직한 발걸음으로 우디와 헬렌이 학교 안으로 들어선다.

오른편으로 거대한 교내식당이 우디를 맞이한다. 앞으로 4년 동안 우디의 밥을 책임질 곳이다. 일단 크기와 시설로 압도한다. 역시 최신식 학교답다. 식당 바로 위에는 깔끔한 체육관이 자리하고 있다. 체육관 내에는 고급 운동기구들과 넓은 코트가 깔려 있다. 식당 옆쪽으로는 운동장이 있는데, 트랙과 잔디는 기본이고 상시로 청소해 주는 커다란 운동장 청소용 로봇이 한쪽 구석에 설치되어 있다. 운동장에 민감한 우디에게는 굉장히 만족스러울 만한 운동장 시설 상태다. 식당과 운동장의 건너편에는 본 건물이 웅장한 자태를 뽐내고 있다. 좌측부터 A동, B동, C동으로 각각 순서대로 초등, 중등, 고등교육관 건물로 나뉘어져 있다. 우디가 가야 할 곳은 C동이다. C동 고등교육관은 5층짜리 건물로 1층엔 기타 편의시설 등. 2층엔 4학년. 3층엔 3학년. 4층엔 2학년. 5층엔 1학년. 이런 식의 구조이다.

8시 45분. 우디와 헬렌은 누가 봐도 전학생임을 티 내듯 주위를 두리번거리며 둘러보다가 C동 입구로 들어선다. C동의 건물 구조는 알파벳 "E" 모양이다. 각 학년은 12개의 반으로 나뉘어져 있는데, 한쪽 라인에 4개의 반이 배치되어 있다. 1층 중앙에 설치되어 있는 고풍스러운 분수대. 분수대 뒤쪽으로 두 대의 엘리베이터와 중앙 계단이 보인다. 우디는 분수대를 지나 엘리베이터로 향하는가 싶더니 긴 줄을 보고는 옆으로 빠져 계단으로 향한다. 우디와 헬렌은 사뿐사뿐 5층까지 걸어 올라간다. 물론 이 둘이 같은 반에 배정되지는 않았다. 우디는 7반이다. 7반은 중앙 계단을 따라 올라오자마자 눈앞에 보이는 8반을 지나 바로 다음에 위치해 있다. 다른 쪽 라

벤은 누구인가

인의 3반을 배정받은 헬렌과 헤어진 우디는 조심스럽게 7반 문 앞으로 다가간다. 우디가 침을 꼴딱 삼킨다. 긴장한 우디의 표정. 천천히 문을 열고 안으로 들어간다.

벌써 전체 30명 중 절반 이상의 학생들이 자리를 잡고 앉아 있다. 무표정한 표정들과 멍한 눈빛들이 우디를 집어삼킨다. 우디는 슬쩍 빈자리를 훑어보고 남아 있는 맨 뒷자리로 가서 앉는다. 옆자리에는 기분이 좋지 않은지 인상을 쓰고 있는 학생이 앉아 있다. 앞자리에는 머리를 멋스럽게 꾸며 놓은 학생이 앉아 있다. 9시가 되고 모든 자리에 학생들이 앉아 조용히 앞만 바라보고 있다. 잠시 후, 우디를 비롯한 7반 학생들을 1년 동안 책임질 담임선생님이 들어온다. 몸에 힘이 들어간 채 긴장하고 앉아 있는 학생들을 바라보며 미소를 살짝 보인다. 그러곤 고개를 양옆으로 살짝 돌리며 학생들과 눈을 마주치며 입을 연다.

"안녕하세요 여러분. 저는 7반 담임선생님이에요. 다들 중등교육관을 넘어오느라 고생 많았어요. 대부분 아는 사이겠지만, 그래도 새로운 고등교육관에서 새로운 학년이라 그런지 긴장한 표정이네요. 우리 서로 배려하고 도우며 아름다운 7반 만들어 나가요."

"...네!"

우디와 학생들이 살짝 밝아진 표정으로 대답한다. 선생님의 인상이 굉장히 좋다. 우디는 학급 친구들에 대한 궁금증도 있었겠지만, 단연 본인의 담임선생님이 어떤 분일지 기대하고 있었다. 선생님의 첫인상을 보고 우디도 긴장이 약간은 풀린 듯 보인다. 그때, 선생님이 우디를 찾는다.

"아, 그리고 우리 반에 다른 학교에서 전학 온 친구가 있어요. 우디? 나와서 자기소개랑 인사 한번 할까?"

우디의 눈이 놀라 확대된다. 내향인 우디에게 첫날부터 이런 상황이 일어나다니. 당혹스러운 표정으로 일어난 우디가 걸어 나간다.

"안녕하세요. 저는 옆 동네 피렌체에서 전학 온 우디라고 합니다. 취미도 특기도 축구이며 다른 모든 스포츠도 즐기고 좋아합니다. 새로운 도시. 새로운 학교. 새로운 친구들. 모든 게 아직 어색하지만, 잘 지낼 수 있었으면 좋겠습니다! 잘 부탁드립니다!"

어색하고 형식적인 인사말을 끝내고 자리로 돌아가는 우디. 주변 학생들과 인사를 나누라는 선생님의 말에 우디는 왼쪽에 앉은 친구와 먼저 인사를 나눈다.

"안녕...? 나는 우디야."
"그래. 안녕. 나는 저스틴이야."
"그래... 반가워... 잘 지내 보자."
"응. 그러자."

굉장히 딱딱한 말투의 저스틴(Justin). 우디는 멋쩍은 표정으로 일단 대

벤은 누구인가

화를 끝낸다. 이번엔 앞에 앉아 있던 친구가 우디를 향해 뒤돌아 밝은 표정과 말투로 인사를 건넨다.

"안녕! 난 예들린! 피렌체에서 왔다고?"
"응응...! 난 피렌체에서 온 우디야...!"
"그렇구나! 반갑다 반가워!"
"응...! 잘 지내자...!"

좋은 친화력으로 우디에게 다가온 예들린(Yedlin). 우디는 살짝 당황한 듯싶다가도 이내 표정이 맑아진다. 왼쪽의 저스틴과 앞쪽의 예들린. 이들은 우디와 어떤 사이가 될까. 또 새로운 학교에서 앞으로 어떤 이야기가 쓰여질까. 드디어 고등교육의 시작이다.

새로운 친구를 사귀기 가장 좋은 방법 중 하나는 취미 활동 공유다. 특히나 학창 시절에는 축구가 가장 쉬운 방법 중 하나가 된다. 웬만한 남학생들은 대부분 공을 차며 뛰어놀기 때문이다. 이미 우디가 피렌체에서 축구로 이름을 날렸다는 소문을 들은 학생들이 우디의 주변에 금방 모여들었다. 그렇게 축구라는 남학생들 사이의 만능 키를 이용해 우디는 금방 새로운 친구들을 사귀기 시작했다.

우디는 여전히 축구선수의 꿈을 포기하지 않고 "ACF 피오렌티나" 축구 클럽 (U-18) 유스 팀에 소속되어 방과 후에는 줄곧 바로 축구 훈련을 하러 간다. 물론 우디처럼 프로 축구팀 산하에서 전문적으로 배우지 않더라도,

일반 학교에서 축구를 배우고 또 축구부를 만들어 아마추어 전국 대회에 나갈 수도 있다. 개학한 지 2주 정도가 흐르고 벌써 교내에서는 축구부 멤버들을 모집하기 시작했다. 우디는 본인이 나갈 수 없는 대회라 인지하고 있어 전혀 관심이 없다. 그렇게 평소와 같은 학교생활을 하던 어느 날. 1교시가 끝나고 쉬는 시간이 되자 우디가 화장실에 들어간다. 그런데 그 뒤로 덩치가 산만 한 학생 3명이 그림자처럼 따라 들어간다. 우디는 곧장 이상한 느낌이 들어 뒤를 돌아보며 흠칫 깜짝 놀라 말한다.

"깜짝이야! 왜? 뭐... 할 말 있어...?"
"우디?! 네가 우디 맞지? 피렌체에서 축구로 유명하다는?"
"응. 뭐... 우디는 맞아. 왜 그러는데?"
"오... 음... 사실은..."

알 수 없는 긴장감이 흐른다. 우디보다 덩치가 훨씬 좋은 남학생 3명이 우디를 둘러싸고 대체 무슨 말을 하려는 건지 서로의 눈치를 보고 있다. 그 중 한 명이 결의에 찬 눈빛으로 입을 연다.

"너 혹시 학교 축구부 들어올래?"
"응...?"
"아니... 우리가 지금 축구부 모집하고 있는데, 너를 놓치면 너무 아쉬울 거 같아 가지고 부탁하러 왔어..."
"근데 내가 참여해도 되는 거야?"
"응. 이게 프로 경험 있는 애는 3명까지 가능하대."

"아하. 그렇구나. 음... 어쩌지..."

그렇다. 일반 학교에 다니는 축구선수 지망생 우디지만, 교내 축구부에 들어가서 전국 아마추어 대회에도 나갈 수 있는 방법이 있긴 했다. 갑작스러운 부탁에 머리를 긁적이며 고민하는 우디. 그런 우디를 더욱 당황하게 만드는 가장 덩치가 우람한 한 친구. 사정사정하며 우디에게 무릎을 꿇는 시늉까지 한다.

"내가 축구를 진짜 너무 좋아해서 이번에 제대로 다 같이 잘해 보고 싶어서 그래. 이렇게까지 빈다!"
"야야야. 일어나. 일어나. 뭐 하는 거야. 알겠어. 좀만 생각할 시간을 줘. 금방 알려 줄게."
"그래! 들어와 줄 거라고 믿을게!"

그렇게 반강제적인 약속을 받아 내고 유유히 화장실 밖으로 나가는 세 명의 덩치들. 우디는 짧은 시간 동안 무슨 일이 벌어진 건지 멍하니 화장실 거울을 바라본다. 우디의 소속 유스 팀과도 상의를 해 봐야 하고, 가족들과도 이야기를 나눠 봐야 할 문제이다. 하지만 지금까지 지켜본 우디의 성격상 분명 참여할 것으로 보인다. 남의 부탁을 잘 거절하지 못하는 우디.

예상이 맞았다. 우디가 결정을 내리기까지 3일이면 충분했다. 소속 유스 팀에서도 적당히 다치지 않는 선에서 참여하라고 허락해 줬다. 어머니와 아버지도 처음엔 힘들지 않겠냐며 반대했지만, 우디의 고집을 꺾을 수는 없었다. 그렇게 우디는 학교에서도 축구부 활동을 하게 되었다. 우디에게 득이 될지 독이 될지는 지켜봐야 할 일이다.

개학한 지 한 달이 넘어가고 있다. 우디는 이제 학급 친구들과 꽤나 편하게 가까워졌다. 특히 아이러니하게도 첫날 인상이 좋지 않았던 저스틴과 가장 가까운 사이로 지내고 있다. 저스틴은 그저 우디와 비슷하게 낯가림이 심해 새로운 관계를 쉽게 만들어 내지 못하는 성격이었다. 이런 성격의 공통점은 오히려 둘을 더 가깝게 만들어 줬다. 또 저스틴은 축구에 대한 열망이 남다르다. 다른 친구들처럼 평범하게 좋아하는 수준이 아니다. 그 이유에 안타까운 사연이 함께하고 있었다. 사연을 들은 우디는 쉬는 시간이고 점심시간이고 시간이 날 때마다 저스틴에게 축구를 가르쳐 주며 코치와 같은 역할을 자처했다. 어찌 보면 우디의 첫 축구 제자라고 할까나.

저스틴도 우디처럼 어릴 때부터 축구를 좋아해 축구선수를 꿈꿨다고 한다. 그래서 우디와 마찬가지로 프로 축구 클럽의 유스 팀에 합류하기 위해 입단 테스트까지 거쳤지만, 최종 합격에 실패한 아픔이 있다고 한다. 그 이후로 상심이 커 한동안 축구와 멀어져 살다가 최근에 다시 취미로라도 축구가 하고 싶어졌다는 저스틴. 그 타이밍에 우디를 만난 것이다. 성격도 취미도 서로 비슷해 늘 붙어 다니는 둘.

그리고 또 한 명의 마음이 맞는 친구. 바로 예들린이다. 예들린은 저스틴과 초등교육부터 고등교육까지 함께한 오랜 친구 사이다. 심지어 사는 곳도 붙어 있어 어릴 때부터 같이 놀던 둘이었다. 또 예들린은 음악인이

벤은 누구인가

다. 구체적으로 피아니스트를 꿈꾼다. 어려서부터 피아노에 눈을 떠 '피아노 신동' 소리를 들으며 자라 왔다고 한다. 우디는 본인도 예전부터 피아노에 관심이 있었다며, 신기해하면서 자신의 피아노 경험을 이야기하곤 했다. 그리고 이는 우디와 예들린 사이를 빠르게 연결해 주는 시작점이 되었다. 축구로 이어진 저스틴. 피아노로 이어진 예들린. 각각 특정 소재의 공통점으로 인해 수월하게 친해졌지만, 아무리 취미가 비슷해도 성격이 맞지 않는다고 느껴지면 가까워지긴 쉽지 않다. 다행히 저 셋은 성격마저 비슷하고 잘 맞아, 아직까진 아무 문제 없이 싱그럽게 어울리고 있다. 친해지고 나니 장난치는 걸 굉장히 좋아하다 못해 가끔은 철없게 느껴질 때가 많은 저스틴. 피아니스트라는 확고한 미래를 향해 무엇이든 해내고 말겠다는 열정이 대단한 예들린. 평소 차분하고 진지하지만 친한 친구에겐 장난도 잘 치고, 또 축구선수라는 목표를 향해 포기할 줄 모르는 우디. 우의 깊은 트리오가 탄생했다.

피사 학교는 피렌체와 마찬가지로 남녀공학이기 때문에 우디의 반에는 여학생들이 절반을 차지하고 있다. 우디의 외모. 우디의 성격. 우디의 매력. 핑크빛 기류가 흐르지 않을 수 없다. 하지만 낸시 이후로 우디의 눈은 쓸데없이 높아졌다. 사실 학기 초반부터 우디에게 적극적으로 관심을 표출하고 있던 친구가 있다. S라고 표현하겠다. 우디는 초면인 사람에게 낯을 심하게 가리고 어색해하지만, 특히나 여자 앞에선 그 정도가 더더욱 심해진다. 그런 우디에게 S는 처음부터 적극적으로 말을 걸며 다가갔다. 우디는 처음엔 부담을 느끼는 듯싶었지만, 지금은 익숙해진 듯 보인다. 평소 중식을 먹으러 식당으로 갈 때면 늘 저스틴 또는 예들린과 함께였던 우디지만,

오늘은 예들린이 피아노 연습 때문에 결석했고 또 저스틴은 전날 잠을 못 잤다며 결석하고 교실에서 잠을 더 자겠다고 한다. 어쩔 수 없이 일단 혼자 식당으로 향하는 우디의 팔을 S가 붙잡는다.

"밥 혼자 먹으러 가?"
"응. 아마 그럴 거 같은데...?"
"에이~ 혼자 먹으면 외롭지~ 같이 가 줄게!"
"그... 그래...! 같이 먹자."

S다운 적극성을 우디도 이젠 당연하게 받아들이고 함께 식당으로 이동한다. 각자 주문한 음식들을 모두 받은 뒤, 남는 테이블을 찾아 나란히 마주 보고 앉는다.

"야! 너 아직도 내가 어색해?"
"아니 아니... 그런 게 아니고... 아냐 아냐."
"뭘 아니긴 아니야~ 내가 이러는 거 부담스러워?"
"응? 전혀 전혀...!"
"그래? 내가 아무한테나 막 이렇게 적극적으로 친해지려고 안 해!"
"그치 그치. 고마워...!"
"그래서 넌 나 어떻게 생각하는데?"

훅 들어온 S의 질문에 우디가 꿀 먹은 벙어리가 된다. 누가 봐도 당황한 표정의 우디와 정적 속 긴장감이 생긴 공기.

"너는... 유쾌하고 적극적이고 그런... 좋은 친구지...!"

"좋은 친구... 그렇구나..."

"..."

"내가 좀 재밌긴 해! 히히히..."

순간적으로 경직된 S의 표정. 이내 금방 밝은 표정으로 돌아왔지만, 우디가 약간의 선을 그은 거 같다. S도 우디의 표현에 담긴 의미를 알아차린 듯싶다. 그렇게 S와의 인연은 이어지지 못하고 끝이 났다.

고등교육 1학년이 3분의 1을 지나고 있다. 평범한 겨울의 어느 날, 뜬금없이 저스틴이 우디를 교실 밖으로 불러낸다.

"야. 내가 엄청난 비밀 하나 알려 줄까? 너랑 관련된 거야!"

"뭔데?"

"내 옆에 앉은 애 누군지 알지?"

"응응. 알지 알지. 걔가 왜?"

"아 진짜 티 내지 말아라?"

"뭐냐니깐?"

"걔가 너 좋아한대~"

"뭐...??"

저스틴 옆에 앉은 여학생이 우디에게 관심이 있다고 한다. 믿거나 말거나일 수도 있지만, 어쨌든 그 여학생은 H라고 표현하겠다. 우디는 저스틴이 늘 그렇듯 장난치는 걸 거라고 생각한다.

"얘가 또 장난치네. 뭐라는 거야~"
"이번엔 진짜라니까? 내가 너네 이어지도록 도와줄게!"

저스틴은 밑도 끝도 없이 다짜고짜 우디와 H를 연결해 주겠다며 호언장
담을 하고는 자리를 뜬다. 어이없는 표정을 짓는 우디. 잠시 후 우디가 저
스틴의 저 말 한마디에 괜히 H의 눈치를 보며 교실에 들어간다. 우디도 역
시 보통의 사람이고 남자구나.

며칠째 저스틴은 H와 붙어 다니고 있다. 그러다 가끔 우디를 찾아와 둘
을 연결해 주기 위해 노력 중이라 말하고 간다. 우디는 저스틴이 그럴 때마
다 '그러든지 말든지' 하고 있다. 날이 좋은 어느 날의 쉬는 시간. 저 멀리 앉
아 있던 저스틴이 갑자기 우디를 부른다. 당연히 저스틴의 옆에는 H가 앉
아 있다. 우디는 같은 반 학생이지만 아직 H와 대화해 본 적도 없었다. 작
은 책상을 사이에 두고 둥글게 앉아 있는 우디와 저스틴 그리고 H. 알 수
없는 묘한 긴장감이 흐른다. 저스틴이 정적을 깬다.

"아니 어떻게 같은 반인데 둘은 아직 인사도 안 해 봤대?"
"하하... 안녕...?"
"응... 안녕..."

우디는 분위기를 더 어색하게 만드는 이상한 웃음과 함께 H에게 처음 인

벤은 누구인가

사를 해 본다. H의 성격은 우디와 비슷해 보인다. 그렇게 낯가리는 두 남녀 사이에서 저스틴이 대화를 이끈다. 일반적이고 일상적인 대화를 가장한 고문이 드디어 끝나고, 자리를 일어나며 우디가 저스틴을 밖으로 불러낸다.

"야. 난 이런 거 너무 힘들어. H도 불편해하는 거 못 봤어?"
"아니. 난 도와주려는 거라니깐?"
"뭘 도와줘. 솔직히 나 지금 연애에 관심도 없어."
"그래... 알겠다..."

우디가 진지하게 자신의 생각을 직설적으로 표현한다. 저스틴은 약간 실망한 표정을 짓고 돌아간다. 우디는 정말 연애 생각이 없는 걸까? 아니면 S도 그렇고 H도 그렇고 그냥 본인 이상형이 아닌 걸까? 괜한 자존심을 부리고 있는 것은 아닐까?

우디가 저스틴에게 본인의 확실한 의사를 표현한 지 일주일 정도가 흘렀다. 그리고 우디에게는 조금 충격적인 소식이 들려온다. 저스틴과 H의 연애 소식이다. 우디와 연결해 주겠다며 계속 붙어 다니더니 정작 저스틴 본인이 H와 정이 튼 모양이다. 당연히 있을 수 있는 일이다. 우디도 화가 난다거나 기분 나빠 하지는 않는다. 이 상황이 웃길 뿐이다. 소문이 나자마자 제발로 우디를 찾아온 저스틴. 우디는 저스틴의 얼굴을 보자마자 빵 터진다.

"뭐? 나랑 연결을 해 줘? 진짜~ 미치겠다~"
"미안하다... 나도 이게 이렇게 될 줄은 몰랐다..."

"뭘 미안해~ 난 진짜 아무렇지도 않고, 솔직히 너네 둘이 예전부터 너무 잘 어울린다 생각하고 있었거든. 축하한다! 이 자식아!"

"아 그래? 그렇게 생각해 주면... 고맙다!"

모든 것은 결과론이지만, 만약 우디가 H에게 관심이 있었다면 과연 지금 우디와 H가 만나고 있었을까? 알 수 없다. 그러나 하나 확실한 건 이번에도 인연은 이어지지 못했다.

고등교육 1학년 생활의 절반이 지났다. 언제나 변함없는 우디의 학교생활. 그리고 방과 후 생활. 오직 학교와 축구뿐이다. 교내 축구부 훈련은 대부분 등교 시간 이전인 이른 아침에 진행된다. 그리고 추가적으로 점심시간을 이용해 연습 경기를 하곤 한다. 점심시간에 운동장에서 축구를 하다 보면 당연히 많은 학생들의 주목을 받을 수밖에 없다. 남학생이고 여학생이고 할 거 없이 긴 벤치에 삼삼오오 모여 앉아 축구부 학생들이 축구하는 모습을 구경한다. 거기에 구경하는 학생의 친구가 뛰고 있거나 응원하는 학생이 있다면, 그 학생이 공을 잡을 때마다 환호 소리가 나오곤 한다. 우디도 그런 학생이다. 늘 우디의 축구 하는 모습을 구경하기 위해 여기저기 학생들이 자리를 잡고 앉아 있다. 그런데 최근 우디는 새로운 시선을 느끼기 시작했다. 얼마 전부터 벤치의 한쪽 구석에 두 명의 여학생이 조용히 앉아 우디가 뛰고 있는 축구 경기를 보고 있다. 그 둘 중 한 명은 우디와 같은 반 여학생이다. 이게 무슨 상관이냐고 생각하겠지만, 우디가 뛰지 않는 날에는 나오지 않고 오직 우디가 나온 날에만 꼬박꼬박 나타나고 있다. 게다가 우디가 공을 잡거나 어떠한 퍼포먼스를 선보일 때마다, 확실한 감정 표현을 드러내고 있는 것이 보인다. 오직 우디의 행동에서만. 그리고 이 사실을 우디가 눈치챈 듯싶다. 축구 할 때는 오직 축구에만 집중하던 우디가 그 여학생의 존재를 인지한 이후로 힐끔힐끔 그쪽으로 시선을 돌린다. 우디도 관심이 있는 걸까. 우디의 시선을 뺏은 그 여학생. J라고 표현하겠다.

오늘도 점심시간에 우디와 축구부 학생들이 모여 연습 경기를 진행하고 있다. 역시 J도 한쪽 자리에 앉아 우디를 바라보고 있다. 점심시간이 끝나가고 경기도 곧 마무리되려 한다. 경기가 아직 끝나지 않았지만 J가 먼저 자리를 떠난다. 잠시 후 경기가 끝나고 우디는 숨을 헐떡이며 샤워실로 이동해 개운하게 씻고 교실로 올라간다. 그리고 축구화를 넣기 위해 사물함 문을 여는 우디. 사물함 문이 열리는 순간, 그대로 눈이 커진 채 멍하니 사물함 안을 쳐다보며 머리를 긁적거린다. 우디의 사물함 안에 놓여 있는 초콜릿과 쪽지. 우디는 초콜릿을 집어 들고 한참 동안 바라본다. 이내 초콜릿을 내려놓은 뒤, 주변을 두리번거리고는 쪽지를 떼어 본다.

축구 하느라 고생했어! 잘하더라!
운동했으니까 당 충전하라고~

누가 쓴 건지 이름이 적혀 있지 않다. 하지만 알 수 있을 거 같다. 교실로 들어온 우디가 자리에 앉는다. 생각에 잠긴 표정의 우디. 이어 대각선 방향의 앞쪽에 앉아 있는 J를 바라본다. 깊은 고민에 빠진 듯한 모습의 우디. 이때, J가 우디 쪽으로 뒤를 돌아본다. 우디는 화들짝 놀라며 얼른 고개를 돌린다. 저렇게 티 나게 회피하다니. J도 우디의 행동을 보고는 살며시 웃음을 짓고 다시 앞을 바라본다. 당연히 우디는 J와 아직 제대로 된 대화조차 해 보지 못한 사이다. 모든 수업이 끝나고 다들 하교 준비를 하고 있다. 가방을 싸는 우디 앞으로 J가 다가온다.

"잘 가...! 내일 보자...!"
"...응! 너도 조심히 가...!"

우디와 J의 직접적인 첫 대화다. J에게 어색한 인사를 건넨 우디가 왠지 모르게 씩씩한 발걸음으로 교실을 박차고 나간다. 그로부터 열흘이 흘렀다. 그동안 우디는 J와 금세 가까워져 많은 대화를 나눴다. 둘의 관계가 과연 진전됐을까.

주말이다. 우디는 쉬는 날이지만, 고민이 있다며 예들린을 불러낸다. 예들린도 마침 쉬는 날이라 학교 근처 카페에서 만나기로 한다. 예들린이 무슨 일이냐며 묻자 우디가 솔직한 심정을 털어놓는다.

"사실 내가 마음이 흔들리는 친구가 있는데, 내 느낌엔 그 친구도 나한테 마음이 있는 거 같거든?"
"야야~ 잘됐다~ 미리 축하한다!"
"아니... 그게 아니고... 들어 봐..."
"응? 왜. 뭐가 문제인데?"
"그냥 지금 내가 연애를 하는 게 맞나 싶어. 너도 나랑 비슷해서 알겠지만, 난 축구 때문에 시간도 항상 없고. 또 축구선수가 꼭 되고 싶은데, 과연

벤은 누구인가

연애를 한다는 게 내 꿈에 도움이 될까 싶어서…"

"아하… 그건 또 그러네… 뭐가 더 중요한지 잘 판단해 봐…"

"응… 그래야지…"

우디가 이런 고민을 하고 있었다니. 축구라는 미래를 위해 연애라는 현재를 포기할 것인가. 선택의 결과는 당연 본인에게 있으니 잘 생각하고 결정했으면 좋겠다. 예들린과 헤어지고 우디는 주말 내내 생각이 많아진다. 그리고 월요일이 되었다. 아침 일찍 등교한 우디. 잠시 후 J가 들어온다. 우디와 눈이 마주친 J가 평소처럼 반갑게 인사하기 위해 손을 들어 올리는 순간. 우디가 J의 눈길을 피한다. J는 살짝 당황한 표정을 지으며 자리로 가서 앉는다. 그렇게 남은 하루의 학교생활 동안 우디와 J는 어떠한 대화도 나누지 않았다. 우디는 무슨 생각인 걸까. 방과 후, J가 같이 나가자며 우디를 잡는다. 여전히 무표정한 얼굴의 우디는 J와 함께 학교 밖을 나선다. 최근 꽤나 가까워졌던 둘이지만, 오늘따라 마치 서로를 몰랐던 시절처럼 멀어진 분위기다. 차라리 이런 어색하고 긴장된 분위기가 기회라고 생각했던 걸까. J가 자신의 솔직한 감정을 우디에게 꺼내 놓는다.

"우디. 나 사실 너한테 마음 있는데… 너는 어때?"

"내가 며칠 계속 생각해 봤는데, 나는 지금 내 꿈이 가장 중요한 거 같아. 알다시피 축구 외에 내 시간도 별로 없고, 또 만약에 연애하느라 축구에 집중을 못 하면 나중에 크게 후회할 거 같아. 특히 이제부터 졸업할 때까지 정말 중요하고 바쁠 시기이기도 하고… 그래서… 우리 그냥 친구로 지내자."

J는 애써 표정관리를 하며 미세하게 고개를 끄덕이곤 먼저 집으로 향한다. 결국 우디의 선택은 사랑이 아닌 꿈이었다. 그렇게 이번에도 또. 인연은 만들어지지 않았다.

어딘가 아쉬움이 남았던 1학년 생활이 마무리됐다. 우디의 1학년은 선택의 연속이었다. 갑작스런 교내 축구부 활동부터 우디가 밀어낸 사랑들까지. 세 번의 연애 주파수를 스스로 차단한 우디. 그 이유는 그때그때 달랐지만, 결론적으로 우디는 지금 연애에 관심이 없다. 연애가 꼭 필요한 것은 아니지만, 할 수 있을 때 많이 경험해 보는 것도 좋다. 사랑은 타이밍이다. 인연은 아무 때나 쉽게 찾아오지 않는다. 이런 식으로 점점 연애의 감정을 잃어버리다가, 후에 찾아올 진짜 사랑을 놓치게 될까 봐 걱정도 된다. 우디가 자신의 선택이 옳았음을 결과로 꼭 보여 줬으면 좋겠다. 꿈을 향해 나아가는 우디를 그저 묵묵히 응원하고 있는 한 사람으로서.

벤은 누구인가

"눈이 높아지면, 기회는 낮아진다."

뜻대로 되지 않는 것이 인생

2학년은 1학년 층에서 하나 내려와 4층으로 이동한다. 우디는 2학년 8반에 배정받았다. 기존 5층의 1학년 7반에서 중앙 계단으로 내려오면 바로 앞에 위치하고 있다. 학급 친구들도 대부분 바뀌었다. 우디는 여전히 피사 학교 학생들을 많이 알지 못하기 때문에 새로운 학년 새로운 학급은 또다시 새로운 환경이 된다. 다행히 저스틴과 연속으로 같은 반이 되었다. 우디와 저스틴은 이미 서로에 대해 모르는 게 없을 정도로 절친한 친구가 됐다. 둘은 항상 붙어 다니며 기쁜 일을 함께 즐기고 슬픈 일은 함께 힘들어하며 많은 순간을 공유했다. 그리고 얼마 전, 저스틴은 H와 이별했다. 기분이 다운돼 있는 저스틴을 위로해 주며 우디는 과거 자신과 낸시의 추억을 들려준다. 우디가 피사로 넘어온 이후로 처음 꺼낸 자신의 사랑과 이별 이야기다. 우디가 이런 이야기를 한 걸로 보아, 확실히 저스틴에게 믿음이 생긴 것 같다. 저스틴은 빠르게 감정을 회복했고 평소처럼 밝고 쾌활한 모습으로 돌아왔다.

저스틴은 사실 공부에 취미가 없다. 노는 걸 워낙 좋아하는 친구다. 그런데 이별의 영향력인지, 얼마 전부터 갑자기 공부를 해야겠다며 전국적으로 이루어지는 "스터디 클럽"에 가입했다. 평소와는 다른 공부 의지를 보이며 야심차게 스터디 클럽을 다녀온 저스틴. 학교에 도착하자마자 우디에게 급하게 할 말이 있는 듯 흥분해서 뛰어와 웃으며 말한다.

"야야야! 나 어제 스터디 클럽 다녀왔잖아!"

"그래그래. 진정해! 왜 그래?"

"거기 누가 있었는지 알아?"

"응? 뭐야. 누가 있었는데?"

"네가 이야기해 준... 낸시라는 애가 있던데?"

"...뭐?!?"

"피렌체에서 온 낸시라는데... 걔 맞지 않을까?"

"..."

"아.. 그냥.. 신기해서..."

"그래. 뭐. 알겠어."

우디의 냉랭한 반응에 저스틴이 눈치를 본다. 수업 시간이 되고 우디와 저스틴은 조용히 교실로 들어가 자리에 앉는다. 우디의 표정이 심각해 보인다. 과거 기억들이 떠오른 걸까. 힘이 없어진 우디.

2학년 생활은 빠르게 흘러 매서운 겨울이 되었다. 우디와 예들린은 휴가 기간을 똑같이 맞춰 함께 '알프스 산맥' 트래킹 여행을 떠나기로 한다. 구체적으론 알프스 예하 산맥인 이탈리아 북동부에 위치한 '돌로미티(Dolomities)' 산맥이다. 사실 저스틴까지 세 명이 떠날 계획이었지만, 저스틴은 스터디 클럽으로 바쁘다며 빠졌다. 어쩔 수 없이 그렇게 우디는 예들린과 '돌로미티' 트래킹 투어를 떠난다.

천국을 사랑한 악마가 만든 작품이라 불리며 "악마의 왕국"이란 별칭까지 있을 정도로 '돌로미티' 산맥은 세계에서 가장 아름다운 산악 경관을 보유한 산맥 중 하나이다. 뾰족한 봉우리와 웅장한 암벽, 빙하기와 카르스트 지형까지 볼 수 있는 세계유산. 산맥 근처에 도달하자마자 공기부터 달라짐을 느끼는 우디와 예들린. 이미 산맥 아래에 들어와 있음을 그제야 깨닫는다. 그리고 고개를 들어 눈으로 덮인 설산을 올려다보고는 그 장엄함에 턱이 닫히지 않는다. 대부분의 봉우리가 3,000m를 넘기고 있는 험준한 산맥으로, 출발 지점부터 고도가 굉장하다. 우디와 예들린은 근처에 잡아 놓은 숙소에 짐을 풀고 트래킹을 출발한다. 올라가면 올라갈수록 산소는 부족해지고 기온은 급격히 떨어진다. 이탈리아에서 느껴지는 시베리아 급의 추위다. 1시간 정도를 올랐을까. 우디의 눈앞에 나타난 만년설. 우디와 예들린은 산맥을 가득 둘러싼 새하얀 눈을 본인들의 눈에 담는다. 그러곤 직접 손으로 보송보송한 눈을 만져 보며 거듭 놀라움을 느낀다. 알프스의 대자연이 한낱 인간에게 경이로움을 선물한다.

많은 영감을 남긴 트래킹 투어. 숙소로 내려와 돌아갈 준비하는 우디의 핸드폰이 시끄럽게 울려 온다. 저스틴이다. 전화를 받는 우디.

"헤이~ 알프스는 좀 어때? 멋있어?"
"진짜 미쳤어... 표현할 수 없을 정도로 아름답더라..."
"그렇군! 좋겠네~ 나는...&@₩$%#"

벤은 누구인가

"뭐라고? 잘 안 들려!"

저스틴의 스피커 너머로 소음이 들려온다. 저스틴의 말이 잘 들리지 않는다. 그리고 얼핏 들린 누군가의 음성. 행복한 웃음을 터트리며 저스틴에게 말을 걸고 있는 여자 목소리다.

"야야~ 나중에 다시 전화할게!"
"...그래그래."

전화를 끊은 우디는 예들린을 쳐다보고 아랫입술을 쭉 내밀며 이해할 수 없다는 표정을 짓는다. 다시 짐을 싸던 우디의 몸이 갑자기 경직된다. 그렇다. 저스틴의 옆에서 이야기하던 여자 목소리. 어딘가 익숙한 그 목소리. 낸시였다. 우디의 머리가 엉킨 실처럼 복잡해진다. 피사로 돌아오는 길 내내 우디는 멍하니 넋이 나가 생각하고 또 생각한다. 피사에 도착한 우디는 곧장 저스틴을 불러낸다.

"우디~ 알프스는 잘 다녀왔냐? 근데 왜 불렀어?"
"그... 물어볼 게 있는데..."
"응? 뭔데 그래?"
"너 혹시 낸시랑..."
"아아~ 아까 통화~ 같이 공부하다 보니까 자연스레 친해졌어!"
"그렇구나..."
"그냥 친구야~ 내가 너 친구인 것도 말 안 해서 몰라~"

"그래그래. 알겠어."

우디는 알 수 없는 찜찜함을 느끼지만 일단 넘어간다. 우디는 저스틴이 설마 낸시가 자신의 전 여자 친구라는 사실을 알면서도 만나지는 않으리라 생각하며 잡생각을 줄여 보기로 마음먹는다. 솔직히 아무렴 어떤가. 우디와 낸시는 이미 끝난 사이고. 우디와 저스틴이 아무리 친구 사이라지만, 저스틴과 낸시가 엮인다 하더라도 흔한 남녀 관계의 자연스러운 현상인데 말이다. 하지만 우디에겐 혹시 모를 이 상황에 대한 마음의 준비가 전혀 되지 않고 있다.

시간은 흘러 2학년 중후반에 다다른다. 그리고 지난해부터 진행해 온 교내 축구부가 참가하는 전국 대회 토너먼트가 시작된다. 우디의 피사 학교는 예선을 무난히 통과하고 16강을 기다리고 있다. 16강 상대는 밀라노 학교. 밀라노는 대도시이자 오랜 시간 축구 명가 도시답게 이번에도 우승 후보이다. 경기 당일, 우디는 동료들을 불러 모은다.

"애들아! 우리 상대가 얼마나 강하든 전혀 신경 쓸 필요 없어. 공은 둥글고 경기는 90분이나 진행돼. 끝날 때까지 끝나지 않는 게 축구야. 마지막까지 최선을 다하고 모든 걸 쏟아부으면 분명히 좋은 결과가 뒤따를 거야. 그러니까 해 보자! 그리고 무슨 일이 일어나는지 보자!! 가자!!!"

우디의 연설에 사기가 올라온 동료들이 고함을 지르며 에너지를 끌어올린다. 경기가 시작되고 예상대로 밀라노 팀의 압도적인 주도권에 피사 팀

벤은 누구인가

은 버티느라 바쁘다. 하지만 피사 팀의 집중력과 정신력은 오늘따라 남다르다. 밀라노 팀의 매서운 공격에도 몸을 던져 막아 내고 있다. 실수 한번 하지 않고 90분을 잘 버텨 낸 피사 팀은 연장전에서도 무너지지 않고 무실점으로 지켜 낸다. 결국 경기는 승부차기로 돌입한다. 이미 분위기는 피사 팀으로 넘어와 있다. 밀라노 팀은 당황한 기색이 역력하다. 우디는 5번째 마지막 키커로 준비하고 있다. 각 팀의 4번 키커까지 깔끔하게 성공한 가운데, 밀라노 팀 마지막 키커의 슈팅. 공은 좌측 상단 크로스바를 강타한다. 실축이다. 하프라인에서 나란히 서 있던 밀라노 팀은 좌절하고 피사 팀은 환호한다. 이제 우디가 마무리할 차례다. 우디는 차분히 걸어 나가 신중히 공을 내려놓으며 크게 숨을 들이마시곤 세 발자국 뒤로 물러난다. 심판의 휘슬이 울리고 우디는 상대 골키퍼와 눈을 맞춘다. 그대로 달려간다. 슈팅. 공은 우측 하단 구석에 꽂힌다. 우디는 그 자리에 무릎 꿇은 채 두 팔을 들어 올린다. 순식간에 뒤에서 대기하던 동료들은 물론이고 벤치에 있던 모든 동료가 뛰어나와 우디를 덮친다. 우디는 맨 밑에 깔렸고 인간 탑이 만들어진다. 축구에 미친 남학생들의 엄청난 도파민 폭발 순간이다. 그렇게 우디와 피사 학교는 8강으로 향한다.

8강 상대는 우디의 고향인 피렌체 학교다. 우디의 심정이 복잡 미묘하다. 고향 도시이자 현재도 피렌체를 연고로 하는 "ACF 피오렌티나" 소속 선수인 우디. 경기 당일이 되고 경기장에 도착한 우디와 축구부 친구들이 먼저 잔디를 밟아 보며 워밍업 훈련에 들어선다. 그때, 반대쪽에서 피렌체 학교 학생들이 걸어온다. 우디는 멀리서 보이는 아는 얼굴들에 반가운 표정을 짓는다. 그도 그럴 것이, 우디는 피렌체 학교에서 초등과 중등 교육까지 받았으며 그때 친구들은 여전히 피렌체에 남아 있기 때문이다. 더군다나 과거 축구를 함께하던 친구들은 대부분 피렌체 학교 축구부에 들어와 있다. 우디는 오랜만에 보는 옛 친구들에게 멀리서 가볍게 손짓하며 인사한다. 물론 더 가까이 다가가지는 못하고, 경기 끝나고 보자는 제스처를 취한 뒤 다시 훈련에 전념한다.

모든 준비가 끝나고 경기가 시작된다. 치열한 공방전이 펼쳐지던 중 먼저 골망을 흔든 건 피렌체 팀이다. 우디는 고향 친구의 득점을 바라만 봐야 했다. 피사 팀은 분위기를 뒤집어 보기 위해 파상공세를 펼치지만, 피렌체 팀은 견고하다. 마음이 급해진 피사 팀은 거칠어지기 시작한다. 피렌체 팀 선수들에게 불필요한 태클이 들어가고 결국 신경전까지 발생한다. 우디가 앞장서서 양 팀 선수들을 말리고 있다. 과거 동료와 현재 동료의 싸움을 중재하고 있는 우디. 경기는 막바지로 향하고 여전히 한 골 차 살얼음판 승부가 진행 중이다. 경기 종료 직전, 좋은 위치에서 프리킥 찬스를 얻은 피사 팀. 키커는 우디. 우디는 직접 슈팅을 하기엔 각도가 애매해 동료들에게 크로스를 올리겠다는 사인을 보낸다. 마지막 찬스라 생각했는지 피사 팀 골키퍼까지 올라와 있는 상황이다. 심판의 휘슬이 울리고 우디는 크게 한 번 심호흡 후, 크로스를 올린다. 상대 골키퍼의 펀치 클리어링. 튀어나온 공은 곧바로 피렌체 팀 공격수 발밑에 떨어진다. 피사 팀 골키퍼가 나와 있어 골대가 비어 있는 상황. 피렌체 팀은 쐐기 골을 넣기 위해 역습을 시작한다. 우디는 마지막 체력을 모두 끌어모아 수비 백업에 미친 듯이 들어간다. 수비 진영이 비어 있어 이대로 피렌체 선수가 달려가는 상황을 가만히 두고 볼 수 없었던 우디는 카드를 각오하고 손으로 상대 선수를 잡아채며

파울을 감행한다. 파울을 당한 선수는 크게 뒹굴더니 곧장 바로 일어나 우디에게 달려든다. 우디는 먼저 사과를 하지만, 상대 선수의 화는 풀리지 않고 계속 우디를 밀어붙인다. 우디도 결국 참지 못하고 상대 선수를 확 밀어버린다. 양 팀 선수들이 달려와 말린다. 심판이 시끄럽게 휘슬을 불며 모든 선수를 떼어 놓는다. 그러곤 우디와 상대 선수 모두에게 옐로카드를 준다. 우디는 물론이고 양 팀 모든 선수의 감정이 격하게 올라와 있는 상태다. 속절없이 추가 시간이 흘러가고, 경기 끝. 피사 학교의 0:1 패배. 우디는 그대로 주저앉는다. 망연자실하게 앉아 있는 우디 옆으로 옛 동료이자 피렌체 친구들이 다가와 위로해 주며 안아 준다. 우디는 괜찮다며 애써 어려운 미소를 지어 보이면서 고마워한다. 모든 게 원하는 대로 흘러가지는 않는 법이다. 지난 경기에서 예상 밖의 승리를 거뒀다면, 오늘은 또 쓰라린 패배를 겪을 수도 있는 게 축구다. 나아가 축구뿐만 아니라 인생 자체가 그러하다. 예상대로 흘러가지 않는 것이 인생이며, 행복과 아픔이 공존할 수밖에 없다. 이 모든 경험을 발판 삼아 스스로 얼마나 성장할 수 있는지가 중요한 포인트가 된다. 우디가 축구를 통해 인생사도 하나 배웠길 바란다.

축구로 정신없이 지나간 2학년은 막바지를 달리고 있다. 우디도 교내 축구부 활동이 끝나자 여유가 생겼고 주말을 이용해 고향 친구들을 만날 겸 피렌체로 향한다. 오랜만에 윌리엄과 엠마를 만난 우디는 행복한 주말을 보낸다. 빛처럼 빠르게 주말이 흘러가고, 우디는 그립던 피렌체의 밤거리를 걷는다. 그런데 저 멀리, 익숙한 형체의 두 실루엣이 우디의 눈에 들어온다. 나란히 발맞춰 걷고 있는 두 형체. 우디는 좀 더 가까이 다가가 확인해 본다. 나란히 걷는 둘은 서로의 손을 꼭 붙잡고 있다. 우디는 고개를 갸

웃거리곤 이어서 얼굴을 확인한다.

낸시다.

그리고 그녀의 손을 잡고 있는 남자.
저스틴이다.

우디의 심장이 빠르게 뛰기 시작한다. 일단 건물 안으로 몸을 숨기는 우디. 헤어진 이후 처음 보는 낸시의 모습이다. 그런데 그 옆에 있는 남자가 다름 아닌 우디의 가장 친한 친구, 저스틴이라니. 우디에겐 설마 했던 일이 쓰라린 현실이 되고 말았다. 행복한 표정의 낸시와 저스틴이 우디 눈앞을 지나간다. 우디는 건물을 나와 둘의 다정한 뒷모습을 바라만 본다.

다음 날 학교에 도착해 멍하니 앉아 있는 우디에게 저스틴이 아무렇지 않게 말을 건다.

"우디! 오늘 점심시간에 축구나 같이 할래?"
"…"
"야야야! 안 들리냐~ 왜 넋이 나가 있어!"
"…가라 좀."
"뭐? 뭐야 말투가 왜 이래."
"거슬리니까 저리 꺼지라고."
"이 새끼가 아침을 잘못 먹었나. 왜 아침부터 지랄이야."

벤은 누구인가

"지랄은 지금까지 네가 날 속인 게 지랄이고."

"무슨... 아..."

"왜. 뭐 들킨 거 같냐?"

"하... 그래. 낸시 만난다. 뭐. 어쩌라고. 어쩔 건데."

"어쩌진 못하지 내가. 그냥 네가 엿 같을 뿐이지."

"그래. 그렇게 생각하든지. 병신."

"뭐? 병신? 이 개새끼가!"

　우디가 저스틴의 멱살을 잡는다. 저스틴은 뒤로 밀려나며 벽에 부딪힌다. 저스틴이 우디의 팔을 쳐 내고 오른손 주먹을 우디의 얼굴에 휘두른다. 가격당한 우디가 뒤로 물러난다. 흥분한 우디와 저스틴이 서로에게 달려들려는 순간, 학급 학생들이 뜯어말린다. 둘 사이에 거리가 생기자 우디는 소리친다.

"너 그러면 안 돼. 이 새끼야! 다 알고도 다 알면서도 걔를 만나? 뭐? 그냥 친구? 거짓말하면서 만나고 다니니까 좋았냐?"

"그래! 재밌더라! 신경 끄세요 이제. 이 등신아."

"그래그래. 넌 원래 이런 새끼였지. 평생 그딴 식으로 살아라~"

"그래~ 이렇게 살란다~"

　선생님들이 오고 나서야 둘의 싸움은 끝이 난다. 그리고 이제 우디와 저스틴은 돌이킬 수 없는 지경이 되어 버렸다. 온갖 욕을 나누고 몸싸움까지 가 버린. 정말 갈 때까지 가 버린 우디와 저스틴. 둘의 우정은 금이 간 것을 넘어 완전히 박살 나 버렸다. 이 상황에 대해 잘잘못을 따질 수는 없다. 철 없는 10대 남학생 둘의 사랑과 우정 사이에 벌어진 조금은 유치한 사건일 뿐이다. 그래도 우디 입장에서는 아픈 기억으로 남을 것이다. 피사에 와서 지금까지 가장 친하게 붙어 다니며 놀던 친구를 잃었기 때문이다. 사랑과 우정 사이의 갈등. 언제나 해결할 수 없는 딜레마다.

얼마 남지 않은 2학년 생활 동안 우디와 저스틴이 있는 8반은 그야말로 냉전 상태였다. 둘은 서로의 얼굴조차 쳐다보지 않았고, 다른 학생들도 눈 치를 보며 이 둘을 의도적으로 떨어트려 놓았다. 다행히도 아무 일 없이 무 사히 2학년은 마무리됐다. 그리고 우디와 저스틴의 영원할 것만 같던 우정 도 한순간에 끝나 버렸다.

벤은 누구인가

"오늘의 친구가 내일의 적이 되기도 한다."

한 개의 수호성, 두 개의 별자리

다사다난했던 2학년을 뒤로하고 3학년이 시작됐다. 우디는 3반을 배정받았다. 학교에서도 우디와 저스틴의 사건을 인지했는지 저스틴은 3반과 멀리 떨어진 10반으로 갔다. 이번에 우디는 예들린과 같은 반이 됐다. 사실 지난 우디와 저스틴의 싸움으로 곤혹을 치르는 건 예들린이다. 어느 편에도 설 수 없는 난처한 상황 속에서, 우디 따로 저스틴 따로 만나는 방식을 취하는 예들린이다. 그리고 3학년 첫날, 우디는 예들린을 교문 앞에서 만나 함께 3층으로 올라간다. 이제는 고학년이자 적응도 마쳤기에 자신감 넘치는 발걸음으로 계단을 밟는다. 우디가 3반 앞에 도착해 문을 힘껏 여는 순간. 문 앞에 나타난 여학생. 우디와 1cm 거리로 맞닿는다. 깜짝 놀란 여학생은 순식간에 중심을 잃고 우디에게 몸을 기대 버린다. 당황한 우디는 본능적으로 여학생의 양어깨를 감싼다. 우디에게 기울어진 몸을 급히 바로 세우는 여학생. 한 발자국 물러나 서로를 어쩔 줄 몰라 하는 표정으로 바라보는 둘. 우디가 먼저 입을 연다.

"괜찮아...?"
"으응... 미안..."
"아냐 아냐... 나도... 미안..."

벤은 누구인가

"..."

서로 사과만 한다. 순간 정적이 흐르자 여학생이 먼저 우디의 어깨를 스치듯 빠르게 도망간다. 우디는 벙한 표정으로 뛰어가는 여학생의 뒷모습을 바라본다. 그리고 뒤에 서 있던 예들린과 눈이 마주친다. 벌써부터 놀릴 준비를 하고 있는 예들린의 저 표정에 우디가 어이없다는 듯이 웃는다. 수업 시간. 새로운 담임선생님은 본인 소개를 마치고 출석을 하나하나 부르기 시작한다. 우디는 자연스럽게 조금 전에 마주했던 그 여학생이 앉아 있는 쪽을 바라본다. 그녀는 친구로 보이는 다른 여학생과 나란히 앉아 소곤소곤 이야기를 나누고 있다. 곧이어 우디의 시선이 집중된 두 여학생의 이름이 불린다.

"하니?"
"네."
"제니?"
"네~"

우디에게 넘겨졌던 학생의 이름은 제니(Jennie)였다. 그리고 그 옆에 앉은 학생의 이름은 하니(Hanni)다. 우디의 시선이 제니와 하니가 앉아 있는 방향에서 떨어지지 않는다. 우디는 누구를 저렇게 유심히 보고 있는 걸까.

3학년이 되면 학생들은 공부에 특히 열중이 된다. 우디나 예들린처럼 공부가 아닌 특별한 꿈을 목표로 하는 학생들을 제외하고는 대부분 대학교에 진학하길 희망하기 때문이다. 우디의 3반도 마찬가지로 우디와 예들린을 포함해 5명 정도를 빼고는 대학을 바라보는 학생들로 채워져 있다. 제니와 하니도 공부를 열심히 하는 성실한 학생들이다. 확실히 1학년과 2학년 때와 비교했을 때, 학급 분위기가 사뭇 달라졌다. 그리고 교실의 자리도 크게 두 그룹으로 나뉘었다. 공부에 관심 있는 그룹과 그렇지 않은 그룹. 각 그룹별로 나뉘어 앉아 있다고 할 수 있다. 또한 3학년부터는 학기 초에 지정된 자리가 변하지 않고 쭉 고정된다. 우디와 예들린은 나란히 출입문 쪽이자 가장 우측 가장 뒷자리에 앉는 반면, 제니와 하니는 나란히 좌측 창문 쪽 중앙 자리를 배정받았다.

고학년이 될수록 학생들에게 체육시간은 공부 스트레스를 풀 수 있는 유일한 시간 중 하나가 된다. 화창한 어느 날의 소중한 체육시간, 오늘은 배구 수업이 있는 날이다. 세계 최강 배구 국가답게 이탈리아 학교에서는 배구 수업을 흔하게 경험할 수 있다. 체육관에 모인 3반 학생들은 2인 1조로 자리를 잡고 스파이크&리시브 세트를 진행한다. 우디는 예들린과 한 조가 되어 배구공을 주고받는다. 그리고 바로 뒤쪽으로 제니와 하니가 한 조가 되어 자리를 잡고 있다. "쾅" 하고 배구공 내리치는 소리와 "퉁" 하고 배구공 받는 소리가 체육관에 울려 퍼지고 있다. 우디가 리시브할 준비 자세를 취하는 순간. "팅". 우디의 머리에 배구공이 날아와 때린다. 뒤쪽에서 진행 중이던 하니가 리시브한 공이 뒤로 잘못 튀어 올라 우디의 머리로 날아온 것이다. 우디는 순간 깜짝 놀라 눈을 끔뻑거린 후, 손바닥을 정수리에 올려놓고는 눈동자를 양옆으로 굴린다. 하니가 집에 불이라도 난 사람처럼 헐레벌떡 우디에게 달려온다.

"어떡해... 괜찮아...? 미안해..."
"응응...! 괜찮아 괜찮아...!"

우디 코앞에 서 있는 하니. 우디와 하니의 첫 대면이자 첫 대화다. 그런데 우디의 심장이 이상하다. 하니가 가까이 다가오자 빨리 뛰기 시작한 우디의 심장. 운동으로 인한 것이 아니다. 이런 종류의 심장 떨림은 낸시 이후 처음이다. 우디가 침을 꼴딱 삼킨다. 그리고 이어지는 하니의 행동에 우디의 몸이 굳어 버린다.

"진짜 괜찮은 거지? 머리 좀 보자. 피 안 나지?"

장난스럽게 우디의 머리를 살짝 만지는 하니. 우디는 대답도 하지 못하고 눈만 커진다. 하니는 살짝 미소를 보이곤 뒤돌아 자기 자리로 뛰어간다. 우디는 하니가 만진 머리에 손을 얹어 본다. 그렇다. 우디가 학기 초 바라보던 여학생은 하니였다. 우디의 심장을 오랜만에 뛰게 한 하니. 그런데 하니와 함께 있던 제니가 저 둘의 모습을 째려보듯 지켜본다. 입술은 오리처럼 튀어나온 채로. 누가 봐도 질투의 표정이다. 설마 제니의 마음은 우디에게 가 있는 걸까. 제니는 우디를? 우디는 하니를? 삼각관계의 시작인 걸까.

우디를 다른 의미로 힘들게 만들었던 체육시간을 끝으로 하루 학교생활이 마무리됐다. 우디가 저벅저벅 집으로 걸어가고 있다. 잠시 후, 우디 뒤쪽으로 타다다닥 달려오는 발소리가 들린다. 소리를 들은 우디가 뒤를 돌아보려는 찰나.

"야! 집 가~?"

제니다. 제니가 우디의 어깨를 치며 깜짝 놀라게 한다. 우디가 오버하며 화들짝 놀라는 리액션을 보이자 제니도 해맑게 웃는다.

"집 가고 있지...!"
"그래? 집 어딘데?"
"나 저기로 쭉 가면 돼."
"어? 나도 저쪽 방향인데! 같이 갈래?"
"응응. 그러자!"

우디와 같은 방향에 사는 듯한 제니. 함께 걷기로 한다. 걸어가는 동안 제니는 우디에게 궁금했던 모든 질문을 전부 쏟아 낸다. 서로의 핸드폰 번호도 교환한다. 우디의 집에 가까워질 때쯤. 제니의 마지막 질문에 우디가 걸음을 멈춘다.

"그럼... 이상형은 어떻게 돼?"
"이상형...?"
"응응!"
"음... 밝고 긍정적인 에너지로 나를 웃게 해 줄 수 있었으면 좋겠고... 애교 많고 귀여운... 그런 사람...!?"

"오오오~ 딱 나네! 나야! 히히"

몹시 당황한 우디는 얼굴이 토마토가 된다. 그리고 얼른 대화 주제를 바꿔 본다. 본인 집에 거의 도착했다며 제니의 집은 어디쯤이냐며 버벅거리면서 물어본다.

"난 이제... 거의 도착했어...! 너 집은 어디야?"

"아 저기야? 우와! 집 예쁘네~ 나도 이 근방이야! 먼저 들어가!"

"아 그래? 별로 안 멀면... 집까지 바래다줄까?"

"진짜? 안 바빠 오늘?"

"응. 오늘 축구 쉬는 날이라 할 거 없어."

"그럼 나는 너무 좋지! 히히"

그렇게 우디는 제니 집까지 더 걸어간다. 10분 정도를 걷자, 제니의 집이 나온다. 조금씩 일부가 나타나기 시작한다는 표현이 더 정확해 보인다. 어마어마한 크기의 대저택에 우디의 눈이 놀라 휘둥그레진다. 우디의 턱이 자동문처럼 쉽게 내려간다.

"집이... 엄청 크다..."

"그래? 옛날부터 대대로 물려받아 온 집이야! 어때? 집 멋있지!"

"응... 너무 크고 멋있다..."

"히히. 데려다줘서 고마워! 내일 보자! 조심히 가!"

"응응. 내일 보자~"

제니가 큰 정원 앞의 대문을 열고 들어간다. 우디는 그런 제니의 뒷모습과 그 뒤를 배경으로 하는 화려한 대저택에서 눈을 떼지 못한다. 그 순간, 제니가 뒤를 돌아본다.

"안녕~~~"

제니가 머리 위로 손을 흔들며 인사한다. 우디도 머쓱하게 손을 흔들며 인사를 받는다. 그제야 뒤돌아 집으로 가는 우디. 집에 도착한 우디의 핸드폰에 메시지 알림이 울린다. 제니다.

"집 잘 들어갔지? 아까 데려다줘서 너무 고마워! 내일 봐~"

우디도 내일 보자며 답장을 보낸다. 뭔가 고민에 빠진 듯 보이는 우디의 모습이다. 잠시 멍해 있던 우디는 다이어리 파일을 불러와 머릿속 고민을 적어 내 본다.

오랜만에 좋아하는 사람이 생겼다.
그런데 그 옆에 또 다른 사람이 내 마음을 헷갈리게 한다.
내가 좋아하는 사람을 만나야 하는 걸까.
나를 좋아하는 사람을 만나야 하는 걸까.
어디로 가야 할지 모르겠다.

벤은 누구인가

우디가 학교 수업에 집중하지 못한 지는 오래다. 매일같이 방과 후면, 피렌체로 넘어가 소속 유스 팀에서 훈련을 하기 때문에 다음 날 학교에서는 피곤해 잠만 자기 일쑤다. 그러나 그 와중에 우디가 자지 않고 열심히 수업에 참여하는 과목이 있다. 바로 천문학이다. 피사 학교에는 특수하게도 천문학 수업이 개설되어 있다. 대학교 과정 정도의 전문적인 내용을 배우지는 않지만, 기본적인 지식을 교육받는다. 우디는 어릴 때부터 별 보기를 굉장히 좋아했다. 밤하늘을 수놓은 반짝이는 별에 대한 호기심은 자연스레 천문학에 대한 관심으로 이어졌다. 그래서 우디는 처음 피사 학교에 오면서, 3학년 교육과정부터 담겨 있는 천문학을 보고 반가워하기도 했다. 오늘도 흥미로운 천문학 수업이 진행 중이다. 수업이 끝나 갈 즈음, 천문학 교사가 학생들에게 과제를 부여한다. 2인 1조로 다음 수업까지 별자리를 직접 찾아보고 조사해 오라고 한다. 심지어 모든 조를 이미 짜 놓았다며 리스트를 불러 준다. 1조부터 이름이 불리기 시작하고 곧이어 우디의 이름이 불린다.

"자. 다음으로 5조. 우디랑 하니."

하니와 같은 조가 됐다. 우디는 깜짝 놀라 고개를 치켜든다. 하니도 본인의 이름이 우디와 함께 불리자, 뒤돌아 우디를 슬쩍 쳐다본다. 눈이 마주친 둘은 서로 어색하게 옅은 미소를 주고받는다. 수업이 끝이 나고 하니가 우디의 자리로 다가온다.

"우리 같은 조네?"

"응응. 그러게. 별자리 조사라…"

"뭐 좋아하는 별자리 있어?"

"음… 딱히 없어! 너는?"

"나도… 딱히…"

"같이… 찾아봐야…겠지…?"

"그래그래. 오늘 밤에 뭐 해?"

"나 축구 하러 가긴 하는데 저녁 8시면 끝나…!"

"그럼 9시쯤에 만날래?"

"그래! 피사의 사탑 앞에서 보는 걸로 할까?"

"그러자~"

하늘이 돕는 걸까. 과제를 핑계로 우디와 하니가 학교가 아닌 곳에서 늦은 밤에 약속을 잡는다. 어느새 저녁이 되고, 약속 시간보다 일찍 도착한 우디 앞으로 하니가 나타난다.

"미안…! 내가 좀 늦었지…"

"아니야~ 괜찮아! 나도 방금 왔어."

"그래? 다행이다… 하늘 봤어? 별 많이 보여?"

"구름이 좀 있어서 엄청 잘 보이는 건 아닌데…"

"우와! 저기 저 별 보여? 저것만 엄청 밝다!"

"저게 비너스! 우리 눈으로 볼 수 있는 별 중 가장 밝아!"

"맞아! 저게 저번에 배운 그 비너스구나!"

"응응! 우리 그럼 저 비너스를 활용해서 조사할까?"

벤은 누구인가

"좋아! 비너스가 수호성인 별자리가... 황소자리하고..."

"천칭자리!"

"맞다! 두 개였어! 오 벌써 틀이 잡히는데~"

대화를 나눌 주제가 정해져 있다 보니 자연스러운 대화가 이어진다. 우디와 하니는 비너스를 바탕으로 두 개의 별자리를 조사하기로 한다. 자세한 이야기를 나누기 위해 주변 카페에 들어간 둘. 생각보다 수월하게 과제가 마무리된다. 밤 10시가 조금 넘은 시간. 구름이 사라지고 별이 더욱 뚜렷하게 밤을 밝힌다. 하니가 하늘을 가리키며 소리친다.

"저기 봐! 이제 별자리도 선명하게 보여! 이쁘다..."

밤하늘을 넋 놓고 쳐다보는 하니. 그리고 우디는 그런 하니를 바라보고 있다. 입가엔 미소가 번져 있다.

"그러게... 이쁘네..."

우디와 하니의 눈이 찌릿하며 마주 본다.

"응? 왜 날 보고..."

"아... 아니... 아냐... 별 보고 한 말이야...!"

두 얼굴이 똑같이 비너스처럼 붉게 타오른다. 어색한 정적이 흐른다. 우디는 눈치를 보다가 입을 뗀다.

"시간이 늦었어...! 집 들어가야 하지 않아?"
"응응...! 가야지! 난 저쪽으로 가는데... 너는?"
"나는 이쪽으로!"
"반대 방향이구만...! 알겠어~"
"저기... 음... 늦었는데 집 데려다줄까...?"
"나 엄마가 데리러 와 주신다고 했어..."
"아아... 그렇구나...! 알겠어!"
"응응... 먼저 가! 내일 보자~"

　묘한 분위기를 형성해 놓은 채 헤어지는 우디와 하니. 우디가 저 정도로
표현했다는 사실이 놀라울 따름이다. 우디는 하니로 방향을 정한 듯싶다.
그렇다면 하니의 마음은 어떨까. 과연 우디를 주연으로 한 달콤한 드라마
가 방영될 수 있을까.

　며칠이 지나고, 갑자기 우디를 당황하게 만드는 한 소문이 학교에 퍼진
다. 제니가 우디를 좋아하고 있다는 소문이다. 출처가 어딘지. 어떻게 퍼
진 내용인지는 모르겠지만, 학급 친구들 전부가 알게 되었다. 추측건대, 제
니가 친구들과 하던 이야기를 주변 누군가 듣고 소문이 난 것 같다. 짓궂은
남학생들은 우디와 제니를 놀리느라 바쁘다. 이 소문 이후로 우디와 제니
는 서로의 얼굴도 똑바로 바라보지 못하는 상황이 되었다. 그리고 이 상황
이 펼쳐지자 우디는 하니의 눈치도 보기 시작했다. 우디를 향한 제니의 마

음이 소문나 버렸지만, 우디는 제니가 아닌 하니를 좋아하고 있다. 아무것도 할 수 없는 우디에겐 총체적 난국의 상태다.

 평소와 다름없이 등교한 우디는 자리에 앉아 예들린과 떠들고 있다. 그리고 건너편 제니 자리에 대여섯 정도의 여학생들이 제니를 둘러싸고 소란스럽게 이야기를 나누고 있다. 왠지 모르겠지만, 그 친구들이 힐끔힐끔 고개를 돌려 우디를 쳐다봤다 말았다 반복한다. 수업 시작까지 시간이 별로 남지 않았다. 갑자기 벌떡 일어나는 제니. 우디 쪽으로 걸어온다.

 "우디야. 잠깐만 나올 수 있어?"
 "지금...? 그... 그래..."

 우디를 복도로 불러내는 제니. 당황한 우디가 손으로 입술을 뜯으면서 제니의 뒤를 따라 나간다. 구석진 복도 끝에 서는 제니. 우디가 조심스럽게 제니 앞에 마주 선다.

 "야. 우디."
 "으응...?"
 "나 너 좋아해. 알고 있었지? 생각할 시간 있었을 거라고 생각해. 어때? 나랑 사귀자."
 "그게... 하..."
 "왜...? 싫어...?"
 "싫은... 게 아니고... 미안해... 사실 나 좋아하는 사람이 따로 있어..."

"…"

　제니의 고백을 거절하는 우디. 제니가 고개를 푹 떨군다. 곧이어 바닥으로 닭똥 같은 눈물이 떨어진다. 제니의 눈물에 우디가 어찌할 바를 모른다. 한참을 울기만 하는 제니. 그런 제니를 바라만 보고 있는 우디. 잠시 후 제니는 아무 말도 없이 화장실로 뛰어 들어간다. 우디는 멍하니 그 자리에 그대로 서 있다. 잠시 생각을 정리하고 조금 늦게 교실로 들어가는 우디. 아무도 쳐다보지 않길 바라는 마음으로 교실에 들어와 제니의 자리를 슬쩍 쳐다본다. 제니는 자리에 엎드려 있다. 그 주변엔 친구들이 모여 제니를 위로해 주고 있다. 학급 모든 학생이 실시간으로 이 사태를 인지해 버렸다. 공개적으로 우디는 제니를 울리고 거부한 꼴이 됐다.

　이 사건 이후로 우디의 이미지는 나빠졌으며, 제니와 그 친구들의 눈치를 보며 지내기 시작했다. 우디가 제니의 친구들 주변을 지나갈 때면 따가운 시선이 느껴졌다. 물론 우디는 이런 시선도 신경 쓰이긴 하지만, 우디가 정말로 신경 쓰는 부분은 바로 하니다. 하니는 제니의 단짝 친구이기 때문에 이 모든 상황을 누구보다 자세히 듣고 알고 있을 테다. 우디의 걱정은 단 하나. 이 사건으로 인해 하니가 우디에 대한 좋지 않은 감정이 생길까 하는 걱정이다. 이런 마음은 결국 우디를 조급하게 만들었고, 하니의 마음을 서둘러 확인하게끔 만들었다.

　2127년 3월. 3학년도 절반이 넘게 흐르고 있다. 날씨는 여전히 겨울처럼 싸늘하다. 그리고 우디는 이번 3월을 기다려 왔다. 바로 하니의 생일이 3월

　벤은 누구인가

이기 때문이다. 우디는 생일 축하를 이유로 생일 전날인 일요일 저녁에 하니와 식사 약속을 잡았다. 뭔가 큰 결심을 한 듯 보인다. 약속 장소는 로마. 로마의 '콜로세움'을 바라볼 수 있는 분위기 좋은 식당을 예약해 둔 우디. 만반의 준비를 끝낸 우디는 일찌감치 로마로 향한다. 예약 시간보다 먼저 식당에 올라가 자리를 확인하고 고개를 끄덕이며 자리에 앉는다.

하니는 오늘도 조금 늦게 도착한다. 식당 문을 열고 하니가 들어온다. 우디는 이쪽이라며 손을 흔들어 올린다. 하니는 우디를 발견하고 손을 흔들며 우디에게 다가간다. 자리에 앉는 하니.

"내가 또 늦었지... 많이 기다렸어?"
"아냐! 나도 방금 왔는걸! 제일 맛있다는 것들로 미리 주문해 놨어!"
"우와! 잘했어! 근데... 이런 식당은 어떻게 찾은 거야? 옆에 콜로세움 진짜 잘 보인다... 대박이야..."

우선 우디의 식당 선택은 탁월했다. 잠시 후, 우디가 미리 시켜 놓은 음식들이 하나씩 나온다. 하니가 세팅된 음식들에 정신이 팔려 있는 틈을 타 선물을 꺼내는 우디.

"자! 여기 생일 선물!"
"어머! 이게 뭐야? 어떡해... 진짜 고마워!!"

우디의 선물에 격한 고마움으로 화답하는 하니. 분위기는 더욱 밝아진다. 아름다운 분위기 속 시간은 흐르고 식사가 끝나 간다. 그리고 왠지 결연한 표정의 우디. 하니를 빤히 바라본다.

"왜...? 왜 그렇게 봐...? 얼굴에 뭐 묻었어...?"
"아니... 하니야."
"응? 왜?"
"나 사실 예전부터 너 좋아하고 있었어. 내 여자친구가 되어 줄래?"

하니는 우디의 갑작스러운 고백에도 그리 당황한 기색을 보이지 않는다. 알 수 없는 표정의 하니. 곧이어 입을 연다.

"사실 어느 정도 눈치채고 있었어. 제니한테도 들었어. 좋아하는 사람 따로 있다고. 왠지 나일 거 같아서 그때부터 계속 고민해 봤어. 언젠가 네가 고백하면 어떻게 해야 할까. 오늘 만나자고 할 때 오늘이 그날이겠구나 싶더라고. 그래서... 음... 고민을 해 봤는데..."
"아아... 응..."
"미안해. 나한테 제니는 그 누구보다 정말 소중한 친구거든. 네가 그런 제니에게 상처를 줬는데, 내가 너를 만날 수는 없어. 나는 사랑보다 우정이 더 중요하거든. 미안해."

하니는 전부 알고 있었다. 역시 걱정대로 제니에게 모든 걸 들었으며, 이미 우디의 고백을 예상하고 있었다. 그리고 내린 결론은 거절이었다. 하니에게 중요한 것은 사랑이 아니라 우정이다. 그렇게 우디가 바라던 자신이

좋아하는 사람과의 연애는 실패로 돌아갔다. 꿈꾸던 드라마는 씁쓸한 삼각
관계 속 새드엔딩으로 끝이 났다. 만약 애초에 우디의 선택이 하니가 아닌
제니였다면. 그랬다면 지금 우디와 제니가 행복하게 사귀고 있었을까. 물
론 그마저도 장담할 수는 없다. 분명히 우디는 제니보다 하니를 더 좋아했
다. 그때 제니의 고백을 받아 줬다 하더라도, 과연 우디가 제니를 진심으로
사랑할 수 있었을까. 오히려 제니에게 더 큰 상처만 남겼을 것이다. 어쩌겠
나. 우디는 자신의 솔직한 감정을 따라갔을 뿐이다. 낸시 이후 처음으로 좋
아하는 사람이 생겼던 우디. 연인으로 발전하기엔 씁싸름하게도 인연이 아
니었다. 연애에 관심 없던 원래의 마음가짐대로 꿈을 향해 달려 나가다 보
면, 언젠가 진정한 사랑이 찾아오지 않을까.

　우디는 남은 3학년 생활을 더욱 눈치 보며 지낼 수밖에 없었다. 우디의
기다리고 기다리던 3학년의 마지막 날이 찾아왔다. 학급 친구들은 삼삼오
오 모여 1년 동안 고생했다며 인사를 나누고 있다. 그리고 저 앞쪽에 모여
있는 제니와 하니의 무리. 제니와 하니는 여전히 단짝 친구로 잘 지내고 있
다. 우디는 저 무리 틈 사이로 보이는 제니와 하니를 처연하게 바라본다.
한참을 바라본 뒤, 크게 한숨을 내쉬며 뒤돌아 교실을 박차고 나간다.

"내가 좋아하는 사람이
나를 좋아해 주는 건,
기적이다."

현실 직시

4학년을 앞두고 우디의 미래가 걸린 중요한 선택의 순간이 찾아왔다. 현재 피렌체를 연고로 하는 프로 축구 구단 "ACF 피오렌티나"의 U-18 유스 팀에 소속돼 있는 우디. 다시 말하지만, 유스 팀이다. 이는 축구선수를 꿈꾸는 우디에겐 이제 부정적인 의미로 다가오는 단어가 된다. 현재 우디의 나이대에서 특출한 선수들은 이미 성인 팀의 2군 명단까지도 등록되곤 한다. 하지만 우디는 아직 유스 팀에 남아 있다. 이와 더불어 최근 우디는 축구에 대한 매너리즘에 빠져 있다. 이렇게 축구만 해서 과연 성공할 수 있을지에 대한 미래 고민도 많아졌다. 우디가 축구에 집중하지 못하고 생각이 많은 게 눈에 보인 유스 팀 감독은 우디를 불러 면담을 진행한다.

"우디야. 요즘 왜 그래? 고민 있니?"
"네... 사실 요즘 축구에 열정도... 자신감도... 다 사라진 기분이에요..."
"그렇구나... 충분히 그럴 수 있는 시기지..."
"이 길이 맞나 싶어요. 정말 오래 노력했지만, 포기해야 하는 건지..."
"나는 우디가 정신 차리고 조금만 더 노력해 봤으면 하지만, 이건 우디 네가 결정해야 할 문제야. 네가 어떤 결정을 하더라도 나는 존중해 줄 거야."

"감사합니다. 감독님."

감독과 면담을 하고 집에 돌아온 우디는 최근 들어 심해진 미래에 대한 고민을 부모님께도 털어놓는다.

"나 요즘 축구 그만둬야 하나... 그런 생각이 많이 들어..."
"아이고... 아들..."
"하... 이걸로 성공 못 할 거 같아..."
"축구로 성공 못 한다고 그게 실패가 아니란다. 축구가 인생의 전부는 아니잖니. 축구가 안 되면 새로운 길도 찾아보고. 새로운 꿈도 꿔 보고. 얼마나 좋니. 우리 아들은 뭘 해도 분명 잘 해낼 거야. 이 엄마랑 아빠는 네가 어떤 선택을 해도 지지해 주고 도와줄 거라는 것만 알아 두렴."

부모님의 위로에 눈물을 글썽이는 우디. 그런 우디를 따뜻하게 안아 주는 어머니. 어머니 품에 안긴 우디는 결국 참던 눈물을 터트리고 만다. 하나뿐이었던 우디의 꿈. 축구선수. 그 꿈에 대한 의심이 결국 균열을 내기 시작했다. 여기서 축구를 그만둔다면 무얼 향해 나아가야 할지도 문제다. 우디가 좋아하는 것. 우디가 잘하는 것. 지금까지는 이 두 가지 모두 축구였다. 하지만 이제 축구가 아닌 좋아하는 것은 무엇인지. 잘하는 것은 또 무엇인지 찾아봐야 한다. 며칠 동안 집에서 고민에 잠겨 있던 우디가 드디어 결심을 내린다.

"엄마! 아빠! 결정했어! 축구 그만할래! 천문학 공부할 거야!"

축구를 포기한 우디가 선택한 길은 천문학이다.

현재 유럽은 국가마다 대표하는 분야를 지정해 각자 맡은 분야를 집중적으로 발전시켜, 그 분야의 수준 높은 배움을 얻기 위해서는 해당 국가에 유학을 갈 수 있도록 장려하는 것이 시대의 흐름이다. 예를 들어 스페인은 대학교육, 프랑스는 예술, 독일은 우주기술 등을 맡고 있다. 이렇게 스페인이 대학교육을 담당하는 국가로 자리 잡고 있어, 유럽 각지의 고등학생들은 대학교를 스페인으로 가기 위해 열심히 노력한다. 우디 역시 수준 높은 교육이 가능하고 수많은 대학이 모여 있어 많은 이들이 꿈꾸는 대학 생활이 가능한 스페인 내 대학교에 들어가는 것을 목표로 하기로 한다. 그러기 위해서는 4학년을 마치고 1년을 더 공부해야만 한다. 스페인 내 대학교 진학을 위해서는 필수 과정이다. 스페인이 아닌 자국 대학교에 간다면, 4학년까지만 다녀도 충분하다. 하지만 스페인의 경우는 다르다. 심지어 우디는 지금까지 다른 학생들보다 공부량이 월등히 적었기에 이번 4학년과 추가 1년을 남들보다 몇 배로 더 공부해야만 한다. 그나마 다행인 점은 우디가 선택한 천문학만큼은 수업 시간마다 열심히 참여해 기본 지식이 깔려 있다는 것이다. 밑바닥 출발은 아니다. 스페인 유명 대학의 천문학과 입학이라는 새로운 꿈을 꾸기 시작한 우디. 과연 남은 2년이라는 시간 동안 그 꿈을 실현해 낼 수 있을까.

4학년이 시작됐다. 4학년부터는 반 배정이 크게 둘로 나뉜다. 1~8반까지는 4학년까지만 다니고 자국 대학을 희망하는 학생들. 9~12반까지는 1년을 더 공부해 스페인 내 대학을 희망하는 학생들. 우디는 11반을 배정받

왔다. 늘 시끌벅적하던 복도는 발소리만 들릴 정도로 고요하다. 교실 내부도 떠드는 학생 하나 없다. 모든 학생이 각자 자리에서 수업을 듣거나 공부하느라 바쁘다. 우디는 처음 느껴 보는 엄숙한 분위기에 살짝 당황한다. 이런 환경에 금방 적응하기란 쉽지 않을 것이다. 활발히 운동만 하던 몸을 2년 동안 가만히 앉혀 둬야 하니 말이다. 그래도 우디를 믿는다. 해내야겠다는 의지와 동기만 있다면, 어떻게 해서든 해낼 집요한 우디이기에. 우디에게는 오로지 공부에만 몰두할 수 있는 최선의 환경이 마련되었다. 이제 우디가 보여 주고 증명할 차례다.

어색했던 공부로 1년이 흐르고 정규 4학년은 끝이 났다. 예들린을 비롯한 많은 학생들은 졸업을 하고 학교를 떠난다. 예들린의 졸업을 축하해 주는 우디.

"야야~ 고생했... 아니 근데 너는 뭐 학교에서 한 건 없잖아?"
"그렇긴 해? 야야~ 그래도 드디어 졸업했는데~"
"그래그래~ 축하한다! 프랑스 넘어갈 거라고 했지?"
"응응. 프랑스 가서 더 깊게 배우고 유명해져야지!"
"이야~ 멋지다! 항상 응원한다!"
"고맙다! 너도 1년만 더 버티고 꼭 스페인으로 가라!"

예술의 나라 프랑스로 넘어가 제대로 피아니스트의 길을 걷기로 한 예들린과 작별 인사를 나눈다. 그러곤 곧장 헬렌을 찾아 두리번거린다. 우디는 반대쪽에서 친구들과 인사를 나누고 있는 헬렌을 발견하고 느긋하게 다가

벤은 누구인가

간다. 우디를 발견한 헬렌은 친구들에게 양해를 구하고 우디를 반갑게 맞이한다.

"우디야~ 아이고~ 기분이 어때~?"
"뭐 그냥... 불안하기도 하고..."
"에이! 너는 무조건 성공할 거야! 앞으로 1년만 지금처럼 하면 돼!"
"고마워...! 너도 뭘 하든 반드시 성공할 거야!"

헬렌은 하고 싶은 것도 다양하고 꿈도 많다. 그래서 바로 자국 대학교로 진학해 여러 경험을 쌓기로 결정했다. 우디의 오랜 친구로서 헬렌은 정말로 뭐든 해낼 친구다. 그리고 헬렌과 예들린의 말처럼. 우디는 아직 1년이 남았다. 남은 1년을 어떻게 준비하느냐에 따라 스페인 진출 여부가 결정된다고 할 수 있다. 다행히 여전히 우디의 눈은 불타고 있다. 축구에 빠져 축구에 미쳐 있던 그때의 열정이 이제는 오로지 공부에만 집중되고 있다.

피사 학교는 초등 교육관부터 고등 교육관까지 순서대로 A동, B동, C동이 위치해 있다. 그리고 그 뒤쪽으로 작은 건물 하나가 세워져 있는데, 바로 D동이다. D동은 우디와 같이 스페인 내 대학교를 가기 위해 1년 더 공부를 희망하는 학생들이 생활하는 곳이다. 학교 중심에서도 꽤나 떨어져 있으며, 학생들이 오직 공부에만 전념할 수 있도록 건물 내부에는 식당 등 다양한 편의시설도 따로 마련되어 있다. 그야말로 독립시설이라고 할 수 있다. 우디는 말로만 듣던 D동에 처음 발을 디딘다. 둘러보기에도 민망할 정도로 크지 않은 건물의 규모. 정말 딱 필요한 것들만 모여 있다. 우디는 다시 한

번 마음을 다잡는다. 이곳에서 1년만 견뎌 낸다면, 좋은 결과가 따라올 것
이라 굳게 믿으며.

　우디의 고된 1년이 흘렀다. 1년 사이 우디에게 반가운 소식이 하나 들려
왔다. 바로 피렌체로의 귀향이다. 피사에 온 지도 벌써 5년이 흘렀고 다시
그 시기가 찾아왔다. 강제 이주. 그러나 이번 당첨은 기분 좋은 당첨이다.
우디가 그리워하던 고향 피렌체로 복귀하게 되었기 때문이다. 예전에 살던
그 집은 아니지만, 같은 동네로 이사 온 우디. 친구들보다 1년 늦은 졸업을
하고, 피렌체로 돌아온 우디는 바쁜 와중에도 하루의 시간을 내서 오랜만
에 동네 향기를 맡으며 구석구석 돌아다녀 본다. 기억 속 공간들에 자신이
돌아왔음을 알리기라도 하듯 인사하면서. 그리고 이제 일주일 뒤면 운명의
시험 날이다. 점점 긴장감이 고조되기 시작한 우디. 그런 우디의 힘을 북돋
아 주기 위해 헬렌이 찾아왔다. 우디와 헬렌은 피렌체의 작은 카페에 앉아
이야기를 나눈다.

　"이제 일주일 남았지? 어때? 자신 있어?"
　"정말 최선을 다하긴 했어… 결과는 잘…"
　"최선을 다했으면 됐지! 그럼 무조건 붙을 거야! 걱정 마!"
　"고마워…! 아, 너는 다니던 대학교 그만둔다고?"
　"응응. 너도 알다시피 내가 워낙 호기심도 많고 하고 싶은 게 다양하잖
아. 이번에 또 꽂힌 게 있어 가지고, 영국 옆의 아일랜드로 넘어가서 잠시
살려고!"
　"진짜? 또 새로운 도전이네! 아일랜드 분위기랑 너도 잘 어울려!"

　　　　　　　　　　　　　　　벤은 누구인가

"그치! 아일랜드 완전 내 스타일이야~ 나중에 놀러 와~"

오랜 친구이자 우디가 존경하는 친구인 헬렌을 만나자 우디의 긴장이 풀린다. 이런저런 일상 이야기를 나누며 우디에게 힘이 되어 주는 헬렌. 우디가 놓치지 말아야 할 소중한 친구다. 헬렌과의 든든했던 시간을 뒤로하고, 마지막 일주일도 끝까지 최선을 다하는 우디. 이제 하루 남았다. 내일이면 결전의 날이다. 해가 지고 우디는 집 근처 공원에 나와 하늘을 바라보며 지난 2년을 되돌아본다.

"그래. 2년간 후회 없이 정말 열심히 했어. 어떤 결과가 나오더라도 받아들이자. 고생했어."

우디가 도전하는 대학은 스페인 바르셀로나(Barcelona) 대학교의 천문학과다. 바르셀로나 대학은 스페인에서도 손가락 안에 꼽히는 명문대학교이며, 특히 천문학과는 늘 전국 최상급이라 평가받는다. 우디의 비범한 도전이다.

2129년 6월 30일 시험 당일. 우디는 부모님의 응원을 받으며 시험장으로 향한다. 시험장은 우디의 모교인 피렌체 학교다. "스페인 대학 시험"이 있는 날이면 전국 모든 학교가 대체공휴일을 갖는다. 수험생들이 조용히 시험에만 집중할 수 있는 환경을 만들어 주기 위해. 기억 속 항상 시끌벅적하던 등굣길과 교문 앞이 쓸쓸할 정도로 고요하다. 우디는 터벅터벅 시험을 치를 교실로 올라간다. 긴장한 듯 손톱을 물어뜯으며 자리에 앉아 시험 시작을 기다리는 우디. 시험 시작 알람이 울리고 책상 위로 시험 화면이 떠오른다. 우디가 입을 세게 다물며 눈앞의 화면에 몰입한다. 운명의 시간이다.

8시간의 길고 긴 시험을 마치고 나오는 우디. 지친 표정과 발걸음으로 학교를 나선다. 표정이 의미심장하다. 아쉬움이 느껴지면서도, 드디어 끝났다는 개운함이 느껴진다. 집에 도착한 우디를 고생했다며 부모님이 따뜻하게 안아 준다. 이제 우디가 더 할 수 있는 것은 없다. 모든 걸 쏟아부었다. 15일 후에 나올 결과 발표만 손꼽아 기다리면 된다. 정말 고생 많았다. 우디야.

벤은 누구인가

"익숙한 길을 잃는다는 것은,
새로운 길을 찾는다는 것이다."

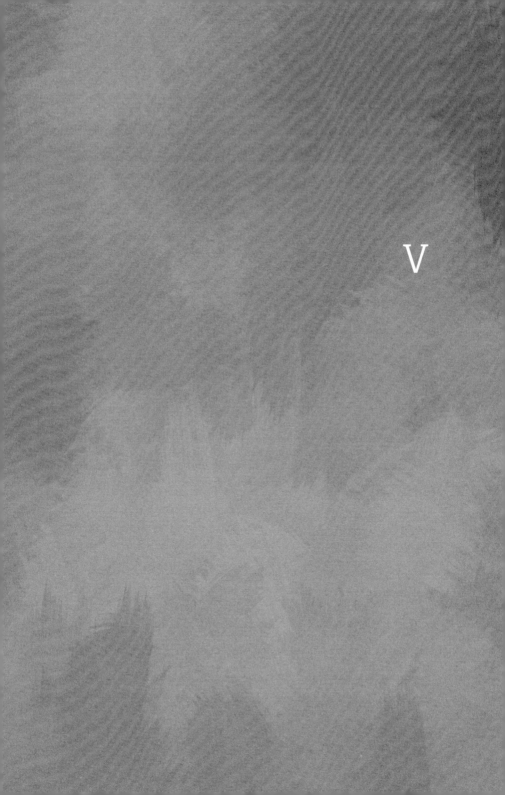

V

꿈은 이루어진다

2129년 7월 15일. 스페인 대학 합격 발표가 있는 날이다. 우디는 떨리는 마음으로 종일 기다리기 힘들 거 같았는지 오늘 하루 일용직을 신청했다. 몸이 바쁘면 생각을 덜 하게 될 테니 괜찮은 선택으로 보인다. 로마에 새로 지어진 호텔에서 서빙 및 연회장 관리를 담당하며 아침 9시부터 저녁 6시까지 근무 예정인 우디. 성인이 된 우디가 경험하는 첫 사회생활이자 아르바이트다.

호텔에 도착한 우디는 길게 뻗은 복도를 따라 직원 전용 룸으로 들어간다. 담당 사수가 우디에게 몇 가지 주의사항을 안내하고 정장 한 벌을 준다. 우디는 환복 후 사수의 뒤를 따라 현장으로 이동한다. 점심 타임이면 이탈리아 전국 시의원들이 이 호텔 연회장에 모여 만찬을 가질 예정이라고 한다. 그 만찬 자리를 세팅해야 한다. 우디를 비롯한 10명의 일용직과 5명의 직원이 함께 연회장을 철두철미하게 꾸민다. 1시간 정도의 바쁜 준비가 끝나고 곧장 다음 작업을 하러 이동한다. 이번엔 곧 들어올 시의원들을 맞이하고 그들에게 음식을 서비스해야 한다. 호텔에서 주로 사용되는 러시안 서비스(Russian Service) 방식은 음식이 주방에서 준비되고 요리사에 의해 은쟁반에 올라오면, 웨이터가 고객에게 서비스하는 형태이다. 사실 시대가 변하면서 최근 대부분의 호텔 연회장 서비스는 로봇이 서비스를 대신하긴 하지만, 오늘과 같이 주요 인물들이 모이는 자리에서는 좀 더 격식이 차려진 사람 대 사람의 서비스 제공을 요구하기도 한다. 우디가 쟁반을 들고 쉴 틈 없이 오간 지도 2시간이 흘렀다. 우디의 표정에서 지친 기색이 역력하다. 아무리 축구를 오래 했어도 낯선 환경에서 낯선 사람들과 낯선 일을 한다는 건 육체적으로나 정신적으로나 엄청난 고됨이 느껴질 수밖에 없다. 하지만 아직 끝이 아니다. 1시간의 휴게 시간 동안 오늘 첫 끼를 먹은 우디는 다시 근무지로 돌아간다. 오후 근무는 내일 진행될 결혼식의 예식장 세팅이다. 묵직한 테이블과 의자를 옮기는 등 육체적 노동의 강도가 높은 작업이다. 아무 생각 없이 일만 하다 보니 시간은 흘러 퇴근 시간이 찾아왔다. 우디는 지칠 대로 지친 몸과 마음을 이끌고 직원 룸으로 터덜터덜 걸어간다. 그 순간 우디가 무언가 잊고 있던 걸 깨달은 듯 멈춰 서서는 내뱉는다.

"아, 맞다. 합격 발표 다섯 시였는데... 붙었으려나..."

우디의 떨리는 손이 노동으로 인한 후유증 때문인지 합격 여부에 대한 긴장 때문인지 알 수 없다. 우디는 로커를 열고 바로 앞에 놓인 핸드폰을 잠시 멍하니 쳐다본다. 크게 한번 심호흡을 하고 핸드폰을 꺼내 든다. 핸드폰 화면을 무표정으로 뚫어져라 쳐다보고 있는 우디. 정지 상태다. 합격인가. 불합격인가.

"우와와아아아아!!!!"

우디가 호텔이 무너질 듯 소리 지르며 환호한다. 합격이다. 옆에 있던 함께 일한 일용직 사람들에게 핸드폰 화면을 치켜들고 자랑하며 축하를 받는 우디. 부모님께도 축하 연락이 와 있다. 얼른 옷을 갈아입고 집으로 향하는 우디의 발걸음이 마치 날개가 달려 날아갈 듯한 모양이다. 우디에게서 행복한 에너지가 뿜어져 나온다. 노력의 결실이 배신하지 않았다. 저리 들뜬 우디에게 그 누구도 뭐라 할 수 없다. 하지만 한편으로는 현실적인 이야기도 해 주고 싶다.

바라던 대학에 합격했다고 긴 인생 탄탄대로인 것만은 아니라고.
지금의 행복을 기쁘게 즐기되 자만하지도 방심하지도 말라고.

집에 들어온 우디는 곧바로 어머니께 안긴다. 자식이 신경 쓰일까 지난 1년 동안 아무 간섭도 없이 믿고 기다려 준 부모님. 우디는 전생에 무슨 좋은 일을 했기에 이런 부모를 만나는 복을 가지고 태어났을까. 물론 지금까지도 우디가 부모님께 잘하고는 있지만, 이제 성인도 되었으니 철도 들고 조금 더 어른스럽게 부모님을 보살펴 드리는 아들로 성장하길.

8월 30일. 우디의 20번째 생일이자 스페인으로 떠나는 날이다. 우디는 미리 학교 근처에 혼자 살기 적당한 방을 구해 놨다. 처음으로 집이 아닌 곳에서 살아야 하니 뭘 준비해 가야 할지 막막하지만, 일단 생각나는 대로 미리 짐을 다 싸 둔 빈틈없는 성격의 우디. 떠날 준비를 마치고 부모님께

벤은 누구인가

인사를 하며 집을 나선다. 현재 이탈리아와 스페인 사이에는 지중해 위를 지나가는 고속 수상 열차가 뚫려 있다. 심지어 그 속도도 대단히 빨라, 이 탈리아에서 스페인까지 고작 1시간이 소요된다. 스페인행 수상 열차에 오 른 우디가 창밖을 바라보며 부푼 기대 속 상상의 바다에 빠진다.

바르셀로나 새 방에 도착했다. 특별히 예쁜 방은 아니지만 깔끔한 걸 굉 장히 중요시하는 우디에게 딱 적합한 방이다. 이탈리아 본가에서 가져온 짐을 풀고 바로 층층이 정리를 시작한다. 어질러져 있는 상태를 가만히 두 지 못하는 우디의 성격이다. 대충 정리를 마무리하고 나니 해는 이미 기울 었다. 출출한 우디는 동네에 뭐가 있나 밖으로 나온다. 대학가 근처라 그런 지 다양한 음식점들이 즐비하다. 우디는 스페인에서의 첫 식사로 '빠에야' 를 선택한다. 수 세기가 흘러도 전통 음식은 언제나 믿고 먹을 수 있는 법 이다. 식사를 마치고 동네 구경을 돌아다니다 방에 들어온 우디는 내일부 터 다니게 될 바르셀로나 대학 생활에 설레는 꿈을 꾸며 잠이 든다.

아침이 밝았다. 날이 좋다. 상쾌하게 샤워하고 머리도 말끔하게 꾸며 주 고 향수 한번 뿌려 주고. 아침 루틴을 마친 우디는 경쾌한 발걸음으로 문밖 을 나선다. 바르셀로나 대학교는 건물이 예쁘기로도 유명하다. 수업까지 시간이 남은 우디는 캠퍼스를 탐방하며 구경한다. 캠퍼스 거리는 유럽인들 뿐만 아니라 세계 각지에서 온 사람들로 가득하다. 역시 글로벌 학교답다. 탐방을 마친 우디가 천문학과 건물에 도착한다. 강의실 앞에 서서 제대로 왔는지 다시 한번 확인해 보고는 힘차게 문을 열고 들어간다. 생전 처음 보 는 사람들이 어색한 공기를 만들어 내며 자리를 삐죽삐죽 앉아 있다. 맨 뒷자리에 앉은 우디도 고요한 분위기에 침을 꼴깍 삼킨다.

잠시 후, 교수가 들어온다. 짧은 인사와 강의 소개를 마치고 출석을 부른다. 그때 문을 열고 들어오는 한 학생이 숨을 가쁘게 쉬며 우디의 옆자리에 앉는다. 개학 첫날부터 지각하는 이 사람은 도대체 뭘까 하는 우디의 표정. 그가 자리에 앉자마자 그의 이름이 불린다.

"제이콥?"
".....예!"

정신없는 상태로 대답한 옆 사람의 이름은 제이콥(Jacob)이다. 출석 명단 끝 쪽에서 우디의 차례가 나온다.

"우디?"
"네!"

출석이 다 불리자, 우디는 제이콥에게 인사를 건넨다.

"안녕하세요. 우디라고 해요. 어디서 오셨어요?"
"아, 전 제이콥이고, 포르투갈에서 왔어요. 어디 출신이세요?"
"저는 이탈리아에요."
"아하... 그렇군요... 이탈리아... 음 콜로세움..."
"하하... 네 맞아요... 근데 전 로마는 아니고 피렌체에서 왔어요."

벤은 누구인가

"오오... 피렌체... 알죠 알죠. 하하하"

어색한 대화만 오간다. 하지만 둘 사이에 뭔지 모를 통하는 게 느껴진다. 우디도 제이콥의 첫인상을 괜찮게 느끼고 있는 것 같다. 강의가 끝나고 강의실은 학생들이 각자 새로운 친구를 사귀느라 웅성거리는 소리로 채워진다. 우디와 제이콥은 서로 눈치만 보는 모양새다. 입을 열 듯 말 듯 턱 근육을 움찔거리고 있다. 정적을 깨고 우디가 먼저 말을 꺼낸다.

"저... 뒤에 강의 또 없으시면 점심 같이 드실래요?"
"아 네네. 좋아요. 하하"

평소 먼저 말도 잘 못 거는 우디가 처음 만난 사람에게 밥을 먹자고 하다니. 확실히 제이콥이 맘에 들긴 했나 보다. 근데 저 제이콥. 우디와 성격이 비슷해 보인다. 숨 막히는 내향인 둘의 만남이다. 구내식당으로 들어온 우디와 제이콥은 각자 먹을 음식을 주문하고 자리에 앉는다. 쓸데없는 대화 주제를 던져 보다가 우연히 서로의 공감대를 발견하는 순간, 둘의 목소리 데시벨은 조금씩 커진다. 그렇게 친구가 되어 가는 과정이다.

첫날 모든 수업을 마치고 집에 들어온 우디가 어머니에게 전화를 건다. 첫날 학교의 느낌과 분위기는 어땠는지 이야기하며 제이콥 얘기도 꺼내는 우디.

"엄마. 나 뭔가 엄청 잘 맞을 것만 같은 사람 만난 거 같아. 성격도 좋아 보이고, 생각도 깊어 보이고, 아직 잘은 모르지만 괜찮은 친구 사귄 거 같아!"

"그래그래. 잘 맞는 사람 만나면 좋지. 평생 볼 수 있을 정도로 마음 통하는 친구 한두 명만 곁에 있다면, 성공한 거란다."

개강 후 2주가 지났다. 예상대로 우디와 제이콥은 항상 붙어 다니며 단짝 친구가 되었다. 둘은 좀 더 활발한 활동을 해 보고자 교내 클럽에 가입했다. 거창하게 활동하는 것은 없고 멤버들끼리 모임 날마다 새로운 취미 활동을 하거나 대화하며 친목을 도모하는 클럽이라고 할 수 있다. 하루 강의를 모두 들은 우디와 제이콥은 클럽 활동을 하러 간다. 오늘은 첫날이라 공원에 모여 각자 자기소개와 함께 '아이스 브레이킹' 시간을 갖는다고 한다.

잔디밭에 클럽 멤버들이 하나둘씩 모여든다. 우디와 제이콥도 자리를 잡고 앉아, 새로운 사람들을 슬쩍슬쩍 쳐다보며 모두가 모이길 조용히 기다린다. 그때 우디의 눈에 들어오는 한 사람. 큰 키에 화려하게 차려입은 옷과 빨간 머리가 모두의 시선을 끌 수밖에 없다.

"와... 저 여자 누구야?"
"그니까... 어디서 본 거 같은데...?"
"음... 아 맞아! 우리 동기 아니야?"
"맞네 맞네. 지나가다가 봤던 거 같다."

우디와 제이콥이 작은 목소리로 속삭이듯 얘기한다. 모든 멤버들이 자리에 모였다. 20명 남짓의 사람들이 잔디밭에 둥글게 모여 앉아 있다. 클럽

벤은 누구인가

회장이 먼저 일어나 자기소개와 함께 클럽 운영 방향을 설명한다. 이어 오른쪽으로 한 명씩 자기소개를 부탁한다. 차례로 일어나 자신의 이름과 전공, 출신 지역, 취미 등등 자유롭게 이야기하고 앉는다. 다들 왜 저렇게 말을 잘하는지 놀란 표정을 짓는 우디와 제이콥. 눈이 커진 둘은 서로를 쳐다보며 웃음을 참는다. 순식간에 순서는 넘어와 우디 왼쪽에 앉아 있는 제이콥의 차례다. 엉거주춤 일어나는 제이콥.

"안녕하십니까. 제 이름은 제이콥입니다. 저는 천문학을 전공하고 있으며 포르투갈에서 왔습니다. 저는 취미가 없습니다. 그래서 이 클럽 활동으로 취미를 찾아보고자 가입했습니다. 감사합니다."

앞서 다른 멤버들이 자신의 취미를 자세히 설명했던 모습과는 전혀 다른 제이콥의 재치 있는 멘트. 주변에서 피식피식 웃는다. 우디도 자리에 앉는 제이콥의 얼굴을 빤히 쳐다보며 웃음을 참는 표정으로 복화술 한다.

"뭐야? 장난해?"

제이콥은 웃으며 우디에게 얼른 일어나라고 손짓한다. 우디가 멋쩍게 일어나 목을 가다듬고 입을 연다.

"네. 안녕하세요. 저는 이탈리아 피렌체에서 온 우디라고 합니다. 저도 방금 제이콥과 같은 천문학을 전공하고 있습니다. 어려서부터 축구를 오래해 왔고 또 다양한 스포츠 즐기는 게 취미입니다. 잘 부탁드립니다."

크게 한숨을 내쉬며 자리에 앉는 우디. 큰일을 해냈다는 표정으로 고개를 좌우로 흔든다. 순서는 금방 넘어가고 이제 화려하게 등장했던 그 여학생의 차례. 당차게 일어나는 여학생을 우디가 주목한다.

"안녕하세요! 저는 저 멀리 미국에서 건너온 매리라고 합니다! 저는 저기 앉아 있는 우디라는 분과 같이 천문학을 배우고 있습니다! 대서양을 건너 이곳 스페인 땅까지 오는 동안 느꼈던 설렘과 많은 목표를 자유롭게 펼쳐 나가고 싶습니다! 모두 잘 부탁드리고 좋은 인연 만들 수 있었으면 좋겠습니다! 감사합니다!"

갑자기 알지도 못하는 우디를 언급하는 매리(Marie). 모두의 시선이 우디에 쏠리자, 우디는 굉장히 당혹스러운 표정과 함께 얼굴이 빨갛게 변한다. 모든 멤버의 자기소개가 끝나자, 회장은 자유롭게 그룹을 만들어 대화하고 가까워지는 시간을 가져 보자 이야기한다. 하나둘씩 그룹을 형성하며 인사를 나누기 시작한다. 우디와 제이콥은 역시 먼저 다가가지 못하고 머뭇거린다. 결국 그룹을 만들지 못하고 덩그러니 서 있는 우디와 제이콥. 이를 발견한 매리가 주변에 있던 다른 여자를 이끌고 우디와 제이콥이 있는 곳으로 조심스레 걸어온다.

"안녕하세요...! 저희... 같이 이야기해 볼까요?"
"아 네...! 좋아요."

매리의 첫인사에 우디와 제이콥이 동시에 대답한다. 그렇게 우디, 제이

벤은 누구인가

콥, 매리, 또 다른 여자까지 넷이 작은 원을 만들어 둘러앉는다. 다시 한번 짧은 자기소개를 시작으로 서로에 대해 알아 가는 대화를 시작한다. 많은 질문이 오가고 모두의 얼굴에 웃음꽃이 피어난다. 그런데 유독 매리의 질문 상대는 우디에게 집중돼 있다.

"이탈리아에서 오셨으면... 콜로세움!"
"맞아요...! 근데 저는 피렌체에 살아서 콜로세움까지 거리가 조금 있긴 한데... 뭐 그래도 언제든 보러 갈 수 있죠...!"
"우와아! 피렌체... 그 성당 유명하잖아요!"
"네네. 맞아요!"
"이탈리아 축구도 유명하지 않아요?"
"맞아요. 저는 사실 축구선수 준비하다가 포기했거든요..."
"아하... 그러시구나... 그래도 축구 하는 남자... 멋있죠!"
"네... 뭐... 감사합니다... 하하..."

둘의 이상한 기류를 느꼈는지, 제이콥이 우디에게 할 말이 많다는 표정을 짓는다. 시간이 금방 흐르고 회장은 첫 모임 활동이 마무리되었음을 알리며 공식 일정을 끝낸다. 하지만 하루 만에 다들 친해졌는지 여기저기서 다 같이 밥인지 술인지 먹으러 이동하는 모습이다. 우디의 그룹도 자리를 정리하며 인사를 나누려는 순간. 제이콥이 무슨 의도인지 과감하게 입을 연다.

"저희 다 같이 밥이나 먹으러 갈까요?"

"아... 정말 죄송해요... 제가 오늘 선약이 있어서 안 될 거 같아요... 다음에 꼭 먹어요! 저희 다 같이 번호라도 교환할까요?"

매리는 약속이 있다며 정중히 거절한 후, 가장 먼저 우디에게 핸드폰을 들이민다. 우디는 어쩌다 보니 매리와 번호를 교환하게 된다. 매리가 먼저 자리를 뜨고, 우디와 제이콥은 근처 식당으로 이동한다.

"야야야~ 매리가 너 좋아하는 거 같은데?"
"뭐?? 에이... 그럴 리가... 아냐 아냐..."
"뭘 아니야~ 크크크크"
"아주 신나셨어~?"

제이콥은 식사 내내 우디를 놀리며 매리를 계속 언급한다. 식사를 마치고 둘은 각자의 집으로 흩어진다. 집에 도착한 우디는 뭔가 생각이 많아 보인다. 쓸데없이 핸드폰을 만지작만지작거린다. 마치 누군가의 연락을 기다리는 것처럼. 잠들기 전까지 핸드폰만 만지다가 불을 끄고 눕는 순간. 띠링. 메시지가 온다. 엄청난 반응속도로 핸드폰을 집어 든 우디. 매리다.

"안녕! 뭐 해?"

우디의 몸이 굳은 것만 같다. 정지 상태로 몇 초가 흐르고, 우디가 신중하게 답장을 보낸다.

"안녕! 나 잘 준비 하고 있어."

우디의 메시지가 보내지기가 무섭게 바로 다시 답장이 온다. 우디의 입가에 옅은 미소가 지어진다.

"그렇구나. 그냥 오늘 반가웠다고! 내일 학교에서 보면 인사하자!"
"응응. 나도 반가웠어! 잘 자!"

우디는 미소가 점점 커진 채 잠이 든다. 오랜만에 우디의 심장을 뛰게 하는 사람이 찾아오는 걸까. 우디는 아직 제대로 된 사랑도 이별도 경험해 보지 못했다. 성인이 된 우디가 얼른 진정한 첫사랑을 찾았으면 좋겠다.

아침이 밝았다. 오늘도 똑같은 루틴대로 준비를 마치고 힘차게 학교로 향한다. 천문학과 건물에 도착한 우디는 강의실에 들어가지 않고 누가 봐도 어색하게 1층을 어슬렁거린다. 제이콥을 기다리는 건 아니다. 오늘 제이콥은 강의가 없어 학교에 오지 않는다. 저 멀리서 남녀 10명 정도로 보이는 무리가 소란스럽게 건물 안으로 들어온다. 그리고 매리가 그 무리의 중심에 있다. 우디는 살짝 당황한 듯 뒤로 한 발자국 물러난다. 매리를 기다렸던 게 분명한 우디지만, 매리를 발견했음에도 결국 인사하지 못하고 그냥 올라가려 몸을 돌린다. 그 순간, 매리가 소리친다.

"우디! 좋은 아침!"
"매리...! 좋은 아침...!"

자연스러운 척 인사하고 강의실로 들어온 우디. 잠시 후 매리와 친구들도 같은 강의실에 들어온다. 놀란 표정의 우디는 핸드폰을 꺼내 제이콥과 메시지를 주고받는다.

"와. 매리랑 같은 강의 듣는데 모르고 있었네?"
"아 진짜? 으유. 잘해 봐라~"
"근데 매리 엄청 유명한 애였더라. 인기가 진짜 많아."

매리가 점점 우디에게 다가오더니 옆자리에 앉는다.

"앉아도 되지?"
"그럼 그럼...!"
"오늘 수업 끝나고 약속 없으면 밥 같이 먹을래?"
"응? 그래! 좋아...!"

강의 시간 내내 우디의 눈에 초점이 잡히지 않는다. 딴생각이 가득해 보인다. 수업이 끝나고 우디와 매리는 어색한 발걸음을 맞추며 학교 밖 음식점 방향으로 걷는다. 걷는 와중에 지나치는 다른 학생들이 남녀 불문하고 매리와 반갑게 인사한다. 확실히 엄청난 인기의 소유자다. 식사를 마친 우디와 매리는 근처 카페로 이동해 더 많은 이야기를 나눈다. 카페를 나온 우디의 표정이 아까보다 훨씬 편해 보인다. 둘 사이가 가까워지고 있다.

한 달이 넘는 시간이 흘렀다. 우디와 매리는 꾸준히 연락하는 사이로 잘 지내고 있다. 그리고 우디는 자신이 매리를 좋아하는 건지 아닌지 헷갈리기 시작했다. 그래서 우디의 다이어리 파일을 보면 이런 글이 적혀 있다.

매리가 나에게 잘해 주고 그런 매리에게 관심이 가긴 하지만,
정말 내가 매리를 좋아하는 게 맞는지 확신이 들지 않는다.
마찬가지로 매리가 나를 어떻게 생각하는지도 알 수 없다.
그래. 솔직히 이상형도 아니잖니. 너무 신경 쓰지 말자.

다시 한 달 정도가 흘렀고 우디와 매리는 예전만큼 연락을 많이 한다거나 자주 보지도 않는다. 우디는 매리와 이렇게 애매한 사이를 유지하고 있다. 우디는 오랜만에 매리에게 연락해 약속을 잡으려 하지만, 거절하는 매리. 딱히 이유도 알 수 없다. 순간 기분이 좋지 않은 모습이 역력한 우디. 일단 그러려니 하고 넘어간다.

며칠이 지나고 우디는 학교에서 집으로 돌아가는 길에 매리를 마주친다. 너무 오랜만에 봐서인지 서로 어색한 듯 인사도 하지 않은 채 각자 가던 길을 간다. 그리고 그날 밤. 매리에게 메시지가 온다.

"미안. 사실 얼마 전에 남자친구가 생겨서 연락도 못 하고 약속도 잡을 수 없었어. 그래서 말인데, 우리 이제 따로 연락하거나 만나거나 하지는 말았으면 좋겠어."

언짢은 표정을 짓는 우디. 잠시 생각에 잠기더니 차분히 고개를 끄덕이며 답장을 보낸다.

"그래."

  사랑을 시작한다는 게 정말 쉬운 일이 아니다. 사랑은 혼자만 좋아한다고 이어질 수 없다. 다른 이성이 갑자기 잘해 준다고 그게 사랑이라 착각해서도 안 된다. 단순한 관심과 호기심은 사랑이 아니다. 가장 중요한 것은 본인의 감정이다. 내 심장이 얼마나 저 이성을 향해 뛰고 있는지. 저 이성을 만나면 얼마나 행복할 수 있을지. 이를 스스로 판단하고 그 선택에 따른 결과를 받아들일 수 있는 능력이 필요하다. 물론 쉽지는 않겠지만.

  우디가 이번 일을 계기로 진정한 사랑을 찾을 수 있는 또 하나의 깨달음을 얻었길 바란다. 우디가 진심으로 사랑하는 사람이자, 우디를 진심으로 사랑하는 사람을. 꼭 만날 날이 올 거다. 우디가 그런 사람을 본능적으로 느끼고 알아볼 수 있어야 할 텐데.

벤은 누구인가

"세상에 첫발을 디디다"

무너져 버린 세상

2130년 새해가 밝았다. 1학년의 첫 번째 학기를 마치고 방학에 들어선 우디는 본가 이탈리아로 돌아간다. 스페인에서 생활한다는 핑계로 잊고 살았던 고향으로. 오랜만에 이탈리아행 수상 열차에 탄 우디. 스페인과 이탈리아 간 이동에 긴 시간이 소요되지 않음에도 부모님을 뵈러 자주 가지 못했던 우디가 철없게 느껴지면서도 이해는 된다. 이제 처음 대학 생활을 경험하고 새로운 환경에서 새로운 사람들과 새로운 경험을 자유롭게 즐길 나이의 우디다.

"엄마! 나 왔다!!"
"아이고~ 아들 얼굴 오랜만이네~"
"헤헤... 아빠는?"
"아빠는 일하러 밭에 나가 있지~"
"그렇구나! 나 근데... 배고파...!"
"그럴 줄 알고 준비하고 있었지~"

집에 들어온 우디는 어머니와 반갑게 인사를 나눈다. 우디 아버지는 뒷마당 포도밭에 일을 하러 나가 있다. 우디는 뒷문을 열고 일하느라 바뻔 아버지께 소리친다.

"아빠!! 나 왔다!!"
"…"
"아빠!!!!!"
"어어~ 자식! 이제 왔구만!"
"일 대충 하고 들어와!!"
"그래 알겠다~"

아버지께도 쩌렁쩌렁한 목소리로 인사하고 부엌으로 돌아온 우디의 눈앞에 집 밥이 벌써 차려져 있다. 집에 오자마자 밥을 찾는 철부지 아들을 위해 이미 음식을 준비해 놓고 있었던 우디 어머니.

"벌써?!"
"아들 올 시간 맞춰서 미리 준비해 놨지~"
"역시 우리 엄마가 최고야!!"

어머니를 꽉 껴안고 얼른 의자에 앉아 폭풍 식사를 시작하는 우디. 예전보다 먹는 양이 늘어난 거 같다. 그리고 그 모습을 지켜보는 어머니의 얼굴에 온화하고 따뜻함이 가득 담겨 있다. 역시 집 밥이 제일 맛있다며 부모님 앞에서만 보여 주는 과장된 리액션으로 어머니를 웃게 만든다. 그렇게 방학 기간 매일매일 우디의 집에서는 웃음꽃이 피어난다.

어느덧 시간은 흘러 두 번째 학기의 시작까지 2주를 남겨 두고 있다. 우디는 부모님께 국내 여행을 한번 다녀오자고 제안한다. 아버지는 일 때문에 바빠서 어려울 거 같다며 어머니와 단둘이 다녀오라고 한다.

"어쩔 수 없지 뭐... 그럼 엄마랑 둘이 다녀올게! 엄마, 어디 갈래?"
"엄마는 다 상관없으니까, 아들 가고 싶은 데 가자~"
"음... 바다 보고 싶어! 나폴리 어때?"
"그래그래~ 나폴리 가서 오랜만에 바다 좋지~"
"좋아! 다음 주에 바로 가자!"

그렇게 우디와 어머니는 바다를 보러 1박 2일 여행을 가기로 한다. 그러고 보니 우디와 어머니 단둘이 떠나는 여행은 이번이 처음이다. 20살이 넘은 아들이 어머니와 둘이만 여행을 간다는 게 쉬운 일은 아닌데, 우디를 진심으로 칭찬해 주고 싶다. 평생 기억될 추억 쌓고 오길 바란다.

일주일이 지나고 우디와 어머니는 나폴리(Naples)로 향한다. 그런데 나폴리에 도착한 어머니의 컨디션이 좋지 않아 보인다. 우디는 어머니의 등을 쓰다듬으며 일단 바로 호텔로 가자고 한다. 우디와 어머니는 급히 호텔로 들어간다. 침대에 누워 안정을 취하니 어머니의 혈색이 조금씩 돌아온다. 그럼에도 걱정스러운 표정의 우디는 본인이 혼자 나가서 먹을 것들 좀 포장해 오겠다고 말하지만, 여기까지 왔는데 같이 나가서 먹고 놀다 오자는 어머니. 우디는 걱정은 되지만, 결국 어머니와 다시 시내로 나간다. 나폴리 피자를 먹고 시내 구경을 하는 우디의 양손에는 다양한 나폴리 대표

먹거리들로 가득하다. 다시 호텔로 돌아와 음식과 짐을 두고 해변으로 나온다. 아직 떠 있는 태양에 우디와 어머니는 선글라스를 끼고 해변을 한가롭게 산책한다. 우디가 잔잔한 파도 소리에 모든 근심 걱정이 저 바다로 떠내려가는 기분을 느끼고 있던 그 순간.

"으으윽..."
"엄마? 엄마, 괜찮아?"
"배가 좀 아프네... 체했나...?"
"... 일단 얼른 방 들어가서 쉬자..."

우디는 호텔로 들어오자마자 침대에 어머니를 편히 눕힌다. 걱정 가득한 표정의 우디. 배꼽시계는 저녁 먹을 시간임을 알리지만, 어머니는 여전히 힘들어하고 있다. 우디도 초조하게 의자에 앉아서 손가락으로 입술만 만지작거린다.

"아들... 사 온 음식들 먼저 먹어... 배고프겠다..."
"아냐 아냐... 이따 괜찮아지면 같이 먹자. 배 안 고파."

하지만 시간은 흐르고 흘러 해가 다 저물었지만, 어머니의 컨디션은 오히려 더 안 좋아진다. 우디는 이미 다 식은 음식들을 깨작깨작 먹으며 대충 끼니를 때우지만, 아무 맛도 느끼지 못하는 표정이다. 어머니는 화장실을 들락날락 반복하며 참지 못하는 신음소리를 내고 있다. 그리고 방의 분위기만큼 어두운 밤이 찾아왔다. 어머니 옆에 얌전히 누운 우디는 수심에 잠긴 눈으로 어머니를 바라본다.

"아들 미안해... 엄마 때문에 여행 즐기지도 못하고..."
"에이 아냐 아냐... 오늘 푹 자고 일어나면 괜찮을 거야...!"
"그래야 할 텐데..."

불을 다 끄고 눈을 감는 우디. 하지만 어머니는 여전히 옅은 신음소리와
함께, 밤새 비규칙적으로 화장실을 오간다. 우디는 본인도 깨어 있으면 어
머니의 마음이 더 좋지 않으리라 생각하고, 질끈 감은 눈을 뜨지 않는다.
당연히 눈만 감고 있을 뿐, 한숨도 자지 못한 채. 아침이 밝았지만, 우디의
표정은 밝지 못하다. 우디만 남은 음식으로 아침을 간단히 먹고 곧장 집으
로 향한다.

다음 날 우디는 어머니를 모시고 진료를 받기 위해 병원으로 향한다. 의
사에게 어디가 얼마나 어떻게 아팠는지 자세히 설명을 한 뒤, 정밀 검사를
진행한다. 검사를 마치고 나온 어머니를 우디가 애써 웃는 얼굴로 바라보
며 말한다.

"엄마. 걱정 마. 별일 아닐 거야."
"그럼 그럼. 엄마는 걱정 안 해~"

작은 일에도 큰 걱정을 하는 우디지만, 괜찮은 척을 해 본다. 오히려 어
머니가 담담하게 우디를 안심시키려는 모습이다. 하지만 어머니도 스스로

벤은 누구인가

본인이 좋은 상태가 아님을 느끼는 표정이다. 제발 큰일이 아니길 바란다. 내일 우디는 다시 스페인으로 떠난다. 3일 후면 두 번째 학기가 개강하기 때문이다. 어머니의 진료 결과는 이틀 뒤 오후 2시에 나온다. 다음 날, 우디는 본인이 직접 검사 내용을 들을 수 없음에 아쉬워하며 부모님과 인사를 나눈다. 서로가 서로에게 걱정하지 말라는 말과 함께.

스페인을 가는 길에도. 바르셀로나 방에 도착해서도. 우디는 근심 가득한 무표정을 유지한다. 그렇게 하루가 지나고, 오늘은 개강 전날이자 어머니의 검사 결과가 나오는 날이다. 우디는 아침 일찍 잠에서 깨 오후 2시까지 침대에 멍하니 앉아 핸드폰만 바라본다. 결과가 나오는 대로 연락을 주기로 한 우디 부모님. 하지만 시간이 이미 지났는데도 깜깜무소식이다. 우디는 점점 불안해하며 입술을 물어뜯고 있다. 그렇게 2시간 정도가 흘렀을까.

띠리링. 띠리링.

드디어 전화가 울린다. 아버지다. 침을 크게 꿀딱 삼킨 우디는 깊게 숨을 한번 고르고 전화를 받는다.

"…"
"아빠…?"
"…응 그래… 아들…"
"왜 그래…?"
"하… 그게 말이다…"

큰 한숨을 쉬고 말을 이어 가지 못하는 아버지의 반응에 미친 듯이 심장이 뛰기 시작한 우디. 잠시 정적이 흐르고 힘들게 말씀을 이어 나가는 아버지.

"엄마 몸이 좀... 많이 안 좋다네..."
"..."
"음... 암 말기라네..."
"..."
"내일부터 학교 가지? 너무 걱정하지 말고..."
"..."
"우디...?"
"으응... 집으로 갈게... 집에서 자세히 말해 줘..."
"학교는 어쩌고...? 그래... 일단 알겠다."

도대체 암은 왜 수 세기가 흘러도 치료제를 만들어 내지 못하는가. 도대체 왜. 의료기술이 이렇게 발전했는데 왜. 누군가는 이런 의심도 한다. 일부러 만들지 않는 거라고.

우디는 핸드폰을 툭 하고 떨어뜨린다. 영혼이 빠져나간 표정으로 가만히 앉아 있다. 온몸에 식은땀이 줄줄 흐른다. 심장이 아픈지 가슴을 쥐어뜯는다. 곧이어 눈물이 흐르기 시작한다. 이내 목이 찢어질 듯 울부짖는다. 정신을 잃을 듯 손에 잡히는 모든 걸 있는 힘껏 구겨 잡는다. 그렇게 몇 분이 흐르고, 정신이 돌아왔는지 초점 없는 눈동자로 멍하니 천장을 올려다본다. 그러고는 핸드폰을 주워 들고 당장 이탈리아로 갈 수 있는 수상 열차 티켓을 찾아본다. 다행히 자리가 남아 있다. 급히 좌석을 예약하는 우디의 손이 바들바들 심각하게 떨린다. 곧장 방을 나온 우디는 비틀비틀 쓰러질 듯 걷는다. 다리에 힘이 풀리기 직전의 상태다. 얼마 걷지 못하고 결국 길가 벤치에 앉아 숨을 고른다. 혼이 나간 모습으로 온몸에 힘이 빠진 채 축 처져 땅바닥을 응시하는 우디. 다시 눈물이 흐른다. 눈물을 닦아 낼 힘조차 없어 주르륵 흘러내리는 눈물을 그대로 둔다. 떨어진 눈물에 허벅지 쪽 바지가 젖어 들어가기 시작한다. 그때, 어디선가 익숙한 노래가 흘러나온다. 우디 어머니가 가장 좋아하는 가수의 목소리와 서글픈 멜로디다. 누가 우디의 상황을 다 알고 지켜보다가 튼 게 아닌 이상, 말도 안 되는 상황과 타이밍이다. 들려오는 친숙한 노래에 우디가 반응하며 주위를 힘겹게 두리번거린다. 그러다 고개를 다시 푹 숙이고 주먹을 움켜쥔다. 그 주먹으로 허벅지를 애통하게 내리친다. 지나가는 모든 사람이 힐끗힐끗 쳐다본다. 잠시 후, 조금 진정된 듯 일어나는 우디. 시계를 한번 보고는 무거운 다리를 이끌고 열차를 타러 이동한다.

열차에서도 앞서 보인 행동들을 반복하며 간신히 이탈리아에 도착한다. 눈은 퉁퉁 부어서 뜨기조차 어려울 정도가 되었다. 집 앞에 도착해 현관문을 열기 직전. 가쁜 숨을 몰아쉬며 작게 혼잣말한다.

"그만 울자... 엄마 앞에서까지 울지 말자... 무조건 참는다..."

주문을 외우듯 반복하고 우디는 조심스레 집 안으로 들어간다. 조용하다 못해 인기척도 느끼지 못할 정도의 고요함이다. 우디가 안방으로 차분히 걸어가며 작은 목소리로 부른다.

"엄마... 아들 왔어..."

안방에 도착한 우디는 침대 옆에 고독히 앉아 있는 아버지와 눈이 마주친다. 서로 말없이 고개를 끄덕이며 인사를 나눈다. 우디가 침대에 누워 있는 어머니에게 초점을 맞춘다. 어머니는 힘없는 미소를 보이며 아들을 반긴다.

"우리 아들... 왔어~?"

불과 몇 초 전에 스스로와 했던 약속은 순식간에 깨져 버렸다. 어머니의 얼굴을 보자마자 울컥 올라온 감정을 참아 보기 위해 핏줄이 터질 듯 양손을 세게 움켜쥐었지만, 어머니의 저 한마디에 무너진 우디. 아무 말도 하지 못하고 똑같이 미소를 만들어 최대한 웃는 얼굴을 지어내 보지만, 이미 뺨을 스치며 한 방울 내려온 무너져 버린 세상. 결국 고개를 돌리고 뒤돌아 도망치듯 안방을 나온다. 본인 방으로 들어와 땅바닥에 앉아 지금까지 보인 서러움보다도 더 뜨겁게 아프게 힘겹게 그러나 소리 내지 않고 우짖는다. 집에서 들리는 음성이라곤, 우디의 중간중간 숨넘어가는 호흡 소리와 안방에 앉아 있는 아버지의 깊고 긴 한숨 소리뿐이다. 비통한 공기가 우디의 집을 집어삼켰다. 무정한 시간이 조금 흐르고, 우디에게 혼자만의 시간을 충분히 줬다고 생각한 아버지가 우디의 방으로 들어온다.

"아들. 다 울었어…?"

"…"

"얘기 좀만 할까…?"

"… 으응"

"그래… 너도 이제 성인이고 컸으니까 솔직하게 다 이야기해 줄게. 네 엄마가 지금 굉장히 위독한 상태야. 상황이 좋지 못해. 진작 검사를 해 봤어야 했는데 많이 늦어 버렸어. 빨리 수술하지 않으면 정말 위험해져. 그래도 다행인 건 최대한 빠르게 수술 날짜가 잡혔어. 수술이 모든 상황을 바꿔 놓진 못하겠지만, 당장 닥친 최악의 상황은 막을 수 있을 거야."

"…"

다시 쏟아 낼 것만 같은 눈물을 꾹 참으며 입술을 바르르 떨고 있는 우디. 그런 우디의 어깨를 토닥여 주는 아버지.

"진정 좀 되면 엄마한테 가 봐… 너만 기다리고 있었어…"

아버지는 푹 처진 등을 보이며 우디의 방을 나간다. 그리고 다시 혼자 남은 방에서 우디는 참고 있던 눈물을 또다시 흘려보낸다. 그러다 갑자기 양 뺨을 세차게 두 번 치고 입술을 힘껏 앙다물며 무언가 결심한 듯 일어난다. 우디가 안방으로 씩씩한 척 걸어 들어간다. 곧장 누워 있는 어머니 옆에 의자를 두고 앉으며 밝은 표정으로 어머니를 바라본다.

"아들. 갑자기 넘어오느라 고생 많았지…"

"에이. 아니야. 고생은 무슨..."

"학교는 어떻게 하고.? 이따가 다시 갈 거지?"

"음... 학교는 잠시 쉬려고..."

"왜... 학교는 다녀야지..."

"학교야 언제든 다시 다니면 되는 거니까... 괜찮아..."

"하이고... 엄마 때문에..."

"아니야... 그런 말 하지 마... 진짜 괜찮아..."

대학 생활을 잠시 멈추기로 결심한 우디. 너무 감정만 앞선 선택이란 생각도 들지만, 충분히 이해할 수 있는 결단이다. 우디도 이제 무엇이 중요한지, 무엇이 우선인지, 판단하고 책임질 나이다.

2주일이 흐르고 어머니의 수술 날이 다가왔다. 2주 동안 집안의 모습은 연극과 같았다. 모두 각자의 마음속에 두려움 슬픔 불안 걱정 등등 부정적인 감정이 가득했지만, 이를 겉으로 표출하면 서로가 더 힘들어할까 봐 애써 밝은 척 연기하고 있던 가족들. 하지만 가족끼리는 서로의 얼굴만 봐도 안다. 참고 또 참으며 감정을 숨기려 노력하는 모습이란 사실을. 수술 이틀 전인 오늘, 우디 어머니가 입원한다. 밀라노에 있는 이탈리아 내에서 가장 고명한 병원으로. 우디와 아버지가 입원 준비를 마친 어머니와 함께 입원실로 들어가려는데, 직원 하나가 이들을 멈춰 세운다. 왜 그러는지 연유를 묻자, 입원실 내에는 보호자가 1인으로 제한된다고 한다. 결국 어쩔 수 없이 아버지만이 어머니와 입원실로 들어간다. 그리고 잠시 후, 환자복으로 갈아입은 어머니와 그런 어머니의 팔을 꽉 붙잡은 아버지가 다시 입원실

벤은 누구인가

밖으로 나온다. 어머니는 밖에서 기다리고 있던 우디와 함께 병원 주변 숲
길을 잠시 산책한다.

"아들. 엄마 괜찮을 거야. 수술 잘 받고 올게. 너무 걱정하지 마."
"응... 당연하지. 우리 엄마는 뭐든지 이겨 낼 거야. 내일 수술도 잘될 거
고, 반드시 건강 회복할 수 있어. 그러니까 엄마도 마음 단단히 굳게 먹자.
기적은 꼭 일어날 거니까."
"그래야지. 우리 아들 결혼하는 모습까지는 꼭 보고 가야지..."
"응응. 내 결혼식 때 꼭 옆에 있어 줘..."

앞만 보고 걸으며 대화하는 우디와 어머니는 서로의 얼굴을 차마 돌아보
지 못한다. 흔들리는 목소리와 함께 흐르는 눈물은 굳이 서로를 쳐다보지
않아도 느껴지기 때문이다. 그렇게 눈물뿐인 산책을 뒤로하고 입원실로 다
시 올라온다. 우디는 자신의 모든 기운과 행운이 전해지길 간절히 바라는
마음으로 어머니를 꼭 껴안는다. 그러곤 촉촉한 눈망울로 어머니를 바라보
며 미소와 함께 고개를 여러 번 끄덕인다. 더 말하지 않아도 서로 텔레파시
가 통하는 우디와 어머니. 아버지의 손을 잡고 어머니는 끝까지 미소를 유
지한 채 뒤돌아 입원실로 들어간다. 어머니의 멀어져 가는 뒷모습을 바라
보던 우디는 쪼그려 앉아 결국 오열하고 만다.

20분 후, 조금 진정된 듯 일어나 벽에 기대어 쉬고 있는 우디 앞으로 아버
지가 나타난다. 어머니를 병상에 눕히고 우디와 잠시 할 이야기가 있다며
복도로 나온 아버지.

"오늘부터 며칠 집에서 혼자 지내야겠네. 괜찮지?"

"당연하지. 내 걱정은 전혀 하지 마. 밥도 잘 챙겨 먹을게."

"그래그래. 다 컸다. 우리 아들."

"내일 아침에 엄마 수술... 얼마나 걸리려나...?"

"워낙 큰 수술이라 몇 시간은 걸릴 텐데... 정확히는 모르겠네..."

"아빠도 오늘부터 며칠 병원에서 자고... 고생이네..."

"아니야. 아빠는 어디서든 잘 자잖아. 네 엄마가 걱정이지..."

"..."

"우디야. 아빠가 해 줄 말이 있어."

"뭔데...?"

"엄마는 지금부터 끝이 잘 보이지 않는 길고 긴 사막을 건너기 시작한 거야. 사막을 지난다는 건 여러 가지로 힘들고 고된 일이지. 포기하고도 싶겠지만, 엄마가 제일 잘하는 게 뭐니. 버티기. 엄마는 어떤 아픔도 시련도 이악물고 견딜 줄 아는 사람이란다. 사막길이 정말 많이 힘들겠지만, 버티고 계속 버티면 그 끝엔 드넓은 바다가 기다리고 있을 거야. 아프리카에 '나미브 사막' 들어 봤지? 거긴 실제로 사막 끝에 바다가 있어. 엄마가 좋아하는 그 바다에서 건강해진 모습으로 새 항해를 시작하는 그날까지. 엄마가 지쳐 쓰러지지 않도록 네가 옆에서 오아시스가 되어 줘야 해. 네 엄마는 너만 바라보고 사는 사람이잖니. 네가 엄마에겐 최고의 오아시스란다. 우리 가족이 하나 돼서 마지막 순간까지 절대 포기하지 말고 최선을 다해 이겨 내보자."

"알겠어... 근데 내가 오아시스면, 그럼 아빠는 뭐야?"

"아빠는 낙타. 네 엄마 책임지고 등에 태워서 뚜벅뚜벅 전진하는."

벤은 누구인가

"낙타... 오아시스..."

"이제 들어가 볼게. 집 조심히 가고 도착해서 연락해. 내일 보자."

"응응. 아빠도 힘내... 내일 봐..."

우디는 아버지의 이야기를 어렴풋이 이해했다는 표정을 짓는다. 그러곤 처연한 미소와 함께 병원을 나온다. 남편이라는 낙타와 아들이라는 오아시스가 항상 곁에 있겠지만, 결국 망막한 사막을 걷는 사람은 어머니 본인이다. 스스로 긍정적인 생각과 이겨 낼 수 있다는 마음으로 끈질기게 버텨 주길. 남편을 위해서도 아들을 위해서도 아니라, 어머니 당신을 위해서.

다음 날 아침. 한숨도 자지 못한 우디는 아침 일찍 병원으로 향한다. 조금 전, 수술실에 들어간 어머니. 병원에 도착한 우디는 건물에 들어가지는 않고 어제 걸었던 숲길을 배회한다. 어머니에게 기적이 내려앉길 간절히 바라는 마음으로 두 손은 기도하듯 깍지를 끼고 눈을 감은 채 같은 자리를 하염없이 돌아다니는 우디. 그렇게 몇 시간이 흘렀을까. 아버지께 전화가 온다. 심장이 튀어나올 정도로 크고 빠르게 뛰기 시작한 우디는 심각하게 떨리는 손으로 핸드폰을 간신히 붙잡고 전화를 받는다.

"..."

"아들? 엄마 수술 잘 끝났대. 아무 문제 없이."

"...하아..."

우디가 다리에 힘이 풀려 제자리에서 풀썩 주저앉는다.

"회복실로 이동해서 좀 쉬다가 입원실로 올라올 거니까, 너도 조금 진정시키고 쉬었다가 올라와."

"응응... 알겠어..."

전화를 끊고 우디는 안도와 감사가 담긴 한숨을 크게 한번 내뱉는다. 그리고 고개를 하늘로 젖히고 작게 혼잣말을 반복한다.

"감사합니다. 감사합니다. 정말 감사합니다."

우디가 진정시킨 심장을 이끌고 입원실로 올라가자 이미 문 앞에 아버지가 아들을 기다리고 서 있다.

"왔구나. 수술 깔끔하게 잘됐대. 자세한 건 이따가 담당 의사 선생님이 올라와서 설명해 주실 거래."

"응... 엄마는 지금 깨어 있어? 들어가도 돼?"

"방금 깼어. 이거 출입증 들고 들어갔다 나와."

우디가 아버지의 출입증을 잠시 빌려 어머니를 보러 들어간다. 문을 열자마자 호흡기를 달고 누워 계신 어머니를 발견한 우디는 그대로 몸이 굳는다. 어머니의 저런 모습은 처음이다. 초점을 잃고 마치 누가 우디의 온몸을 얼려 놓은 것처럼 움직이지 못한다. 이내 정신을 차린 건지 여전히 무의식인 건지 알 수 없는 상태로 어머니에게 다가간다. 아직 말을 할 수 없는 상태인 어머니의 손을 살며시 붙잡는 우디.

벤은 누구인가

"엄마. 정말 고생했어. 버텨 내 줘서 고마워."

어머니는 눈빛으로 대답한다. 눈물이 날 법도 한 우디인데, 잘 참고 있다. 어젯밤에 마음을 단단히 먹은 듯하다. 어머니 앞에선 절대 눈물을 보이지 않겠다고. 수술을 마친 지 얼마 되지 않은 어머니가 편히 휴식을 취할수 있도록, 우디는 짧게 서로의 얼굴만 확인하고 입원실 밖으로 나온다. 그리고 예상대로, 굵은 눈물을 바로 쏟아 내며 흐느낀다.

일주일이 지나고 어머니는 퇴원 후 집으로 돌아왔다. 수술로 당장의 위급한 상황은 해결됐다. 하지만 아직 그 고약한 작은 암 덩이들이 여기저기흩어져 있어 항암치료를 주기적으로 계속 받아야 한다고 한다. 그래도 수술이 잘됐다는 기쁨을 명분 삼아 집안 분위기는 수술 이전보다 훨씬 밝아졌다. 연기가 아니라 진심으로.

한 달이 빠르게 흘러, 첫 번째 항암치료 날이다. 그 독한 항암제를 어머니가 잘 버텨 낼 수 있을지 매일 밤 수심에 잠기곤 한 우디. 항암치료는 2박 3일 입원으로 진행된다. 어떤 부작용이 있을지 알 수 없기 때문에 보호자가 곁에서 늘 지켜봐야 한다. 비위가 약한 어머니는 약을 주사하기도 전부터 약 냄새 때문에 구토를 한다. 약을 주입하는 순간에도 약이 들어가는중간에도 계속 헛구역질을 한다. 속을 게워 낼 대로 게워 내 초췌한 모습의어머니. 그러곤 수면제 성분이 함유된 약 때문에 기절한 듯 잠에서 깨어나지 않는다. 그나마 다행히 식사 시간마다 우디가 조심스럽게 어머니를 깨워 소량의 음식을 천천히 먹여 드리고 있다. 그런 식으로 이틀 밤이 지났다. 항암제가 제대로 잘 들어갔는지 간호사가 확인을 마친 뒤에야 퇴원 수속을 밟는다. 우디는 걷기조차 힘들어하는 어머니를 부축하며 집으로 돌아온다. 곧바로 안방 침대에 어머니를 천천히 눕힌다. 사실 항암치료를 마치고 집에 온다 해도 끝이 아니다. 추가로 처방받은 약도 잘 챙겨 먹어야 하며, 또 다른 부작용은 나타나지 않는지 주의 깊게 살펴야 한다. 우디는 오늘부터 어머니만의 전담 주치의가 되기로 다짐한다. 끝없는 항암 기간 동안 늘 곁에서 어머니를 보살피며, 대비할 수 없는 여러 상황이 발생할 때마다 신속히 대처할 수 있도록. 어머니를 세상에서 제일 잘 아는 사람은 남편과 함께 분명 자식일 테니까. 어머니의 눈빛과 몸짓만 봐도 어떤 상황이고 무엇이 필요한지 아는 우디니까.

·
·
·

2132년 8월. 우디의 오직 어머니만을 위해 살아온 세월 2년 6개월이 흘렀다. 갑자기 2년 6개월 후라고 해서 그간 일을 안 해 온 게 아니다. 우디 어머니는 수차례의 크고 작은 시술과 수술을 했고, 꾸준히 주기적으로 항암치료를 병행했다. 그 노력의 결과로 어머니의 건강도 전보다 확실히 좋아졌다. 그동안 우디가 세상과 단절하고 살았기 때문에, 나도 바쁠 게 없었을 뿐이다. 그래도 2년 6개월이라는 시간 동안 우디가 어떻게 살아왔는지 이제 설명해 보려고 한다.

벤은 누구인가

처음 1년여는 매일 밤 몰래 혼자 울었다. 평상시의 일상을 살다가 갑자기 어머니 생각이 날 때도. 느닷없이 세상이 불공평하다고 느껴질 때도. 갑작스레 울기도 했다. 평생 흘릴 모든 눈물을 지난 2년 6개월 동안 전부 쏟아낸 우디였다. 그리고 그렇게 스스로 무너지고 있었다. 원래도 감정적이고 감성적인 성격의 우디지만, 최근 그 정도가 과해졌다. 마치 시인 혹은 철학자가 된 듯 초인의 모습으로 살아가고 있다. 가끔은 세상을 원망하며 다이어리 파일에 자신의 무너진 감정과 마음을 끄적거렸다.

비는 오지 않지만, 빗물은 끝없이 흐르네
갑작스레 찾아온 변화. 하루아침 달라진 일상
어렵게 눈을 떴지만, 아무것도 보이지 않네
받아들이지 못한 변화. 익숙해지기 싫은 일상

귀가 아닌 머리에 울리는 소리.
뇌보다 먼저 반응하는 팔다리.
긴장에 멈출 수 없는 근육 떨림.
집중력 최고로 곤두서 버린 신경.
악몽을 꾸는 건지. 현실이 악몽인지.

암과 함께 고치기 어려운 또 하나의 병. 우울증이다. 우디는 심각한 우울 증세를 보이고 있다. 인류가 태어난 이래로 우울증을 경험해 보지 않은 사람은 아마 없을 것이다. 사람마다 그 정도가 다르고, 기간이 다르고, 극복 여부가 다를 뿐이다. 우디는 높은 정도로 긴 기간 동안 극복해 내지 못하고 있다. 병원 치료와 심리 상담도 받으러 다녔다. 물론 부모님은 절대 모르게. 병원에서 내린 진단은 우울증과 함께 '해리성 기억상실증'이었다. '해리성 기억상실증'이란, 심리적 원인에서 발생하는 기억상실증으로 개인에게 발생한 특정 과거 기억이 갑자기 사라지는 현상이다. 이는 대부분 큰 충격을 받았을 때 나타나곤 한다. 우디에게 가위로 싹둑 잘려 나간 기억은 어머니의 수술이었다. 수술 사실 자체는 기억하지만, 수술 전후 상황에 대한 기억이 흐려졌다. 특히 수술 직후 입원실에서 본 어머니의 모습과 그 안에서의 모든 기억이 완전히 삭제됐다. 확실히 충격을 크게 받았던 우디. 하지만 해결방법이 없는 심리적문제라 그때뿐인 치료와 상담은 전혀 도움이 되지 못했다.

"엄마가 언제 갑자기 떠나도 당연한 상황인 걸까. 나는 미리 마음의 준비를 하고 있어야 하는 걸까. 당장 이번 주, 내일, 오늘 무슨 일이 생기면 어떻게 대처해야 하지. 나 아직 어린 어른인데."

머릿속에 이런 생각들만 가득한지, 우디는 밤마다 누워 천장을 바라보며 이런 식의 혼잣말을 해 왔다. 우디의 성격도 많이 변했다. 물론 내향적이었지만, 새로운 만남을 두려워하거나 사람 만나는 걸 싫어하진 않았다. 하지만 이젠 새로운 사람에게 마음을 열지 못한다. 애초에 밖에 나가질 않고 스스로 세상과 단절시킨 채 살아가는 우디지만, 어쩌다 새로운 사람이 다가오더라도 벽을 친다. 인연이 될 수도 있는 누군가를 의심부터 하고 먼저 끊어 낸다. 그렇게 우디는 두더지 같은 삶을 살아왔다.

벤은 누구인가

그러다 가끔 우디의 심리 상태가 바닥을 치는 날이 있었다. 어머니가 병원을 가는 날이나, 너무나 괴로워하는 어머니를 그저 바라볼 수밖에 없는 자신을 발견한 날의 대부분이 그러했다. 그럴 때마다 우디는 몰래 집 밖으로 나와 삶을 끝낼 장소를 찾았다. 당장 어머니가 사라진다면 따라가겠다는 헛소리를 하며. 정신을 놓고 약에 취한 것처럼 거리를 비틀비틀 돌아다녔다. 하루는 정말 위험했던 날도 있었다. 집 주변의 비교적 높은 건물 옥상으로 올라가 아찔하게 먼 도로를 내려다보고는 눈을 감고 서 있었다. 내가 우디의 인생을 기록한 지 20년이 넘었지만, 그날 처음으로 우디의 사정권까지 다가갔다. 여차하면 붙잡아야 했기 때문에. 다행히 정신을 되찾고 돌아가는 우디를 멀리서 안쓰럽게 바라봐야만 했다. 그날 이후에도 우디는 몇 번씩 그 장소를 찾아갔고 마치 여러 번의 시뮬레이션을 하는 것만 같았다. 바보같이 최악의 선택만은 하지 않길.

우디가 그동안 하루를 살아간 모습은 크게 둘로 나눌 수 있다. 어머니가 항암치료를 받는 기간과 받지 않는 기간. 전자의 기간에 일반적인 우디의 하루는 다음과 같다. 아침 일찍 누가 깨우지 않았는데도 악몽에서 탈출한 듯 깜짝 놀라며 잠에서 깬다. 늘 그렇듯 눈은 또 부어 있다. 그리고 바로 안방으로 달려가 엄마의 상태를 확인한다. 아침 식사 후 아버지는 출근을 하고 집에 어머니와 단둘이 남는다. 어머니는 안방 침대에 기절해 누워 있고 우디는 거실에 앉아 TV를 틀어 놓고 가만히 멍하게 앉아 있다. 그러다 아주 작은 소리로 희미하게 아들을 부르는 어머니의 목소리가 들리면, 우디는 엄청난 반응속도로 일어나 안방으로 달려간다.

심지어 나중엔 안방에서 들리는 어떠한 작은 소리에도 우디의 귀가 쫑
긋 반응해 곧장 달려갔다. 혹여 무슨 일이라도 생겼을까 봐. 또 어머니
식사는 물론이고 매일 복용해야 할 약까지 꼼꼼히 챙긴다. 물론 어머니
대신 해야 할 필수 집안일 역시 우디의 몫이다. 저녁이 되고 아버지가
퇴근해 집에 오면, 역할을 분담해 어머니를 보살펴 드리곤 잠자리로 이
동하는 우디. 침대에 누운 우디의 자연스레 흐르는 눈물이 귀를 적시고
불면증에 시달리다가 잠에 든다. 이게 어머니가 아픈 주기 동안 우디의
일상이었다.

사실 후자의 기간, 어머니가 조금 괜찮아 돌아다닐 수 있을 때도 우디
의 일상이 크게 달라지진 않는다. 아침은 똑같이 부은 눈으로 일어나지
만, 바로 안방으로 달려가진 않는다. 때론 약간의 늦잠을 자기도 한다.
삼시 세끼 집에서 어머니와 건강식을 차려 먹는다. 짜고 단 음식을 좋아
하던 우디의 입맛은 지난 2년 6개월 동안 극단적으로 변했다. 어머니를
위해 건강하고 밋밋한 음식만 먹으며 살다 보니, 이젠 조금만 자극적인
음식을 먹어도 거부감이 드는 우디다. 식사 시간을 제외하고는 어머니
와 함께 영화를 보거나 다양한 주제로 대화를 하며 어머니 옆에 꼭 붙어
있다가 하루를 마무리한다. 이게 어머니가 괜찮은 주기 동안 우디의 일
상이었다.

우디가 세상을 등지고 사람을 멀리하고 살아온 2년 6개월 동안 집 밖
으로 나간 날이라고는 아주 가끔 친구와의 약속이거나 아르바이트뿐이
었다. 아무것도 안 하며 살 수는 없겠다고 생각했는지, 우디는 집 근처

카페에서 주말마다 정기적으로 일을 하러 다니고 있다. 어쩌면 집 안에서 느끼는 정신적 스트레스보다, 일하며 겪는 신체적 고됨이 우디를 오히려 편하게 만들었을 것이다. 그리고 가끔 만나는 친구도 늘 똑같았다. 특히 10년이 넘게 함께한 윌리엄과 엠마는 우디 어머니와도 알고 지내 온 사이였기 때문에 우디가 어머니의 소식을 전하자마자 달려와 줬던 친구들이다. 자주 만나지는 않지만, 우디가 그들을 만날 때마다 힘을 얻어 오는 게 느껴졌다. 우디에겐 너무나 감사한 친구들이다.

우디 어머니는 최근 몇 차례의 검사에서 암 덩어리들이 거의 보이지 않을 정도까지 작아졌음을 확인했다. 늘 수척해 보이던 어머니의 겉모습은 이제 사라지고 건강을 많이 회복했다. 일상생활을 찾은 어머니와 더불어 조금의 안심을 찾은 우디는 햇수로 3년 만에 복학을 결정한다. 대신 바르셀로나 방에서 생활은 하지 않고, 피렌체 집에서 통학을 하기로 한다. 이미 2년 전에 바르셀로나 방은 계약을 파기하고 뺀 상태다. 장거리 통학이라 시간도 더 소요되고 몸도 고될 수 있겠지만, 우디는 본인의 힘듦 따위 신경 쓰지 않는다.

복학을 일주일 앞둔 오늘, 어머니의 정기 검사가 있는 날이다. 최근 몇 개월간 아무 문제 없이 좋은 결과만 들어 왔기에 우디는 큰 걱정 없이 밝은 표정으로 어머니와 밀라노 병원에 도착한다. 하지만 언제나 그렇듯 진료실 앞에서부터는 긴장된 모습으로 순서를 기다리게 된다. 긴 대기가 끝나고 어머니 이름이 불린다. 우디는 어머니의 손을 꼭 잡고 진료실로 함께 들어간다. 의사의 표정이 심상치 않다. 평소 같으면 웃으며 인사해 주던 모습은

찾아볼 수 없고 심각한 공기다. 짧은 정적을 끊으며 의사가 낮은 목소리로
말한다.

"별일 없으셨죠? 오늘은 안 좋은 소식을 전해 드려야 할 거 같네요."
"아..."
"재발하셨습니다."

어머니는 순간 놀라 탄식이 나왔지만, 이내 담담하게 받아들인 듯 의사
와 짧은 대화를 주고받는다. 그런데 어머니 뒤에 서 있던 우디의 상태가 좋
지 않아 보인다. 눈에 초점은 완전히 풀렸고 가쁜 숨을 몰아쉬며 절망스러
운 식은땀을 흘리면서 손을 파르르 떨고 있다. 진료를 마치고 어머니가 자
리에서 일어나 문을 열고 나가려는데, 우디는 그대로 굳은 채 서 있다. 어
머니가 우디를 부르지만 들리지 않는 것인가. 멍하니 움직이지 못하고 있
다. 어머니가 우디의 팔을 잡자, 그제야 나갔던 정신이 돌아왔는지 눈을 미
친 듯이 깜빡이며 어머니의 얼굴을 빤히 바라본다. 문을 열고 걸어 나오는
우디의 다리에 경련이 일어난다. 우디가 술에 취한 듯 비틀거린다. 곧바로
복도 의자에 앉는 우디와 어머니. 잃어버린 초점도 가쁜 숨도 흘러내리는
식은땀도 떨리는 손도 그대로다. 혈압도 올라왔는지 목을 뻐근하게 돌리더
니 머리를 감싸 쥔다. 어머니는 해탈한 표정을 유지하고 있다. 우디가 힘겹
게 입을 연다.

"엄마... 어떡하지... 엄마..."
"괜찮아. 어쩔 수 없지."

벤은 누구인가

이 와중에도 어머니는 우디와 눈을 마주치며 미소 짓는다. 그러나 우디는 아까부터 앞이 잘 안 보이는지 동공에 반응이 없다. 짧은 안정을 취하고 우디는 괜찮아졌다며 자리에서 일어나 땅에 첫발을 내딛는다. 그리고 그 순간, 정신을 잃고 속절없이 앞으로 쓰러진다.

정신이 돌아온 우디의 눈앞에 응급실이라 적힌 글자가 보인다. 고개를 돌리니 어머니와 아버지가 걱정의 눈빛으로 우디를 바라보고 있다. 어머니와 눈이 마주치자마자 순식간에 눈물을 한 바가지 쏟아 내는 우디. 눈물의 이유는 단 하나뿐이다. 아픈 어머니를 옆에 두고 아들이 견뎌 내지 못하고 쓰러졌다는 자책. 그런 자신이 한심하게 느껴졌을 것이다. 이럴 때 더욱 힘이 되어 드리지 못할망정 걱정이나 끼쳤으니 말이다. 우디의 눈물 의미를 정확하게 이해했는지, 어머니가 다시 미소를 보이며 말한다.

"우디야. 엄마는 괜찮아. 너무 슬퍼하지도 미안해하지도 마. 아들."

우디는 별문제 없이 금방 퇴원했으며, 어머니는 이제 평생 더 독한 항암 치료를 멈출 수 없다고 한다. 다시 말해, 완치는 사실상 불가능한 상황이다. 재발만은 발생하지 않길 간절히 바라 왔지만, 또 한 번 우디의 세상이 무너졌다. 결국 우디는 이번에도 복학을 포기한다. 3년 전에도. 오늘도. 개강을 앞두고 똑같이 찾아온 절망적인 순간이다.

우디의 가슴처럼 차디찬 겨울이 지나고, 늘 그래왔듯 아무 의미 없는 2133년 봄이 찾아왔다. 어머니의 머리카락은 두피가 다 보일 정도로 빠져

있다. 오늘은 항암치료가 없는 주다. 주말 아르바이트를 끝내고 집에 돌아
오는 길, 우디는 파란 장미 한 다발을 산다. 파란 장미는 '기적'을 의미하는
꽃말이 있다고 한다. 집에 들어오자마자 어머니에게 꽃다발을 드리며, 다
시 한번 기적을 강조하는 우디. 어머니가 눈시울이 붉어지며 우디를 안아
준다. 우디는 눈물을 참으며 듬직하고 진하게 어머니를 안아 드린다. 그러
곤 여느 때와 다름없이 오늘도 남은 하루를 어머니와 살갑게 보낸다. 밤이
깊어지고 침대에 누운 어머니의 발 마사지를 하고 있는 우디. 어머니의 병
환 이후, 거의 매일같이 안마를 해 드리고 있다. 가벼운 대화를 나누던 어
머니가 갑자기 우디의 머리를 띵하게 만드는 말을 꺼낸다.

"아들. 여자 친구 있어?"
"응? 없지. 왜?"
"엄마 때문에 연애도 못 하고 미안하네..."
"...에? 아냐 아냐. 무슨 엄마 때문이야. 아니야..."
"엄마 때문에 밖에도 안 나가고... 학교도 안 가고..."
"아니라니깐... 난 진짜 괜찮아..."
"엄마는 아들이 연애도 하면서 자유롭게 살았으면 해. 엄마 곁에 늘 있어
줘서 너무 고맙고 듬직하지만, 그렇다고 네 소중한 인생 아무것도 못해 보
고 그러면 더 속상할 거야. 무슨 말인지 알겠지?"

안방을 나와 본인 방에 들어온 우디. 뭔가 묵직하게 뒤통수를 얻어맞은
얼얼한 표정이다. 그리고 큰 깨달음을 얻은 듯 생각에 잠긴다. 긴 사색을
끝내고 오랜만에 다이어리 파일을 불러온다. 그리곤 차분히 글을 써 내려

벤은 누구인가

간다.

지난 3년 동안 엄마만을 위해 살아왔다.
잡생각에 빠질 때면 정신 차리라고 스스로를 억압했다.
네가 지금 엄마 말고 신경 쓸 게 뭐가 있냐며.
주변에서 연애하는 모습과 지나가는 커플을 볼 때면,
순간 부럽다가도 다시 내 감정을 부정했다.
엄마가 아픈데 네가 연애를 한다는 게 말이 되냐며.

누군가를 사랑하고 싶은 마음도 없었고,
누군가를 사랑해도 되는 건지도 몰랐다.
그리고 오늘 엄마의 한마디에 처음 깨달았다.
내 한 번뿐인 20대 초의 삶을 놓치고 있었구나.
세상에 나가 다른 사람을 사랑해도 괜찮은 거였구나.
그래. 나도 사랑이 하고 싶다.

드디어 우디가 사랑에 관심을 가지기 시작했다. 깊은 상처를 입은 우
디의 삶에 빛나는 별이 되어 줄 사람이 과연 나타날 수 있을까.

"사막이 아름다운 이유는
필연 오아시스 때문이다."

화양연화

인사만 하고 훅 지나가 버린 봄의 뒤를 이어 여름이 찾아왔다. 세상과 멀어진 우디는 사랑을 어떻게 해야 하는지 감도 오지 않는다. 결국 우디가 찾은 방법은 소개팅이다. 요즘 소개팅은 AI가 주선자 역할을 해 주며, 전 세계에서 소개팅을 원하는 모든 남녀의 본인 공개 허용 범위 내에서 신상을 공유해 준다. 먼저 어느 나라에 살고 어떤 모습인지 등등 기본 정보를 바탕으로 호감의 이성을 발견하면, AI에게 어느 정도의 호감인지 구체적으로 말한다. 그럼 다시 AI는 호감을 받은 상대방에게 호감을 보낸 이성의 정보를 제공한 뒤, 똑같이 호감 정도를 확인한다. 서로의 호감도가 높은 수치를 보일 때, AI가 둘을 연결해 주는 시스템이다. 22세기 소개팅은 이러하다.

우디는 그렇게 난생처음 소개팅을 도전해 보기로 한다. 며칠 동안 수많은 프로필을 넘겨 봤지만, 확고한 소나무 같은 이상형을 가진 우디의 눈에 들어오는 이성은 없었다. 그렇게 며칠이 또 지났을까. 드디어 발견했다. 우디의 눈을 번쩍 뜨게 해 준 그녀를.

그녀는 스페인에 거주 중인 대학생이라고 한다. 우디는 그녀의 프로

필 속 사진 몇 장을 넘겨 보며 입꼬리를 올렸다 내렸다 반복한다. 우디에게서 처음 보는 표정이다. 확실히 마음에 드나 보다. 나머지 공개된 정보들을 확인해 본 후, 우디가 잠시 핸드폰을 뒤집어 놓는다. 천장을 바라보며 이번엔 확신에 찬 미소를 짓고 다시 핸드폰을 돌려 집는다. 곧장 AI와 대화를 진행한다. 그녀에게 어느 정도의 호감을 느낀 건지 설명한다. 이제 다음 단계는 AI가 그녀와 대화를 해 본 뒤, 어떤 반응을 보였는지 알려 주길 기다리기만 하면 된다. 우디의 심장이 조금씩 속도를 높이며 뛰기 시작한다. 그런데 이번 심장 떨림은 지금까지 우디가 늘 가지고 있던 고질적인 심장 떨림과는 다른 느낌이다. 스트레스로 인해 심장에 무리가 오면 고통스러워하던 우디지만, 이번 심장 떨림엔 고통이 아닌 웃음을 보이는 우디. 그렇다. 사랑에 대한 반응이 심장을 통해 나타난 것이다.

우디는 더 이상 다른 이성을 찾아볼 생각도 하지 않고, 오로지 그녀의 대답만을 기다린다. 그렇게 하염없는 기다림의 시간을 가진 지 3일째 되는 날. 잠잠하던 AI 알림음이 드디어 울린다. 방에 누워 있던 우디가 부리나케 일어난다. 크게 심호흡을 세 번 하고 핸드폰을 살며시 집어 든다. 긴장한 목소리로 AI와 대화를 진행한다. 그녀의 대답은 호의적이었다고 한다. 서로 높은 호감 정도를 보였으며, AI는 빅 데이터를 통해 분석한 둘의 연인 발전 및 유지 가능성을 60~70%로 예측했다. 그리 높은 수치는 아니지만, AI는 충분히 둘을 연결 가능한 낙관적 범위로 판단하고 주선을 확정한다. AI와의 짧은 대화를 끝낸 우디가 갑자기 주먹을 불끈 쥐고 파이팅 모션을 취하며 작게 소리친다.

"됐다!"

잠시 후, AI는 그녀와의 대화 방법을 물어본다. 우디가 기본적인 방법의 메시지를 선택하자, 순식간에 메시지 방이 만들어진다. 그녀와의 떨리는 첫 대화다.

"안녕하세요. 저는 우디라고 합니다. 반갑습니다."
"안녕하세요. 도로시라고 해요. 반가워요."

첫인사와 함께 서로에 대한 질문을 가볍게 이어 나가기 시작한다. 그녀의 이름은 도로시(Dorothy). 우디보다 한 해 늦게 태어났으며, 현재 스페인 사라고사(Zaragoza)에 거주 중인 프랑스 사람이다. 스페인 사라고사 대학교에 다니고 있으며, 예술이 발달된 프랑스 출신답게 도로시의 전공은 미술이다. 어색하고 형식적인 대화를 끝내고 침대에 누운 우디. 지금껏 보지 못한 설레는 표정과 주체할 수 없는 미소를 품고 잠에 든다.

둘의 대화는 며칠간 쉬지 않고 계속됐으며, 둘의 사이는 점점 가까워져 이제 말도 편히 하게 되었다. 도로시를 향한 호기심과 관심은 날이 갈수록 커져만 갔고, 얼른 첫 만남을 잡고 싶어 하는 우디. 일주일 정도가 지났을까. 우디가 드디어 조심스레 말을 꺼낸다.

"우리 만나서 밥 한번 같이 먹을까?"

"응? 음... 좋아!"

우디는 자신이 너무 성급했던 건 아닌지 확인하며, 다시 한번 의사를 묻는다. 도로시는 자신도 생각은 있었는데 언제 어떻게 말을 해야 할지 몰랐다고 한다. 그저 먼저 물어봐 줘 놀랐을 뿐이라는 도로시. 그렇게 둘의 첫 만남 장소와 시간이 정해졌다.

과거 지중해성 기후라 하면 여름은 고온 건조했다. 하지만 기후변화로 인해 이제 여름에도 장마가 자리 잡은 환경이 되었다. 우디와 도로시가 처음 대면하는 곳은 스페인의 수도 마드리드(Madrid)다. '마드리드 왕궁' 옆 레스토랑에서 오후 6시에 만나기로 약속한 우디가 아침 일찍 일어난다. 얼마 만에 느끼는 두근거림인지 우디는 아침부터 들뜬 상태로 운동부터 다녀온다. 굉장히 계획적인 우디는 이미 며칠 전부터 어떤 옷을 입고 나갈지 코디를 정해 놨기 때문에 여유롭게 준비할 수 있다. 피렌체에서 마드리드까지 1시간 조금 넘는 시간이 소요된다. 깔끔하게 준비를 마친 우디는 4시쯤 집을 나온다. 열차에 탄 우디가 무언가 놓고 온 듯 찜찜함을 느끼다가 이내 우산을 깜빡했음을 깨닫는다. 저녁 이후 스페인 전역에 비 소식이 있다. 마드리드에 도착한 우디가 하늘을 올려다본다. 하늘이 심상치 않다. 그래도 아직 빗방울이 떨어지지는 않는다. 오후 5시 40분. 마드리드 왕궁 앞에 도착한 우디. 거대하고 화려한 왕궁이 우디의 눈앞에 펼쳐져 있지만, 지금 우디의 눈에는 전혀 들어오지 않는다. 옷을 가다듬으며 긴장된 모습으로 한 발자국 한 발자국 레스토랑이 있는 곳으로 걸어간다. 레스토랑이 시야에 들어오고 그 앞에 서 있는 아담한 키와 단발의 여자가 우디의 발걸음을 멈추게 한다. 화이트 블라우스와 블랙 스커트, 블랙 하이힐. 하얀 피부와 동그란 얼굴의 사진 속 그대로의 모습. 도로시다. 쭈뼛쭈뼛 도로시 앞으로 다가가 인사를 건넨다.

"안녕...!"
"안녕!"
"일찍 왔네? 배고프지? 얼른 들어가자!"
"응응!"

도로시도 우디만큼이나 약속 시간을 철저히 지키고 늘 먼저 나와 있는 성격으로 보인다. 자리에 앉은 우디와 도로시는 서로 얼굴을 쳐다보고 피하고를 반복하며 어색한 웃음과 함께 설레는 분위기를 형성한다. 메뉴판을 가져다주는 종업원이 고맙게 느껴진다. 각자 먹고 싶은 음식을 주문하자 도로시가 먼저 입을 연다.

"오는 데 얼마나 걸렸어? 많이 멀어?"
"1시간 정도? 별로 안 멀어! 너는?"
"나는 20분 정도? 가까워!"
"그렇구나!"

우디는 자연스러운 대화를 이어 나가지 못하고 다리만 떨고 있다. 극도로 긴장한 모습이다. 그도 그럴 것이 새로운 사람과 이렇게 얼굴을 맞대고 대화해 본 지도 몇 년 만이다. 그런데 심지어 소개팅이라니. 주문한 음식이 나오고 우디는 역시나 제대로 먹지 못한다. 도로시는 우디의 긴장한 모습이 귀엽게 느껴졌는지 힐끔힐끔 쳐다보며 계속 미소를 보인다. 대화의 80%를 도로시가 주도한다. 도로시는 본인의 일상과 대학교 생활 등등 많은 이야기를 들려주고 있는 반면 우디는 거의 리액션만 하고 있다. 언제쯤 우디가 마음을 열고 본인의 이야기를 꺼내 놓을까. 식사를 마치고 주변 카페로 이동하기로 한 둘은 식당 문 앞에 멈춰 선다. 어느새부터인가 굵은 비가 내리고 있다. 우디는 우산이 없지만, 도로시가 우산을 챙겨 왔다. 우디는 어찌할 바를 모르는 표정으로 하늘만 바라본다. 우디가 우산이 없음을 알아챈 도로시는 자신의 큰 우산을 펼치며 같이 쓰자고 말한다. 우디는 미안함과 고마움이 섞인 표정으로 도로시의 우산을 받아 들고 카페로 이동한다. 2분도 안 되는 거리를 우산이라는 제한된 공간 안에서 함께 걸을 뿐이지만, 우디의 심장이 격하게 뛰며 반응하기 시작한다. 우디는 최대한 서로의 몸이 닿지 않으면서도 도로시가 비에 젖지 않도록 우산을 오른쪽에서 걷는 도로시 쪽으로 과하게 뻗어 들고 걷는다. 우디의 왼쪽 어깨가 비에 축축하게 젖은 상태로 카페에 도착한다. 음료를 주문하고 자리에 앉는다. 다시 가벼운 대화를 나누다 보니 점점 편한 분위기가 형성된다. 아까보단 꽤나 심적으로 편안해졌는지 갑자기 우디가 대화의 공기를 바꾼다.

"내가 조금 진지할 수 있는 내 이야기 들려줘도 괜찮을까?"
"웅? 그럼 그럼! 뭐든 이야기해 줘!"

한참을 뜸 들이던 우디가 지난 3년간 있었던 일을 모두 털어놓는다. 중간중간 말을 많이 해 목이 멘 건지, 감정이 올라오는 건지, 갑자기 말을 멈추

벤은 누구인가

고 크게 심호흡을 하기도 한다. 우디가 친구가 아닌 다른 누군가에게 자신의 이야기를 이렇게 털어놓은 적은 처음이다. 새로운 사람은 의심부터 하고 거리를 두기만 했던 우디가 마음을 열었다. 도로시에게 빠진 것이 틀림없다. 도로시는 우디의 말을 끝까지 진지하게 경청한다. 우디가 이야기를 끝내고서야 조심스레 위로와 공감을 해 주는 도로시. 그러곤 자신도 아팠던 과거의 기억을 꺼낸다. 도로시도 우디만큼이나 힘들었던 순간을 경험했었다. 그렇게 우디와 도로시는 하루 만에 자신들의 깊은 이야기. 남에게 쉽게 꺼내지 못했던 이야기를 공유하며 자석처럼 가까워져 간다.

벌써 밤이 되었다. 여전히 비는 세차게 내린다. 아까보다 더 사납게 쏟아붓는다. 카페 문 앞에서 함께 멍하니 비를 바라보고 있다. 정적을 깨며 우디가 도로시에게 말한다.

"비가 너무 많이 오네..."
"그러게..."
"그... 혹시 괜찮으면 집 데려다줘도 될까?"
"응? 나 데려다주면 집 너무 늦게 들어가는 거 아니야?"
"난 괜찮아!"
"음... 그럼... 그래 주면 고맙지!"

거센 비바람 속에서 우디와 도로시가 하나의 우산에 담겨 함께 걷는다. 그러나 아까와는 조금 다르다. 둘의 거리는 1cm도 되지 않는다. 걸을 때마다 우디의 팔과 도로시의 어깨가 스친다. 작은 스침에도 우디의 심장이 터질 듯 뛴다. 고속 트램을 타고 사라고사에 도착한 둘은 다시 비 내리는 거리를 걷는다. 도로시는 사라고사 대학교 근처 작은 집에서 혼자 살고 있었다. 도로시의 집 앞에 도착하고 우디는 우산을 접어 도로시에게 건네준다. 그런데 그 순간.

"우산 없는데 집 어떻게 가려고? 내 우산 가져가! 오늘 집 갈 때 쓰고... 음... 다음에 만날 때 돌려줘!"
"응? ... 응!"
"다음에 언제 볼까?"
"그럼 이번 주말에 영화 어때?"
"좋아! 그때 보자!"

그렇게 우산을 핑계로 다음 약속까지 자연스럽게 잡은 둘. 아직은 어색한 인사와 함께 우디는 도로시의 우산을 쓰고 집으로 향한다. 집 가는 길에도 우디는 도로시와 통화를 하며 설레는 새벽공기에 취한다. 늦은 새벽 집에 들어온 우디는 핸드폰을 공중에 집어 던지며 침대에 점프해 뛰어 눕는다. 우디가 이 정도로 행복해하는 모습은 대학교에 합격했을 때 이후로 처음이다. 아니, 그때보다 훨씬 더 강력한 희열을 느끼고 있다. 아직 사귀는 것도 아닌데 뭐가 저리 좋을까. 그러더니 갑자기 벌떡 일어나 다이어리 파일을 불러온다.

아직 하루밖에 안 봤지만. 너무 내 스타일이다.
도로시에게 이미 빠져든 것 같다. 느낌이 좋다.

벤은 누구인가

주말이다. 스페인 빌바오(Bilbao)는 현재 스페인에서 가장 부유한 도시로 다양한 레스토랑과 명품매장 등이 즐비해 고급 분위기를 뽐내는 도시다. 그 빌바오에는 스페인에서 가장 큰 복합문화시설이 시내 한복판에 떡하니 자리하고 있다. 그리고 그곳 내부에 입점해 있는 영화관에서 우디와 도로시가 만나기로 했다. 오늘은 날이 쨍쨍하게 맑다. 우디는 나가기 전까지 자신의 모습을 하나하나 체크해 보며 철저한 준비를 마치고 빌바오로 향한다. 이번엔 우디가 먼저 도착했다. 잠시 후 도로시가 우디의 눈동자를 초롱초롱 빛나게 하며 나타난다. 영화 관람 전에 식사를 먼저 하기로 한 둘은 건물 내 음식점에 들어간다. 물론 즉흥적으로 들어간 음식점이 아니다. 우디는 완벽한 계획주의자다. 이미 며칠 전부터 이 안에 어떤 음식점이 있는지 미리 조사를 해 놓은 우디는 도로시와 연락을 주고받으며 갈 곳을 정해 온 상태였다. 그렇게 식사를 마친 우디와 도로시는 쇼핑을 통해 돌아다니며 소화를 시킨 뒤 영화관에 들어간다. 영화관에 불이 꺼지고 아무것도 보이지 않는다. 우디의 심장이 갑자기 빨리 뛰기 시작한다. 영화는 시작했지만, 우디의 모든 신경은 오직 바로 옆에 앉은 도로시에게만 집중되어 있다. 눈은 영화를 향해 있지만, 정신은 영화 따위로 향하지 않는 우디. 그렇게 영화는 중후반을 넘어선다. 그런데 갑자기. 묘한 긴장감이 흐르는 분위기를 깨고. 도로시가 우디의 어깨에 머리를 대고 살포시 눕는다. 우디는 그대로 온몸이 얼어 버린다. 당황한 표정과 함께 튀어나오려는 우디의 심장. 영화 사운드보다 우디의 심장 소리가 더 크게 들릴 정도다. 그 상태로 영화는 끝이 나고 엔딩 크레딧이 올라오며 어둡던 영화관 조명이 서서히 켜진다. 도로시는 여전히 우디의 어깨에 붙어 있다. 한참을 기대 있은 후, 자세를 고쳐 앉는 도로시.

"영화 재밌었어?"
"으응…! 재밌더라… 재밌게 잘 봤어…?"
"그럼~"

아무 일 없었다는 듯이 자연스럽게 대화를 이어 나간다. 사실 우디는
영화를 본 게 아니다. 몸은 돌처럼 굳어 있었고 마음은 바람처럼 떠돌아
다녔다. 영화관을 나오자 해는 지고 헤어질 시간이다. 도로시의 집 방
향 트램 역에 도착한 우디는 조심스레 입을 연다.

"오늘도 집 데려다줄까?"
"안 힘들겠어…? 나야 그럼 고맙지…!"

그렇게 오늘도 함께 사라고사행 고속 트램에 탄다. 맨 뒷자리에 나란히
앉은 우디와 도로시는 이런저런 이야기로 웃음꽃이 피어난다. 그러다 도로
시가 자신의 손을 보여 주며 손 모양새에 관한 대화가 이어진다. 우디와 도
로시가 서로의 손을 비교하다 보니 자연스러운 손과 손의 터치가 이뤄진
다. 그리고 다음 순간, 도로시가 우디의 손을 살며시 잡는다. 사실 잡은 건
지 않은 건지 명확히 규정할 수는 없지만, 그 스킨십에 우디는 확신에 차 결
심한다. 모든 마음의 정리를 끝낸다. 이어 도로시는 자연스럽게 우디의 어
깨에 기댄다. 우디는 아무 생각도 들지 않는다. 지금 이 순간이 꿈만 같고
행복할 뿐이다.

벤은 누구인가

도로시 집 근처에 도착했다. 거리엔 아무도 보이지 않고 가로등이 띄엄띄엄 주황빛 불을 은은하게 밝히고 있다. 나란히 그리고 최대한 천천히 걷고 있는 둘. 사라고사에 도착한 이후로 우디가 왠지 도로시의 눈치를 보고 있다. 마치 대단한 용기를 내려는 듯 준비를 하는 모습이다. 이어지는 순간, 우디가 도로시의 손을 슬며시 부드럽게 잡는다. 도로시의 동그란 눈이 위아래로 더 커진다. 그렇게 둘은 서로의 손을 포개어 걷는다. 그리고 잠시 후, 도로시의 집 앞 벤치에 앉는다. 뜨거운 공기 사이로 선선한 밤바람이 불어온다. 우디가 진중한 표정과 목소리로 도로시에게 자신의 솔직한 감정을 이야기한다. 너를 좋아한다고. 내 심장이 사랑으로 반응한다고. 도로시는 조금은 놀란 표정으로 깊은 생각에 잠긴다. 우디는 초조하게 침을 계속 삼키며 도로시의 대답을 기다린다. 드디어 입을 연 도로시.

"나도 우디가 좋은데... 근데... 조금만 고민할 시간 줄 수 있을까?"

도로시의 말에 우디가 애써 미소를 짓는다. 그러곤 축 처진 고개를 힘없이 끄덕인다. 도로시는 우디에게 지금 거절의 표현을 하는 게 절대 아니라고 강조한다. 우디는 최대한 아무렇지 않은 연기를 하며 괜찮은 척 자리에서 일어난다. 도로시와 인사를 나누고 집으로 향하는 우디의 발걸음이 무거워 보인다. 오늘도 새벽이 되어서야 집에 들어온 우디는 무표정한 얼굴로 다이어리 파일을 불러온다.

고민할 시간을 달라는 게 긍정인 걸까 부정인 걸까.
차인 걸까 혹시. 아냐. 기다려 달라니까 기다려 보자.

혹시라도 실망하지 않게 너무 기대는 하지 말고.

　일주일이 흘렀다. 지난 일주일간 우디는 핸드폰을 손에서 뗀 적이 없을 정도로 도로시와 쉬지 않고 메시지를 주고받았다. 하지만 우디의 마음 한구석엔 여전히 불안감이 숨 쉬고 있다. 현 상황에 대해 최대한 잊고 지내기 위해 노력해 봤지만 소용없었다. 그리고 일주일 만인 오늘, 우디와 도로시는 마요르카(Majorca)섬에서 보기로 한다. 마요르카섬은 과거 천혜의 자연환경으로 허니문의 성지 중 하나였지만, 현재는 수많은 금융기업 건물이 즐비한 금융의 중심으로 자리 잡고 있다. 다시 말해, 이젠 나무숲이 아닌 건물 숲이 펼쳐져 있는 섬이다. 더불어 섬의 중심에는 얼마 전, 스페인에서 가장 큰 백화점도 세워졌다. 쇼핑을 위해 이곳을 찾는 방문객도 엄청난 수를 이루고 있다. 다행히 섬의 가장자리 지역에 피크닉이 가능하게끔 유지되고 있는 자연 친화 구역도 공존한다. 그 지역에서 우디와 도로시가 만날 예정이다. 오늘은 날이 그리 덥지도 않고 쾌청하게 맑다. 한여름에 뜬금없이 봄기운이 내려앉았다.

　마요르카 역에서 도로시를 기다리는 우디. 저 멀리 도로시가 눈에 들어온다. 우디는 이 많은 사람 사이에서도 희미하게 나타난 도로시를 단번에 발견해 낸다. 자동으로 올라가는 미소를 지으며 손을 흔든다. 우디와 도로시는 먼저 간단히 끼니를 때우고 바닷가 산책을 한다. 바다를 바라보며 피크닉을 즐기는 수많은 커플과 가족들과 친구들. 한참을 걷던 도로시가 앞에 보이는 벤치에 잠시 앉자고 한다. 벤치에 앉아 파도도 치지 않는 강 같은 바다를 바라보며 이런저런 이야기를 나눈다. 그러다

　　　　　　　　　　　　　벤은 누구인가

갑자기 도로시가 분위기를 바꾼다. 무언가 진지한 이야기가 나올 것만 같은 공기의 흐름이다.

"음... 내가 생각을 해 봤는데... 우리 사귈래?"

우디에겐 전혀 예상도 못 한 타이밍이다. 우디가 눈과 입을 차례로 끔뻑거린다. 이내 놀란 가슴을 차분하게 진정시키고, 도로시의 눈을 지그시 바라보며 이야기한다.

"고마워. 너무 좋아서 무슨 말을 해야 할지 모르겠어. 뇌가 멈춘 거 같아. 그냥... 정말 고마워."

노을빛이 바다를 타고 보랏빛으로 세상을 덮는다. 영롱하고 달콤한 분위기 속에서 각자 바라는 점들과 조심했으면 하는 점들을 하나둘씩 이야기한다. 도로시는 자기가 이성 친구들이 많은데 괜찮은지 물어본다. 우디는 생각도 해 보지 않고 바로 괜찮다고 말하지만, 내가 아는 질투 많은 우디는 괜찮지 않다. 지금 눈앞에 사랑하는 사람이 생기자 뭐든 상관없다는 듯 진심을 꺼내지 않는 우디. 물론 서로가 이해하고 배려한다면 무슨 문제가 있겠냐만, 시간이 흐르고 언젠가 문제가 발생할 수도 있지 않겠는가.

어쨌든, 우디와 도로시는 그렇게 연인이 되었다. 성인이 된 이후 우디의 첫사랑. 오래 걸렸다. 그리고 앞으로 이어질 내용은 이들의 사랑 이야기로 채워질 예정이다. 진부하지만 특별한 연애 소설.

우디는 도로시와 많은 시간을 보내기 위해 일하던 아르바이트를 그만뒀다. 이제 남는 게 시간뿐인 우디다. 그리고 오늘은 커플이 된 우디와 도로시가 첫 데이트를 하는 날이다. 미술 전공자답게 전시회를 좋아하는 도로시. 바르셀로나에 있는 유명 작가의 사진전을 관람하기로 한다. 핸드폰의 발달로 카메라 사용이 대중적으로 희미해진 지 오래지만, 그럼에도 옛 감성을 잃지 않고 카메라로 예술 작품을 만들어 내는 작가들이 여전히 활동 중이다. 우디는 오랜만에 바르셀로나에 발을 디딘다. 학교가 아닌 데이트로 바르셀로나에 도착하니 감회가 새로운 표정이다. 심지어 우디는 전시회가 이번이 처음이다. 미술엔 전혀 관심이 없었지만, 도로시 덕분에 새로운 경험을 하게 된 우디. 전시회장 입구를 중심으로 양쪽 방향에서 걸어오고 있는 둘. 첫 번째 데이트라는 이름만 들어도 두근거리는 하루를 위해 우디와 도로시 모두 한껏 꾸며 입었다. 서로가 서로를 발견하자 마치 몇 년 만에 만난 사이인 듯 반갑게 뛰어온다. 우디는 도로시를 마주하자마자 도로시의 손에 들린 예쁘게 포장된 봉투를 발견한다. 도로시가 우디를 위해 직접 만든 쿠키다. 도로시의 서프라이즈 선물과 그 정성에 크게 감동한 우디가 도로시를 어색하게 안아 준다. 그렇게 누가 봐도 연애 초반 커플의 모습으로 행복한 첫 데이트를 보낸다.

웃을 일 없던 우디의 일상에 도로시가 나타나 삶을 바꿔 놓기 시작했다. 하루 종일 연락해도 보고 싶은 사람이 생겼다. 그렇게 도로시는 우디에게 어머니와 함께 가장 큰 존재가 되었다. 우디의 일상은 이제 집, 병원, 도로시 그리고 학교로 채워질 예정이다. 그렇다. 우디가 이번엔 정말로 복학을 하려 한다. 어머니와도 수없이 이야기를 나누고 내린 결정이다. 더는 휴학

할 수 없기에 다가오는 9월부터 우디는 바르셀로나 대학교 학생으로 돌아 간다. 물론 어머니 곁을 떠날 수 없기에 통학을 하며.

발렌시아(Valencia)에는 지난번 빌바오에 있는 복합문화시설과 버금가 는 크기의 거대한 쇼핑몰이 있다. 건물의 높이로만 따지면 스페인 최고 높 이를 자랑한다. 날이 정말 좋은 날이면 스페인 전역에서 이 건물이 보일 정 도이다. 그리고 오늘 우디와 도로시는 무더위를 피해 이곳 발렌시아의 쇼 핑몰을 가기로 했다. 워낙 큰 쇼핑몰이라 종일 돌아다녀도 다 구경하기 어 려운 규모다. 한참을 쇼핑하고 구경하며 걷다 지친 둘은 소프트아이스크림 을 사서 복도 의자에 앉는다. 피로를 날려 주는 달콤한 아이스크림을 맛있 게 먹던 우디가 칠칠맞게도 배에 아이스크림을 흘린다. 이를 본 도로시가 가방에서 티슈를 꺼내 곧장 우디의 배로 향한다. 도로시가 우디의 배에 묻 은 아이스크림을 닦아 주며 입술을 동그랗게 모아 장난 반 진심 반으로 놀 라 감탄한다.

"오! 딴딴한데~ 역시 축구선수~ 축구 하는 거 보고 싶다!"

갑자기 배를 어루만지는 도로시의 손길에 우디의 얼굴이 복숭아처럼 옅 게 붉어진다. 예상치 못한 터치에 리액션이 고장 나 버린 우디. 그 이후로 도 도로시는 하루 내내 어디서든 수시로 우디의 복근을 쓰다듬었다. 쇼핑 에 한번 빠지면 눈 깜빡할 사이에 시간이 빠르게 흘러가곤 한다. 어느덧 밤 이 찾아왔고 우디는 도로시의 집 앞까지 배웅을 해 준다. 우디가 잘 자라는 말과 함께 돌아서려는데.

"우리 집 구경하고 갈래?"

도로시의 물음이 끝나기가 무섭게 우디의 눈과 심장에 불이 붙는다. 집 문을 연 도로시. 그 문을 닫고 들어가는 우디. 나는 우디가 태어난 이래로 단 하루도 탐지기 전원을 끈 적이 없다. 하지만 오늘 처음으로 탐지기를 꺼야겠다. 앞으로도 꺼야 할 일이 많지 않을까.

다음 날 아침. 간단히 브런치를 만들어 먹고 집으로 돌아가는 우디에게 도로시가 메시지를 보낸다.

"우리 집에 우디 냄새가 가득해! 그래서 계속 침대에 누워 있게 돼... 헤헤... 자주 우리 집 와 줘야겠다!"
"응응! 자주 가야지~"

여름이면 온갖 벌레들이 기승을 부린다. 도로시는 벌레 공포증이 있다. 늦은 밤 우디의 핸드폰 전화벨이 울린다. 도로시다. 전화를 받자마자 핸드폰 너머로 도로시의 울음소리가 들려온다. 우디는 깜짝 놀라 무슨 일이냐며 묻지만, 도로시는 전혀 진정되지 않은 채 울고만 있다. 우디는 영문도 모르고 도로시를 최대한 진정시킨다. 잠시 후, 조금은 진정된 도로시가 무슨 일인지 설명한다. 방 안에 큰 벌레가 들어왔다고 한다. 혼자서는 도저히 잡을 수 없는데 어떻게 하냐며 사색이 되어 있다. 우디가 시계를 본다. 자정이 가까워졌다. 이 시간에 피렌체에서 사라고사까지 간다는 것은 현실적으로 도저히 불가능하다. 우디도 당황해 해결방법을 모색해 보지만 떠오르

벤은 누구인가

지 않는다. 일단 주변 친구 집에 가서 자는 건 어떤지 물어보지만, 이 시간에 너무 민폐라고 말하며 다시 울음을 터트리는 도로시. 그렇게 아무 대화 없이 몇 분이 흐른다. 그러다 갑자기 울음을 멈춘 도로시가 우디를 황당하게 만드는 물음을 던진다.

"근처에 친한 남자 선배 사는데, 와서 잡아 달라고 할까?"

우디의 표정이 삽시에 굳어진다. 생각이 많아진 표정의 우디. 벌레 때문에 도로시가 괴로워하지만, 그렇다고 다른 남자를 도로시의 집 안에 들여야 하는 걸까. 다시 짧은 정적이 흐른다.

"...안 돼?"
"하... 그 방법밖에 없으면... 어쩔 수 없지... 알겠어..."

전화를 끊은 우디는 불안감에 앞니로 아랫입술을 물어뜯는다. 금방 다시 전화가 온다. 그 남자가 벌레를 처리하고 갔다며, 밤늦은 시간에 놀라게 해서 미안하고 또 허락해 줘서 고맙다는 도로시. 우디는 해결됐으니 다행이라며 푹 자라는 말과 함께 전화를 끊는다. 뭔지 모를 찝찝함을 느끼며 우디는 크게 한숨을 내쉬고 침대에 눕는다.

무더운 여름엔 역시 실내 데이트다. 마드리드 남쪽에 위치한 톨레도(To-ledo)에는 스페인을 대표하는 미술관 중 하나가 있다. 그 미술관에서 특별한 전시회가 열린다. 최근 몇 년 동안 세계적으로 레트로가 유행하기 시작했다. 이 흐름을 따라, 톨레도 미술관에서는 100여 년 전 사람들이 어떤 예술 활동을 해 왔는지 보여 주는 과거 작품들을 최초 공개한다고 한다. 금방이라도 타 버릴 것만 같은 태양을 피해 얼른 미술관으로 들어온 우디와 도로시는 시원한 실내 공기 속에서 여유로운 관람을 시작한다. 그런데 약 100년 전에 만들어졌다는 저 다양한 작품과 도구들. 이상하게 낯이 익고 반갑다. 하지만 모르겠다. 아무 기억도 떠오르지 않는다. 구경을 마친 둘은 밖으로 나와 스페인 대표 디저트 츄로(Churro) 가게에서 떨어진 당 충전을 한다. 츄로를 먹고 나오자 해는 졌지만, 여전히 뜨거운 날씨. 앞서 말했다시피 레트로의 유행으로 유명 도시들에서 즉석사진관 붐이 일고 있다. 말 그대로 작은 부스 안에서 사진을 찍으면 해당 지역 대표 랜드마크 중 하나가 무작위로 배경이 되어 바로 인화되어 나오는 시스템이다. 톨레도 시내를 돌아다니던 우디와 도로시는 사진관을 발견하자마자 홀린 듯 들어간다. 사진 찍히는 걸 부끄러워하는 우디는 굉장히 어색한 표정과 자세로 도로시의 폭소를 자아낸다. 사진 속 굳은 모습의 우디를 보고 도로시가 한껏 놀리며 귀여워한다. 앞으로 많이 찍다 보면 자연스러워질 거라며, 데이트 때마다 사진관이 보이면 찍으러 들어가기로 약속하는 우디와 도로시.

"사진 찍히는 건 민망해서 어려운데, 사진 찍어 주는 건 자신 있어!"

"오오~ 저번에 전시회에서 보니까 잘 찍더라! 스페인만 해도 사진 찍을 데가 너무 많은데… 기대되네~ 인생 사진 많이 찍어 줘!"

"그래그래! 당연하지~"

"평생 나만의 사진작가가 되어 줘야 해!"

벤은 누구인가

갑작스레 도로시가 영원을 이야기한다. 우디도 그저 기분 좋게 영원을 맹세하며 도로시와 입술을 맞춘다. 과연 지킬 수 있는 가약을 하는 걸까. 만난 지 얼마나 되었다고. 미몽에 빠진 우디.

도로시는 우디를 만나기도 전부터 계획되어 있던 여행이 있다. 학교 사람들과 단체로 아일랜드를 다녀온다고 한다. 도로시가 여행을 떠나기 전날, 우디는 도로시를 다음 날 공항까지 바래다주기 위해 마드리드에서 함께 1박을 하기로 한다. 아일랜드 여행 짐도 미리 챙겨 나온 도로시. 시내 투어로 하루를 보낸 둘은 마드리드 중심에 위치한 고급 호텔로 이동한다. 호텔 방에 들어온 도로시가 호기심에 찬 얼굴로 우디에게 묻는다.

"근데 왜 항상 고개 숙이고 땅 보면서 걸어?"
"내가? 몇 년 동안 습관이 됐나 봐..."
"그럼 안 돼! 이제 내가 있으니까 그렇게 둘 수 없어! 자신감 있게! 어깨 펴고! 고개 들고! 하늘 보면서 걷자!"
"알겠어! 노력해 볼게!"

도로시는 예전부터 땅만 보고 걷는 우디가 신경 쓰였던 모양이다. 도로시의 말에 우디는 한 번도 인지해 본 적 없던 자신의 걸음 습관을 깨닫는다. 그리고 이를 알려 주는 도로시를 지그시 쳐다보며 다정한 미소를 지어 보인다. 알찬 하루를 보낸 우디와 도로시는 호텔 침대에 엉켜 누워 진지한 시간을 나눈다. 아침이 밝고 도로시는 짐을 정리하며 여행을 준비한다. 우디는 옆에서 도로시가 빼먹은 건 없는지 꼼꼼히 점검해 준다. 호텔 체크아

웃을 마치고 공항까지 함께 이동한다. 보안 검색대 앞에 모여 있는 도로시의 학교 사람들. 멀리서 걸어오는 우디와 도로시를 보고는 웅성거린다. 우디의 조심히 가라는 말이 끝나기 무섭게 도로시는 휙 뒤돌아 친구들 무리에 합류한다. 순간 당황한 듯 애써 미소를 지으며 집으로 향하는 우디의 표정이 썩 평온해 보이진 않는다.

우디의 생일이다. 하지만 여행에서 돌아온 도로시가 심한 감기에 걸렸다. 우디는 도로시에 대한 걱정이 이만저만이 아닌 와중에 어머니의 병원 일정까지 겹쳐 도로시를 보러 가지 못하고 있다. 며칠 후, 어머니의 컨디션이 호전되고 시간적 여유가 생기자 곧장 사라고사로 달려가는 우디. 여전히 감기 기운이 남아 있어 힘들어하는 도로시를 위해 감기에 좋다는 약과 음식을 바리바리 양손에 챙겨 들고 도로시의 집에 도착한다. 문을 연 도로시의 안색이 좋지 않다. 하지만 우디를 보고 오래 기다렸다는 듯이 세상 반갑고 행복한 표정으로 달려와 안기는 도로시. 그러곤 우디의 양손에 들린 약 봉투와 음식을 보고 감동의 눈물을 흘린다.

"며칠 제대로 못 먹었지... 얼른 이것들 먹고 약도 먹자..."
"으응... 고마워.. 진짜 우디를 만난 건 내 인생 최고의 행운이야!! 그리고 여기 생일 선물! 서로 아프고 바빠서 당일엔 못 만났지만, 준비할 건 미리 다 준비해 놨지~ 나 다 나으면 얼른 놀러 가자!"
"그래! 우와... 이게 뭐야?!"

눈썹이 정수리에 닿을 정도로 놀란 우디는 도로시가 넘겨준 상자를 열어 본다. 상자 안에는 도로시가 아일랜드에서 잔뜩 사 온 기념품들과 우디가 가장 좋아하는 브랜드의 옷, 또 정성이 가득 담긴 특별한 편지가 담겨 있다. 마치 뽑기 기계같이 생긴 귀여운 통에 작은 편지 수십 개가 한가득 들어 있다. 이번엔 입꼬리가 정수리까지 올라가는 우디. 이런 선물은 살면서 처음 받아 본다며 도로시를 숨도 못 쉴 정도로 힘차게 안아 준다.

"내가 그리고 저녁 먹을 음식이랑 케이크까지 준비해 놨어! 직접 생일 밥상 차려 주고 싶었거든!"

아픈 와중에도 우디를 위해 음식을 준비하고 케이크까지 만든 도로시. 우디는 더 이상 표현할 방법이 없을 정도로 감격해 눈시울이 뜨거워진다. 각별한 생일 파티를 즐기고 밤새 도로시를 간호하며 잠드는 우디. 그렇게 둘의 사랑은 감당할 수 없을 만큼 커져만 간다.

감기에 걸린 우디. 당연한 결과다. 다 낫지도 않은 도로시와 그리 시간을 함께 보냈으니. 도로시는 우디에게 연신 미안해하고 있다. 우디는 괜찮다고 이 정도는 아무렇지 않다며 호기를 떨어 보지만, 몇 년 만에 걸린 건지도 모를 정도로 오래간만인 감기에 사실 힘들어하고 있다. 그리고 이를 못 알아차릴 일 없는 도로시. 감기에 좋다는 레몬과 오렌지를 직접 담근 후 뱅쇼를 만들어 우디에게 선사한다. 서로가 자신의 아픔보다 상대의 고통에 더욱 신경 쓰고 걱정하는 이 아름다운 광경. 남부럽지 않은 연애를 하고 있다. 뱅쇼의 힘이라기보단, 사랑의 힘으로 우디는 며칠 만에 건강을 회복한다.

곧 있으면 개강이 찾아온다. 우디는 드디어 복학을 결심했지만, 공교롭게도 도로시는 이번 학기를 쉬어 간다. 우디의 복학 전 마지막 데이트로 마요르카섬에 가기로 한다. 우디와 도로시가 사랑을 시작한 장소다. 마요르카 해변에서 피크닉을 즐기기로 한 둘. 음식 만드는 걸 좋아하는 도로시가 직접 도시락을 싸 왔다. 물론 우디도 빈손은 아니다. 우디는 살면서 처음으로 꽃집을 찾았다. 과거보다 꽃의 품종이 많이 사라졌지만, 꽃이 주는 의미와 설렘은 수천 년이 흘러도 변함없다. 우디는 고심 끝에 고른 해바라기와 함께 작은 케이크도 사 들고 왔다. 서로의 양손에 들린 상대를 향한 지극한 정성과 애정. 각자의 모습을 훑어보고는 눈이 마주치자 크게 웃는다. 바다가 잘 보이는 자리를 잡고 앉은 이들 주변에 보이지 않는 꽃잎이 흩날린다. 꿀만 같은 힐링의 시간을 보내는 우디와 도로시.

"해바라기 꽃말이 뭔지 알아?"
"당연히 알지!"
"해바라기처럼 너만 바라보고 너만 사랑할게!"
"헤헤... 고마워!"

갑자기 낯부끄러운 멘트를 날리는 우디. 이에 응답하듯 볼 키스를 해 주는 도로시. 우디는 이 순간이 영원하길 바라는 마음으로 수평선을 바라보며 감성에 젖는다. 우디가 이렇게 행복해하는 모습이 도대체 몇 년 만인가. 꼭 변치 말고 똑같이 사랑을 나눌 수 있길.

우디의 잊고 살던 대학 생활이 시작됐다. 오랜만에 학교에서 제이콥을 만난 우디는 도로시와의 러브 스토리를 이야기해 준다. 제이콥은 축하와 함께 또 너무 빠지진 말라며 조언을 한다. 하지만 그런 충고 따위 지금의 우디에겐 전혀 들리지 않는다. 우디는 도로시와의 모든 순간이 처음이다. 누군가를 이렇게 진심으로 사랑해 보기도. 누군가 자신을 이정도로 사랑해 주기도. 첫사랑이 뭐 별거인가. 처음 겪은 감정일 뿐이지. 다만 처음이었기에 더 오래 기억에 남고 애틋한. 어쩌면 우디의 진정한 첫사랑이 나타난 것 같다.

9월 초. 화창한 날에 맞춰 발렌시아 해바라기 공원에 가기로 한 우디와 도로시. 여전히 더운 날씨에 시원한 옷차림으로 해바라기밭 사이사이를 걷는다. 지난번 우디가 선물한 해바라기와는 비교도 안 될 정도의 크기와 아름다움이다. 역시 자연에서 자란 해바라기는 확실히 남다르다. 꽃밭은 어디나 포토존이 된다. 우디는 자신의 사진 실력을 발휘하기 위해 열정적으로 핸드폰 카메라에 도로시를 담아내며 수많은 사진을 찍는다. 어느덧 시간은 흘러 저녁 식사 시간이다. 우디는 도로시에게 이탈리아 음식을 소개해 주고픈 마음에 발렌시아 시내의 한 이탈리안 레스토랑으로 도로시를 안내한다. 흔한 파스타가 아닌 '뇨끼'를 주문해 본다. 아이러니하게도 우디가 밖에서 먹어 보는 첫 번째 뇨끼다. 배불리 저녁을 먹었지만 아직 해가 지지 않는 여름이다. 어두워지기 전에 마드리드로 이동해 마드리드 외곽에 있는 성벽을 올라 보기로 한다. 밤이면 성벽을 따라 조명이 들어오면서 아름다운 배경을 연출하기 때문이다. 또 성벽에 오르면 멀리 마드리드 시내가 한눈에 들어와 은은한 야경을 즐길 수 있다. 무중력 케이블카를 타고 마드리드 성벽에 도착한 둘은 빛나는 성벽과 반짝이는 별이 그려 내는 마술에 홀린 듯 말을 잇지 못한다.

피렌체에서 바르셀로나를 오가는 통학이 쉬운 일은 아니다. 늘 피곤하게 학교에 가는 우디의 에너지를 끌어올리는 건 역시 도로시다. 바르셀로나 대학교에 찾아온 도로시. 우디는 오늘 독일어 수업이 있다. 우주 과학에 특화된 독일이기 때문에 천문학과에서 독일어 공부는 필수이다. 천문학과 건물 1층에서 우디를 기다리는 도로시. 우디는 강의가 끝나자마자 빛의 속도로 뛰어 내려간다. 도로시를 발견하자마자 반가움을 진한 포옹으로 표현한다. 도로시의 손을 잡고 건물 밖으로 나가려는 순간. 뒤에서 천천히 내려오던 제이콥과 눈이 마주친다. 우디가 도로시에게 제이콥을 소개한다.

"제이콥! 여기는 내 여자 친구 도로시!"
"하하. 안녕하세요. 우디에게 말씀 많이 들었습니다."
"네. 안녕하세요. 저도 말씀 많이 들었어요."
"하하하. 우디야. 나 먼저 갈게...! 데이트 잘해~"

어색한 삼각 대화를 끝낸다. 우디는 항상 학교에서 제이콥에게 도로시 자랑을 해 오곤 했다. 마찬가지로 도로시에게도 자신이 존경하는 사람 중 한 명이 제이콥이라고 이야기한 적 있었다. 바르셀로나 대학교에 처음 와 본 도로시는 우디를 따라 학교 이곳저곳을 구경한다. 우디의 로망 중 하나였던, 대학교 캠퍼스를 여자 친구와 손잡고 돌아다니는 꿈이 실현되고 있다. 그러다 갑자기 도로시가 걸음을 멈추고 우디에게 질문한다.

"근데 독일어 어때? 어려워? 나도 배워 보고 싶어!"
"음... 할 만해! 내가 교재 하나 줄까? 공부해 보고 모르겠는 거 있으면 언

벤은 누구인가

제든 물어봐!"

"우와! 고마워!! 헤헤. 독일어 공부 열심히 해 봐야지~

독일어에 흥미가 생겼는지 우디와 함께 독일어 공부를 하기로 한 도로시. 그런 도로시를 위해 우디는 곧장 집에 있던 독일어 교재를 선물해 주고 이후에도 틈틈이 독일어 공부를 도와주고 있다.

굵은 빗방울이 떨어진다. 오늘같이 하루 종일 비가 오는 날에는 최대한 야외를 피하는 게 좋다. 우디와 도로시는 마드리드에서 뮤지컬을 관람하기로 했다. 도로시는 원래 뮤지컬 보는 것을 좋아한다고 한다. 확실히 예술의 프랑스인이다. 하지만 우디는 여태껏 뮤지컬도 본 적이 없다. 도로시 덕분에 처음 뮤지컬을 경험해 보는 우디. 긴 연극이 끝나고 우디와 도로시는 뮤지컬 뒷이야기로 정신이 없다. 비는 여전히 사납게 내린다. 더는 돌아다니지 않고 도로시의 집에서 저녁을 먹기로 한다. 비에 젖은 둘은 급히 집 안으로 들어가 몸을 뜨겁게 데운다. 마치 뮤지컬의 한 장면같이 매혹적인 몸짓으로.

여름이 끝나 가지만, 낮에는 아직 뜨겁다. 그래도 저녁 바람이 시원해져 야경을 즐기기 좋은 날씨다. 톨레도는 과거와 현재가 공존하는 도시다. 어느 지역은 발달된 기술이 지은 고급 건물들로 형성된 부유층이 사는 반면, 또 어느 지역은 굉장히 오래된 옛 건물들이 모여 있는 빈민층이 살고 있다. 지난번 미술관이 전자의 동네에 있었다면, 오늘 이들이 갈 지역은 후자의 동네이다. 하지만 노후된 지역이라고 볼 게 없는 건 절대 아니다. 이곳의 가장 높은 언덕에서 내려다보는 톨레도 시내의 야경은 아름답기로 스페인 내에서도 손에 꼽힌다. 우디와 도로시는 구석구석 돌아다니며 작고 고상한 옛날 집들을 구경하고, 또 좁은 골목길마다 자리 잡은 아담한 가게들에서 배를 채우기도 한다. 그러곤 어느 정도 해가 지고 노을이 시작되는 시점에 맞춰 언덕에 도달한다. 이글이글 올라오는 주홍빛 햇무리에 우디와 도로시의 입이 떡 벌어진다. 입을 닫기도 전에 어느덧 해는 지평선 너머로 숨어 버리고 조금씩 건물들에 불이 들어오기 시작한다. 언덕 가장 높은 곳 자리를 선점한 둘은 보석처럼 빛나는 야경에 눈을 반짝인다. 우디는 야경을 배경으로 도로시를 더욱 빛이 나게 사진으로 담아 본다. 요즘 시내에서 별을 보기란 정말 쉬운 일이 아니지만, 우주가 이들에게 선사하듯 오늘따라 유난히 맑은 하늘을 틈타 별들도 나타난다. 최고의 날씨 속 최고의 하늘에 최고의 야경을 함께하는 우디와 도로시. 로맨틱한 분위기도 최고조에 다다른다.

"내가 천문학을 전공한 이유가 뭔지 알아? 난 별이 너무 좋거든. 별을 바라볼 때면 마음이 편안해지고 이유 없이 막 기분이 좋아져. 우리 나중에 바다로 별 보러 가자!"
"좋아 좋아! 나도 별 보는 거 좋아해!"
"도로시. 나만을 위한 빛나는 별이 되어 줄래?"
"당연하지! 평생 우디의 별이 되어 줄 거야!"

우디와 도로시가 또다시 영원을 약속한다. 알 수 없는 미래 속 불타오르는 현재에 취해 오가는 책임감 없는 대화. 청춘의 사랑이란.

벤은 누구인가

도로시가 우디의 고향, 피렌체에 놀러 왔다. 아침 일찍 피렌체 역에 마중 나와 있던 우디는 먼 길까지 와 준 도로시를 보자마자 달려가 한껏 안아 준다. 그러곤 마치 피렌체 홍보대사라도 된 듯 들떠 피렌체 구석구석을 소개해 주는 우디. 또 동네 고풍스러운 도서관에서 함께 책도 읽는다. 나른한 오후 시간, 야외 테라스 카페에 앉아 도로시와 행복하게 떠들고 있던 우디를 향해 누군가 소리친다.

"야! 우디! 오랜만이…"

엠마다. 우디는 도로시와 연애를 시작한 이후로 엠마와 만나거나 연락한 적이 없었다. 우연히 동네에서 마주친 엠마는 우디 앞에 앉은 도로시를 보고 말끝을 얼버무린다. 우디와 엠마는 서로 당황한 듯 가볍게 손 인사만 하고, 엠마는 그대로 가던 길을 간다. 그리고 잠시 후 엠마에게 메시지가 한 통 온다.

"그렇게 행복한 표정 처음 보네~ 몇 년 만에 보는 웃는 얼굴이냐~ 보기 좋다! 오래오래 예쁜 사랑 해라!"

우디는 피식 웃고 도로시에게 엠마를 간단히 소개해 준 뒤 다시 주제를 바꿔 대화를 이어 나간다. 해는 뉘엿뉘엿 저물고 슬슬 도로시가 돌아가야 할 시간이다. 우디의 집 근처에는 숲이 많아 사람이 거의 다니지 않는 한적한 곳이 있다. 어두운 숲속 구석, 계단 형태의 벤치에 앉은 둘은 서로를 떠나보내기 아쉬워하는 눈빛을 주고받는다. 그 눈빛은 금방 불타오른다. 오늘 기록은 여기까지 해야겠다.

　학교 일정이 겹치지 않는 날이면, 우디는 항상 아버지와 함께 어머니를
모시고 항암치료를 위해 밀라노 병원에 간다. 늘 그렇듯 오전부터 고통스
러운 항암치료를 받는 우디 어머니. 그동안 우디는 하염없이 기다림의 시
간을 보내고 있다. 그때, 도로시에게 연락이 온다. 우디를 걱정하고 또 보
고픈 마음에 무려 밀라노 병원까지 오고 있다는 도로시. 우디는 놀람과 감
동의 감정이 공존한다. 도로시를 기다리며 병원 입구를 서성이는 우디. 잠
시 후 도로시가 나타난다. 먼저 두 팔을 벌리고 우디에게 자신의 품으로 들
어오라며 안아 주는 도로시. 우디는 여기까지 와 준 도로시에 거듭 고마움
을 표하며 함께 병원의 숲길을 걷는다. 하지만 이내 어머니의 치료가 끝날
시간이 다가와 병원 안으로 들어가는 우디. 도로시는 상황을 보다가 알아
서 돌아가겠다며 본인은 걱정 말라고 우디를 안심시킨다. 어머니를 모시고
아버지의 차까지 내려온 우디는 도로시가 와 있는 상황을 어떻게 말할지
고민한다. 그때 어머니가 힘없는 목소리로 입을 연다.

“아들. 날씨도 좋은데 여자 친구랑 데이트 안 해?”
“응? 아... 안 그래도...”
“엄마 지금 괜찮고 아빠랑 집 금방 가니까, 놀다 와.”
“으응. 알겠어... 밤에 보자!”

　우디는 어머니를 차에 태우고 시야에서 사라질 때까지 손을 흔들며 인
사한다. 이어 곧장 도로시가 기다리는 곳으로 달려간다. 기다리던 도로시

　　　　　　　　　　　　　벤은 누구인가

가 우디를 품에 담아 준다. 짧지만 알찬 밀라노 데이트의 마무리로 술집을 찾은 둘. 사실 우디는 술을 마시지 못한다. 몸이 알코올을 받아들이지 못해 조금만 마셔도 얼굴이 빨개진다. 또 대부분 술을 마시면 기분이 좋아진다지만, 우디는 반대로 술을 마시면 기분이 다운된다. 그래서 도로시와도 자주 술을 마시진 못하지만, 오늘따라 술이 마시고 싶었던 우디. 반면 술을 좋아하는 도로시지만, 오늘은 거의 마시지 않는다. 우디는 술에 취한 건지 감정에 취한 건지 도로시를 지그시 바라보며 어머니에 대한 걱정이 담긴 취중진담을 꺼내 놓는다. 결국 눈가가 촉촉해지는 우디. 진중히 듣던 도로시가 우디를 부드럽게 안아 주며 얘기한다.

"괜찮아. 다 괜찮아. 어머니도 반드시 괜찮아지실 거고. 우디한테는 내가 있잖아. 언제나 든든하게 곁에 있어 줄게."

도로시의 어른스러운 위안에 우디가 더 울컥한다. 도로시는 평소 천진난만하고 밝은 모습과 함께, 힘든 일이 생기면 좌절하며 눈물부터 보이곤 했다. 늘 그런 도로시를 위로해 주고 다독여 주는 역할은 우디가 담당했다. 하지만 오늘은 그 역할이 반대가 되었다. 우디에게 힘이 되어 주는 도로시. 둘은 정말 운명의 짝꿍이 될 수 있을까.

조금씩 더위가 가시고 있다. 주말을 기회 삼아 조금 먼 세비야(Seville)로 떠나는 우디와 도로시. 세비야는 예로부터 '플라멩코'의 도시로 유명한 열정과 젊은이의 도시다. 춤추고 노래하는 사람들로 시끌시끌한 세비야의 길거리. 과거의 우디라면 이 수많은 인파와 북적거림에 심장을 부여잡고 주저않았을 것이다. 그러나 지금 우디 옆에는 도로시가 있다. 우디의 과거 심장 문제를 알고 있는 도로시는 연신 우디의 상태가 괜찮은지 확인한다. 확실히 괜찮아 보인다. 이게 바로 사랑의 힘인 걸까. 우디가 세비야 중심을 아무 문제 없이 돌아다닐 수 있다니. 새삼 놀라울 따름이다. 그럼에도 도로시는 더더욱 우디를 안심시켜 주기 위해 평소보다 세게 손깍지를 낀다. 절대 풀지도 놓아주지도 않겠다는. 언제 어디서나 우디를 지켜 주겠다는. 도로시의 진심이 듬뿍 담긴 저 사랑스러운 손깍지. 또 도로시는 우디를 위해 잘 하지도 못하는 윙크를 날려 본다. 윙크라 하면 한쪽 눈만 깜빡거리는 게 정답이지만, 도로시는 양쪽 눈을 찡긋거린다. 그 모습이 마냥 귀여운 우디는 도로시의 머리를 쓰다듬으며 인자한 미소를 짓는다. 구두를 신고 하루를 꼬박 돌아다니다 보니 다리가 아파 오기 시작한 도로시. 이를 예상했는지 우디는 센스 있게 세비야 시내의 호텔을 예약해 두었다. 천근만근이 된 다리를 이끌고 방에 올라온 도로시를 침대에 눕힌다. 그러곤 발 마사지를 시작하는 우디.

"우와... 마사지 왜 이렇게 잘해? 너무 시원해! 헤헤"
"엄마 마사지 자주 해 드리다 보니 전문가가 됐어...!"
"오오! 멋지다! 마사지 잘해 주는 남자 멋있어!"

발부터 시작된 마사지는 자연스레 온몸으로 이동하고 지친 도로시 온몸의 긴장이 풀린다. 우디에게 격한 애정표현으로 보답하는 도로시. 정열적인 세비야의 밤은 지지 않는다.

벤은 누구인가

여름이 가고 가을바람이 솔솔 불어오기 시작하는 덥지도 춥지도 않은 요즘 같은 날씨면, 많은 대학교에서 페스티벌이 열린다. 머나먼 과거부터 전통적으로 축제나 파티를 항상 즐겨 왔던 스페인이다. 수업을 같이 듣던 제이콥이 우디에게 속삭인다.

"오늘 페스티벌 갈 거야?"
"당연하지. 도로시가 놀러 온대!"
"얼씨구. 좋으시겠어~"
"너무 좋지~"

바르셀로나 대학교 페스티벌이 열리는 날이다. 우디는 도로시와 함께 페스티벌을 즐기기로 한다. 캠퍼스 거리는 열정 넘치는 학생들로 불타오르고 있다. 다양한 콘텐츠와 공연 등 다양한 볼거리로 가득하다. 또 페스티벌 시즌이면 도시의 모든 술집이 전쟁터가 된다. 우디는 지난번 도로시와의 술자리 이후로 술을 마시고도 기분이 좋아지는 날이 늘어났다. 물론 도로시와 마실 때만. 오늘도 페스티벌을 즐기고 나와 술을 마시며 기분이 좋아진 우디. 도시를 삼킨 축제 분위기는 끝을 모르고 우디와 도로시의 경배도 늦은 밤까지 이어진다. 우디의 얼굴은 시뻘게지고 눈에 초점은 풀려 인생 처음으로 만취 상태가 된다. 도저히 피렌체 집으로 돌아가는 것은 불가능에 가까운 상황. 방법은 하나뿐이다. 도로시의 집으로 간다.

이제 우디는 도로시의 집에 본인 개인용품들을 가져다 놨다. 사라고사에서 바르셀로나로 등교하는 날이 많아졌기 때문이다. 도로시 역시 우디 덕분에 바르셀로나가 친숙해졌다. 오늘도 바르셀로나 데이트다. 프랑스 출신의 독특하기로 유명한 한 예술가의 작품 전시회가 열린다고 한다. 우디도 도로시 덕에 큰 관심이 없던 분야에 흥미가 생기기 시작했다. 사실 이런 독특한 예술가의 전시회를 찾는 관람객의 목적은 물론 작품 구경과 이해에도 있겠지만, 젊은 세대에게는 요상한 작품과 함께 인증 사진을 남기기 위한 이유가 큰 것이 사실이다. 워낙 특이한 작품이 많아 사진에 잘 담아내는 능력도 중요하다. 우디는 작품의 단독 사진보다는 작품을 배경으로 하고 도로시를 모델로 한 사진만 찍고 있다. 이제 우디는 자신이 찍은 도로시 사진을 보며 스스로 뿌듯해하는 수준에 이르렀다. 장시간의 관람을 마치고 스트레칭을 하며 밖으로 나오는 우디와 도로시. 전시회 근처 '구엘 공원'에는 벌써 가을이 다가왔음을 알리는 자연의 초록이 이들의 발걸음을 돌린다. 신선한 공기를 맡으며 산책을 할 겸 공원 가장 높은 곳까지 올라간다. 도로시는 우디의 어깨에 우디는 도로시의 정수리에 서로 기대어 앉아, 천지를 물들이는 노을을 멍하니 바라본다. 선홍빛 꽃이 피어난 하늘.

도로시의 생일이다. 처음으로 각자의 거주지가 아닌. 스페인과 이탈리아가 아닌. 다른 국가로 여행을 가기로 한다. 여행지는 바로 포르투갈이다. 아침 일찍 마드리드 역에서 만난 우디와 도로시는 짐을 잔뜩 끌고 포르투갈 리스본(Lisbon)으로 향한다. 리스본은 포르투갈의 수도이자 대서양에 붙어 있는 해안도시다. 유럽 최서단으로서 대서양을 건너오는 많은 비행기가 리스본 공항을 거친다고 볼 수 있다. 그래서 현재 유럽 내 가장 큰 공항을 보유하고 있다는 자부심이 있는 리스본 사람들이다. 거대한 공항을 지나서 해안가를 따라 쭉 가면 초호화 호텔들이 즐비해 있다. 우디와 도로시

벤은 누구인가

는 이곳 호텔 중 하나에 숙박한다. 리스본 시내를 돌아다니며 여행자다운 투어를 마치고 다양한 음식들을 포장해 곧장 호텔로 향한다. 로비에서 체크인하고 있는 우디를 뒤에서 몰래 간지럽히며 장난치고 있는 도로시. 도로시도 많이 들뜬 모습이다. 배정받은 방으로 올라가 문을 여는 순간, 두 입에서 탄성이 나온다. 방 내부는 광이 날 정도로 럭셔리하게 꾸며져 있고, 욕실은 두 명이 함께 들어가도 공간이 남을 정도의 대형 욕조가 차지하고 있다. 욕실 구경을 하던 둘은 밤에 욕조 가득 물을 받아 놀자는 이야기를 하며 침대 방으로 가 본다. 침대는 누워서 통창을 통해 바다를 바라볼 수 있는 방향으로 세팅되어 있다. 방을 다 둘러보고 통창을 열어 테라스로 나가 본다. 또다시 절로 흘러나오는 탄사. 눈앞에 펼쳐진 망망대해의 대서양. 둘은 짧은 감상 시간을 가진 후 수영복으로 환복 한다. 사실 이 호텔이 유명한 가장 큰 이유는 바로 바다를 바라보는 야외수영장 때문이다. 처음 보는 도로시의 수영복 입은 모습에 우디의 심장이 화끈하게 뜨거워진다. 하지만 정신을 다잡고 가운을 걸친 채 수영장으로 이동한다. 수영장 입구 문을 열자마자 방에서 보던 광경과는 또 다른 느낌의 탁 트인 바다가 이들을 반긴다. 북적거리는 많은 연인과 가족들. 가운을 벗어 던지고 물속으로 들어간다. 우디는 어릴 때 수영도 배운 적 있기 때문에 수영을 못하는 도로시가 그저 귀엽게 보일 뿐이다. 도로시에게 수영을 가르쳐 주기도 하고, 바다를 배경으로 아름다운 사진을 찍어 주기도 하는 우디. 그렇게 정신없이 물놀이에 빠져 있다 보니 저녁 시간이 되었다. 밥을 먹고 돌아와서 또 수영하기로 얘기하며 밖으로 나온다. 고급 레스토랑에서 스테이크를 썰어 먹는 우디와 도로시의 행복한 표정이 고기 맛을 대변해 준다. 해는 지고 드넓은 밤바다를 호텔 야경이 밝히고 있다. 분위기는 더 낭만적으로 변했다. 밤

수영까지 끝내고 방으로 올라온 우디가 몰래 준비한 선물과 케이크를 꺼낸다. 도로시가 동그란 눈을 더 크게 뜨며 놀란 입을 틀어막는다. 도로시가 이렇게까지 놀란 이유는 바로 우디가 준비한 선물 때문이다. 지난번 마드리드 투어 때, 백화점에 들어간 적이 있었던 둘. 수많은 브랜드가 모여 있는 백화점을 돌아다니던 도로시가 한 매장을 보고 지나가는 말로 말했다.

"오! 나 저 브랜드 제품 제일 좋아하는데!"

우디는 그 말을 놓치지 않았고, 도로시의 생일 선물로 해당 브랜드 컬렉션을 준비했다. 생각도 못 한 센스 넘치는 선물에 감격한 도로시가 우디를 꼭 안은 채 놓아주지 않는다. 우디가 이 선물을 선택하게 된 사연을 이야기해 주자 다정한 미소를 짓는 도로시.

"어쩜 그걸 기억해서 챙겨 주는 거야? 나 이제 진짜 우디 없으면 못 살 거 같아. 헤헤. 우디밖에 없어!"

직접 만든 건 아니지만, 디자인을 고안해 주문 제작해 온 케이크를 먹으며 생일 축하 노래를 부른다. 호텔 방을 준비해 온 파티용품들로 간단히 꾸미고, 커플 잠옷도 맞춰 입고, 수많은 사진과 동영상을 남기며 화려한 생일 파티를 즐긴다. 이후 침대에서도 거실에서도 욕실에서도 밤에도 아침에도 우디와 도로시는 단 한 순간도 몸이 떨어지지 않는다. 도로시와의 자취를 진하게 남기고 떠나는 리스본.

짧지만 본격적으로 가을이 찾아왔다. 나뭇잎에는 불이 붙기 시작했다. 바르셀로나에는 자연 보존 및 유지를 위해 거대하게 조성된 '바르셀로나 숲'이 있다. 이곳의 모든 나무가 초록빛을 벗어던지고 변신하고 있다. 이 시기를 놓칠 일 없는 우디와 도로시는 단풍 구경을 나선다. 조금씩 떨어지는 나뭇잎을 바라보고 있으면 괜히 쓸쓸한 감정이 들기도 하지만, 손가락 하나하나 절대 풀리지 않을 정도로 깍지 낀 둘의 손은 전혀 쓸쓸해 보이지 않는다.

단풍과 함께 가을을 대표하는 자연의 선물. 갈대다. 세비야 시내에서 조금 떨어진 곳에는 바르셀로나와 마찬가지의 방법으로 거대한 갈대숲이 조성돼 있다. 역시 놓칠 일 없는 우디와 도로시는 세비야 갈대숲으로 놀러 간다. 3m가 넘는 갈대밭에 파묻혀 있다 보면, 살랑살랑 불어오는 바람에 갈대끼리 박수를 치며 연출하는 스산한 소리에 마음이 편안해지곤 한다. 가을만이 만드는 적막한 감성. 그러나 지금 이들의 가슴엔 가을의 고독감 따위 존재하지 않는다. 갈대밭 구경을 끝낸 둘은 자율주행 자전거에 올라타 가까운 해변으로 이동한다. 갈대숲에서 느끼던 바람과는 또 다른 해안가의 바닷바람. 해가 질 때까지 모래 위에 나란히 누워 가을밤을 만끽한다.

발렌시아에는 스페인 최대 규모의 놀이공원이 있다. 우디와 도로시는 커플 유니폼을 맞춰 입고 아침 일찍 발렌시아 놀이공원에 입장한다. 아찔한 놀이기구부터 놀이공원에서만 맛볼 수 있는 다양한 디저트까지. 또 놀이공원은 곧 다가올 핼러윈 시즌에 맞춰 벌써부터 으스스한 분위기를 연출해 놓고 있다. 지칠 줄 모르고 즐기던 우디와 도로시는 퇴장 시간이 다가오자

놀이공원의 꽃인 회전목마로 피날레를 장식한다. 그렇게 또 하나의 추억을 적립한다.

핼러윈 기간이다. 물론 크리스마스 시즌만큼 전 세계가 축제 분위기는 아니지만, 핼러윈 역시 젊은이들에게는 하나의 큰 축제이다. 그리고 우디를 집으로 초대한 도로시. 말 그대로 초대 형식을 인용했다. 평상시에도 자주 가던 도로시의 집이지만 오늘따라 뭔가 준비를 한 듯 우디를 초대한다. 우디는 궁금함과 설레는 마음으로 학교에서의 모든 수업이 끝나자마자 헐레벌떡 사라고사로 향한다. 도로시의 집 근처에 도착한 우디가 도로시에게 전화한다.

"나 도착했어! 들어가?"
"벌써? 아직!! 좀만 기다려!"

우디의 호기심이 최대로 끌어 오른다. 잠시 후 들어오라는 도로시의 메시지와 함께 문을 연다. 문을 열자마자 우디는 턱을 툭 떨어뜨린 채 그대로 멈춰 선다. 핼러윈을 기념해 도로시가 스스로 우디를 위한 선물이 되었다. 얼른 탐지기를 꺼야겠다.

마드리드 왕궁과 함께 스페인을 대표하는 궁. 바로 그라나다(Granada)에 있는 '알함브라 궁전'이다. 알함브라 궁전은 마드리드 왕궁과는 또 다른 매력을 가지고 있다. 경외심을 불러일으키는 궁전을 둘러싼 붉은 벽. 또 디테일한 건축 기술은 미적으로도 뛰어나 그 감동은 배가 된다. 이 모든 놀라움을 우디와 도로시가 함께 느끼고 있다. 이들은 오직 알함브라 궁전만을 위해 그라나다에 왔다. 워낙 연인들의 성지로 불리는 곳이다 보니, 최근 유행하는 속설로 알함브라 궁전을 연인이 같이 걸으면 이별한다는 말이 떠돌기도 한다. 물론 우디는 그런 속언 따위 믿지 않는다. 궁전 내부부터 외부까지 아름답지 아니한 곳이 없다. 낮에도 아름답지만, 외벽에 불이 켜지는 저녁에는 더욱 아름답다. 그리고 이 아름다운 곳에서 우디의 눈에 가장 아름다운 도로시와 아름다운 추억을 남기고 있다. 조금 늦은 저녁 식사를 위해 그라나다 호텔 뷔페로 향한다. 많이 배고팠는지 접시가 부족할 정도이다. 오늘도 황홀한 그라나다의 밤이다.

　낙엽이 거리를 가득 채우고 있다. 가을도 차가운 바람처럼 빠르게 흘러간다. 마드리드에 특별한 전시회가 열린다고 한다. 독일 유명 쿠키 브랜드의 창립 200주년 기념 전시회다. 전시회 관람만으로도 다양한 간식을 맛볼 수 있으며, 이들의 여러 제품으로 제작된 독특한 예술 작품들도 만들어 전시돼 있다고 한다. 도로시가 분명 가자고 할 것을 예상한 우디는 이미 사전 예약을 해 놓았다. 전시회장에 도착한 우디와 도로시는 입구부터 나눠 주는 쿠키와 함께 맛있는 관람을 하고 나온다. 그러곤 바로 옆에 위치한 '부엔 레티로 공원'을 걷는다. 레티로 공원은 마드리드에서 가장 자연 친화적인 공원이다. 가을의 끝자락이지만, 아직 져 버리지 않고 끈질기게 버티고 있는 핑크빛 야생화단지가 이들의 눈에 들어온다. 어쩌다 보니 한 해의 마지막 꽃구경에 빠진 우디와 도로시. 공원에서 긴 시간을 보낸다.

　우디는 예전부터 로망이 하나 있었다. 자신의 인생 대부분을 차지한 축구를 연인과 함께 즐기는 것. 그 작은 꿈이 이뤄진다. 스페인 프로축구 리그인 '라리가(La Liga)'를 함께 관람하기로 한 우디와 도로시. 이탈리아인 우디가 응원하는 스페인 축구 클럽은 딱히 없다. 그래서 가장 적합한 날짜와 시간을 기준으로 선정한 경기는 세비야를 연고지로 하는 '세비야 FC(Sevilla FC)'의 경기다. 축구 경기가 있는 날이면 홈팀의 도시는 그들의 홈 유니폼을 입고 돌아다니는 현지인들로 가득하다. 경기 당일, 세비야에 도착한 우디와 도로시는 세비야 FC의 상징인 흰 유니폼을 입고 돌아다니는 수많은 시민들에 놀란다. 새하얗게 물든 세비야. 축구를 잘 알지 못하는 도로시는 축구에 대한 모든 궁금증을 우디에게 물어본다. 우디는 이 순간만큼은 자신이 전문가가 된 것처럼 자세하고 친절히 모든 질문에 대답해 준다. 경기 시간이 다가오고 경기장에 입장하는 둘. 엄청난 함성과 뜨거운 분위기에 도로시의 눈이 휘둥그레진다. 서로의 말이 들리지 않을 정도의 소음에 당황한 표정인 도로시. 하지만 이내 경기에 몰입하고 우디와 함께 즐기기 시작한다. 어느새 경기를 끝내는 휘슬 소리가 경기장을 울린다. 결과는 홈팀 세비야 FC의 패배. 이런 상황을 잘 아는 우디가 살벌해진 분위기를 본능적으로 느낀다. 위험을 감지하자 얼른 도로시를 데리고 세비야를 탈출한다.

겨울이 다가왔음을 싸늘한 바람이 말해 준다. 더 추워지기 전에 가 봐야 할 곳이 있다. 마드리드와 톨레도 사이에는 작은 산이 하나 있는데, 그 꼭대기에는 전망대 타워가 세워져 새로운 랜드마크로 자리 잡고 있다. 이 전망대에서는 360도로 스페인 전역을 모두 눈에 담을 수 있다. 높은 곳에 올라가면 기온이 더 떨어지기에 겨울 같은 옷차림으로 전망대를 향하는 우디와 도로시. 전망대에 도착하자 해는 사라지고 스페인 모든 야경이 빛을 밝

벤은 누구인가

힌다.

"저기는 바르셀로나... 저기는 발렌시아... 세비야..."
"우와! 진짜 모든 도시가 다 보이네!"
"그러니까! 심지어 저기 마요르카 섬도 보여!"
"오오! 야경 너무 예쁘다..."

아름다운 스페인 전역의 야경을 감상하고 꼭대기 층에서 내려오자 즉석 사진관이 보인다. 말을 따로 하지 않아도 우디와 도로시는 자연스럽게 사진관을 향해 걷는다. 벌써 우디의 방 서랍에는 도로시와 찍은 인화된 사진들로 한가득이다. 더불어 편지 쓰길 좋아하는 도로시가 수시로 써 준 편지들도 함께 서랍을 넘쳐흐르고 있다. 갑자기 쓸데없는 걱정이 든다. 지금은 서로 너무 아끼고 사랑하고 끝이 존재하지 않을 것만 같겠지만, 언젠가 이별한다면. 저 서랍 가득 쌓여 있는 추억을 우디가 감내할 수 있을까. 아픈 이별을 경험해 본 적 없는 우디가 저 많은 추억을 정리해 낼 수 있을까.

도로시가 피렌체에 놀러 왔다. 다름 아닌 운동을 하기 위해. 우디의 집 근처에는 실내체육관이 있다. 얼마 전부터 배드민턴에 빠진 도로시. 우디와 함께 배드민턴을 치러 우디의 동네까지 찾아왔다. 우디는 배드민턴도 즐겨 해 왔기 때문에 집에 있는 라켓과 셔틀콕을 들고 도로시와 체육관으로 향한다. 최선을 다해 배드민턴을 치고 있지만, 몸이 잘 따라 주지 않는 도로시의 모습을 우디는 그저 귀여워한다. 도로시가 실책을 할 때마다 코트에 주저앉으면, 우디는 귀여워 죽겠다는 듯이 달려가 머리를 쓰다듬어 준다. 배드민턴을 끝내자 반대쪽에 탁구 구역이 보인다. 우디는 탁구도 치자며 잠시 휴식을 취한 후, 도로시를 이끌고 탁구대로 향한다. 도로시는 힘들지만, 또 최선을 다한다. 그런 진지한 모습에 우디는 미소를 띠고 있다. 이렇게 운동에 흥미를 갖는 도로시가 굄성스러울 따름이다.

확연한 겨울이 찾아왔다. 겨울밤은 궁궐의 차가움 속 화려함을 느끼기에 최적화된 시기다. 스페인을 대표하는 궁궐 '마드리드 왕궁'을 방문하는 우디와 도로시. 추위에도 왕궁에 입장하려는 사람들로 줄이 길게 늘어서 있다. 줄을 서서 대기하고 있는 둘은 차디찬 바람이 부는 날씨에 오들오들 떨며 체온을 높이기 위해 최대로 밀착해 달라붙어 서로의 얼어붙은 손에 입김을 불어 넣고 있다. 30분이 흐르고, 드디어 왕궁에 입장한다. 누군가 호화스러움이 무슨 뜻인지 물어본다면 마드리드 왕궁을 보여 주면 될 정도로 눈부신 내부의 모습에 우디와 도로시는 연신 감탄하며 돌아다닌다. 하지만 이상할 정도로 너무 추운 날씨에 빠르게 구경을 마치고 나온다.

첫눈 예보가 있는 날이다. 언제 내릴지 모를 첫눈을 함께 보기 위해 도로시가 바르셀로나 대학교에서 우디의 수업이 끝나길 기다리고 있다. 자신을 기다리고 있는 도로시를 생각하며 다리를 떨면서 교실에 앉아 있는 우디. 오후 늦게 수업을 모두 마무리하자마자 자신을 기다리고 있는 도로시를 향해 뛰어간다. 달리는 우디의 머리 위로 함박눈이 천천히 내려앉기 시작한다. 그리고 마찬가지로 우디에게 달려오고 있는 도로시. 둘은 만나자마자 서로의 양손을 겹쳐 잡고 떨어지는 뽀얀 눈을 함께 담으며 하늘을 올려다본다.

"눈 진짜 예쁘게 내린다..."

"그러니까... 사랑해... 정말 많이..."

크리스마스는 12월 25일이지만, 12월 초부터 전 세계는 크리스마스 및 연말 분위기로 들떠 있다. 많은 도시에서는 벌써 초대형 트리를 설치하고 있다. 우디와 도로시는 스페인을 대표하는 모든 크리스마스트리 스팟에 놀러 가 보기로 한다. 그렇게 시작된 약 한 달간의 크리스마스 투어.

첫 스타트는 말라가(Malaga)다. 근처 세비야나 그라나다는 가 본 적 있지만, 말라가는 처음이다. 말라가의 도시 규모가 크지 않기 때문에 놀러 갈 만한 곳이 별로 없었지만, 연말엔 다르다. 말라가를 대표하는 광장 중심에는 긴 역사를 자랑하는 클래식한 트리가 세워져 있다. 특이한 점은 다른 도시의 트리들이 연말에만 한시적으로 설치된다면, 말라가의 트리는 365일 세워져 있다는 것이다. 두 번째는 발렌시아다. 발렌시아를 대표하는 엄청난 높이의 쇼핑몰 바로 앞에는 역시 거대한 크기의 트리가 설치되어 있다. 심지어 주변을 작은 놀이공원처럼 꾸며 놔 다양한 포토 존이 형성돼 많은 인기를 끌고 있다. 세 번째는 빌바오다. 빌바오에는 두 군데에 트리가 있다. 하나는 이들이 자주 방문하는 복합문화시설 바로 앞에 있고, 다른 하나는 부유층이 모여 사는 지역에 있는 백화점 앞에 있다. 두 군데의 차이점은 전자가 일반적인 트리와 함께 주변을 숲처럼 꾸며 놨다면, 후자는 일반적인 트리가 아니라 선물 박스를 쌓아서 트리 모양처럼 만든 굉장히 독특한 조형물이다. 네 번째는 마요르카 섬이다. 마요르카 중심에 우뚝 선 신축 백화점 내부에 들어서 있는 대형 트리. 대부분 야외에 설치되는 트리지만, 이곳은 실내에 있다는 점이 차별점이 된다. 또 앞선 빌바오와 비슷하게 인공 숲속에 자리 잡은 트리다. 마지막 다섯 번째는 마드리드다. 모든 트리 스팟 중 아름다움의 정점이라고 할 수 있다. 역사도 가장 오래됐고 화려함도 가장 뛰어나다. 대광장과 대성당에 각각 트리가 있긴 하지만, 이곳은 트리가 중심이 되지 않는다. 트리뿐만이 아니라 주변의 모든 길거리가 한 달 내내 크리스마스 분위기로 장악되어 있기 때문이다.

이렇게 정신없이 모든 곳을 돌아다니다 보니 어느새 찾아온 크리스마스 이브. 어딜 가도 북적거리는 거리를 피해 도로시의 집에서 홈 파티를 하기로 한다. 도로시는 연말에 어울리는 음식을 준비해 놓고 집도 크리스마스 느낌을 살려 가볍게 꾸며 놨다. 우디는 케이크와 선물을 사 들고 캐럴을 흥얼거리며 사라고사로 향한다. 도로시의 집에 들어온 우디는 꾸며진 집 안 모습에 한 번. 코를 자극하는 달콤한 향기에 한 번. 감탄의 연속을 표출한다. 집 안을 울리는 캐럴과 함께 밥도 케이크도 먹고 선물까지 주고받는다. 그런데 갑자기 깜짝 선물이 또 있다며 눈을 감으라는 도로시. 우디는 의아한 표정을 지으며 눈을 감는다. 부스럭거리는 소리가 그치고 우디가 천천히 눈을 뜬다. 그리고 동공이 점점 확장된다. 지난 핼러윈 때와 마찬가지로 이번엔 크리스마스를 기념해 도로시가 스스로 우디를 위한 선물로 변신했다. 탐지기를 꺼야겠다.

이탈리아 최초이자 유럽 최대 크기의 '디즈니랜드'가 우디의 고향 피렌체 근처 도시인 볼로냐(Bologna)에 세워진 지 40주년을 맞이했다. 얼마 남지 않은 2133년 마지막 데이트로 볼로냐 디즈니랜드를 가기로 한 우디와 도로

벤은 누구인가

시. 입구부터 흘러나오는 신비한 음악에 이들의 심장이 동심을 찾아 두근대기 시작한다. 사실 이 추운 겨울에 디즈니랜드를 방문한 가장 큰 이유는 늦은 밤 펼쳐지는 엄청난 규모의 불꽃 축제 때문이다. 또 이곳에는 모든 디즈니랜드 중 유일하게 동물원 구역이 있다. 얼어 버릴 것만 같은 날씨에 놀이기구보다는 동물원 등 다양한 테마구역을 체험하며 구경하다 보니 이윽고 하늘에 불이 꺼진다. 불꽃 축제가 펼쳐질 메인 광장 앞에는 벌써 수많은 사람들이 가득히 자리를 잡고 서 있다. 우디와 도로시도 얼른 좋은 자리를 선점한다. 곧이어 시작되는 불꽃 축제. 30분 가까이 진행된 말로는 표현할 방법이 없을 정도로 아름다운 쇼. 하늘을 향해 춤추며 올라가는 폭죽과 그림같이 떨어지는 불꽃. 축제가 끝나자마자 우디와 도로시는 똑같은 표정으로 서로를 바라보며 짧은 키스를 나눈다. 주변의 모든 연인이 마치 짜기라도 한 듯 애정표현을 하고 있다. 찬란한 연말의 마무리다.

방학에 들어선 우디는 특별한 새해를 맞이하기 위해 도로시와 영국 여행을 떠나기로 한다. 영국의 동해안은 아름다운 일출을 볼 수 있는 곳으로 유럽 전체에서도 손에 꼽힌다. 지난 포르투갈보다 훨씬 먼 거리를 이동해야 하지만, 그래도 해저 열차로 2시간이면 도착한다. 우디와 도로시가 갈 지역은 '선덜랜드(Sunderland)'다. 영국 동쪽 끝에 위치 한 도시로 해마다 새해 일출의 명소로 유명한 지역이다. 우디가 예약한 숙소는 해수욕장 코앞에 자리한다. 굳이 밖으로 나가지 않아도 통창으로 일출을 볼 수 있다고 한다. 선덜랜드 시내에서 지역 특산 음식들을 사 먹고 또 포장해 숙소로 향한다. 도로시는 숙소에 대한 정보를 전혀 모르고 있는 상태에서 우디만 믿고 따라왔다. 방에 올라와 문을 여는 순간 도로시의 눈에 들어오는 드넓은 바다. 바로 고개를 돌려 우디에게 사랑스러운 눈빛을 날린다. 지난 포르투갈 호텔보다도 더 가깝게 바다와 붙어 있는 오션뷰에 감희를 느낀 도로시가 우디의 엉덩이를 끊임없이 토닥토닥해 준다. 겨울 바다의 바람은 매섭지만, 우디와 도로시의 뜨거움은 식을 줄 모른다. 모래사장을 뛰어놀다 보니 새해 카운트다운 시간이 됐다. 모래사장에 나란히 앉아 손을 포개고 함께 숫자를 외친다. 그렇게 한 해가 넘어간다. 잠시 후, 하늘을 올려 보는 우디가 턱이 빠질 듯 놀란다. 우디의 벌린 입으로 쏟아지는 별들. 알다시피 우디는 별을 굉장히 좋아한다. 그런 우디가 이렇게 셀 수 없이 많은 별을 선명하게 보는 순간은 처음이다. 도로시는 진심으로 감격에 겨워하는 우디를 바라보며 귀여워 미치겠다는 듯 큰 미소 짓는다.

"별이 그렇게 좋아?"
"예쁘잖아... 아름다운 별들... 이런 황홀함은 처음이야..."
"천문학 전공 우디씨! 별자리도 좀 알려 줘!"
"그래! 내가 재밌게 설명해 주지!"

신이 난 우디가 별자리부터 별 하나하나까지 도로시에게 설명해 준다. 도로시도 흥미를 느끼며 우디의 높아진 목소리 톤에 웃음이 멈추질 않는다. 한참을 떠들다 보니 날씨는 더욱 싸늘해진다. 너무 늦게 자면 아침에 일출을 볼 수 없다며 별구경은 이만 마치고 방에 들어와 짧은 잠을 청한다. 잠깐 잠든 사이, 알람이 따로 필요 없는 여명에 눈을 뜨는 우디. 졸리긴 하지만 정신을 차리고 일어나 도로시를 깨운다. 눈도 제대로 뜨지 못하는 도로시를 이끌고 창문 앞에 서서 태양을 기다린다. 우디는 유리 너머로 말고

벤은 누구인가

직접 눈에 담자며 밖에 나가자고 한다. 도로시는 귀찮다고 애교 섞인 투정을 부리며 우디를 따라 해변으로 나온다. 아침에도 여전한 강추위에 졸음은 확 깬다. 잠시 후, 슬며시 머리를 드러내며 나타나는 시뻘건 태양. 새해 일출이 시작됐다. 우디와 도로시는 눈을 감고 각자의 소원을 빈다. 그러곤 서로를 껴안고 태양이 다 떠오를 때까지 아무 말 없이 먼 바다를 바라본다. 우디는 과연 어떤 소원을 빌었을까. 몸을 떨며 방으로 뛰어 들어온 둘의 차가운 몸은 일순간에 달아오른다. 특별하고 완벽한 새해맞이 여행이다.

2134년을 알리는 세계 최대 스포츠 이벤트, 월드컵이 개막했다. 이번 월드컵은 전 국토가 사막화 되어 버려 1년 내내 뜨거운 나라, 멕시코에서 개최된다. 그래서 조금이라도 시원한 1월에 열리는 월드컵이 된다. 조별리그가 끝나고 토너먼트 첫 경기로 프랑스와 스페인이 맞붙는다. 이탈리아는 충격의 조별리그 탈락을 맛봤다. 우디는 이탈리아의 탈락에 상심이 컸지만, 프랑스를 함께 응원해 주기 위해 도로시의 집으로 향한다. 스페인 전역은 월드컵 열기로 난리도 아니다. 어딜 가도 자국 응원뿐이기에 우디와 도로시는 조용히 집에서 같이 경기를 보기로 한다. 경기가 시작되자마자 동네가 시끌시끌해진다. 둘은 침대에 꼭 붙어 숨죽여 관전한다. 초반부터 스페인의 첫 골이 나오자 밖에서 엄청난 환호 소리가 들려온다. 낙담한 도로시에게 축구는 끝날 때까지 끝난 게 아니라며 다독여 주는 우디. 그리고 정말 그 말이 현실이 되었다. 경기 종료 직전 연속 두 골을 터트리며 극적인 역전승을 거두는 프랑스. 우디와 도로시는 얼싸안고 기뻐한다. 감격의 눈물을 흘리는 도로시와 함께 울컥한 우디. 이제 둘은 자동적으로 서로의 마음을 함께 공유하는, 하나가 되었다.

이탈리아 배구는 세계 최고 수준이다. 스페인 배구는 객관적으로 유럽 내에서 약체에 속하지만, 정식 프로 배구리그는 존재한다. 새로운 경험을 늘 즐기는 도로시. 배구도 보고 싶다며 우디에게 말한다. 며칠 후, 마드리드에서 열리는 스페인 프로 배구리그 경기를 예매한 우디. 스페인 내에서 타 스포츠에 비해 비인기 종목이라 관중이 많지 않을 거라 예상한 우디는 경기장에 들어서자마자 생각보다 화끈한 열기에 조금 놀란다. 물론 수용 가능한 관중이 적은 경기장이긴 하지만, 빈자리 하나 없이 가득 채워져 있다. 배구 직관의 가장 큰 장점이라면, 선수들이 뛰는 코트와 굉장히 가깝게 관중석이 붙어 있으며 스파이크 소리가 쩌렁쩌렁하게 경기장을 울린다는 것이다. 이번에도 도로시는 경기 중 생기는 배구와 관련된 궁금증을 우디를 통해 해소하고 있다. 도로시가 확실히 흥미를 느꼈는지, 직관을 마치고 나와 축구보다 배구가 더 재밌었다며 우디에게 신나서 이야기한다. 그러곤 다음에 또 보러 가자며 약속한다.

우디와 도로시가 커플 반지를 맞추기 위해 바르셀로나의 한 백화점을 찾았다. 긴 시간 다양한 반지를 둘러보며 고민에 잠기다 결국 깔끔한 테두리에 중심은 화려한 반지를 선택한다. 서로에게 반지를 끼워 주며 앞으로 절대 빼지 말자고 약속한다. 과연 지켜 낼 수 있을까. 반지를 맞춘 둘은 마드리드 광장에 설치돼 있는 스케이트장으로 이동한다. 도로시는 어릴 적 스케이트를 자주 타 봤다 한다. 반면, 우디는 처음이다. 스케이트화를 신고 스케이트장에 올라서자마자 우디가 중심을 못 잡고 넘어져 버린다. 우디는 아픔보단 부끄러움에 멋쩍은 웃음을 보인다. 도로시는 드디어 자신이 더 잘하는 스포츠가 생겼다며 한껏 놀리며 장난친다. 우디는 도로시의 손을

벤은 누구인가

잡고 돌아다니며 천천히 적응해 나간다. 역시 뛰어난 운동신경의 우디. 몇 바퀴를 돌고 나니 금방 익숙해져 자유자재로 움직인다. 추운 날씨에 스케이트를 타며 겨울다운 데이트를 즐긴다.

　겨울왕국이 된 스페인. 동상 위험이 있을 정도로 추운 날이지만 이들의 데이트에는 제한이 없다. 50년 전, 톨레도에는 국가에서 관리하는 스페인 최대 크기의 박물관이 세워졌다. 우디와 도로시는 추위 걱정 없는 데이트를 위해 박물관 근처 고급 호텔을 예약해 놓고 돌아다닐 계획이다. 호텔 체크인만 하고 곧장 박물관으로 향한다. 수천 년의 역사가 이 박물관에 전부 담겨 있다. 먼저 21세기 전시실로 들어간다. 가장 최근의 역사이기 때문에 지금까지 사용되는 것들도 눈에 띈다. 왠지 모르게 굉장히 익숙한 과거 물건들. 어색함보다는 친근함이 느껴진다. 이후 다양하게 분류된 전시실을 돌아다니다 지친 우디와 도로시. 남은 구역은 다음을 기약하기로 하고 박물관을 나온다. 든든한 고기로 체력을 보충한 둘은 박물관 근처에 형성된 특별한 공원을 산책한다. 이 공원은 과거 스페인 병사들이 사용하던 부대의 모습을 유지시켜 만든 공원이다. 스페인을 상징하는 빨간색 벽돌로 지어진 건물들이 눈에 띈다. 산책을 끝내고 호텔에 들어온 우디와 도로시는 잠시 휴식을 취한다. 그러다 갑자기 우디가 도로시에게 꼭 보고 싶던 영화가 있다며 도로시를 부추긴다. 결국 늦은 저녁, 호텔 바로 앞에 위치한 극장으로 향한다. 우디가 선택한 영화는 〈타이타닉〉이다. 이 영화는 1997년 개봉작이며, 실제 '타이타닉호 침몰 사고'는 1912년에 발생했다. 그리고 지금으로부터 100년 전인 2034년. 가라앉아 있는 '타이타닉호'의 부패와 부식을 막기 위해 특수 장비와 소재로 제작된 초대형 돔을 내려보내 선체를 덮어 두었다. 그렇게 또 100년이 흐른 얼마 전, 돔을 걷어 내고 타이타닉호 인양에 성공했다. 침몰 이후론 무려 222년 만이다. 세계적으로도 큰 이슈가 된 사건이었다. 이를 기념하기 위해 최근 영화관에서는 100년도 더 된 영화 〈타이타닉〉을 상영하고 있다. 들뜬 마음으로 암흑 속 타이타닉호 안으로 들어가는 둘. 긴 러닝타임의 영화가 끝나자 우디는 멍한 표정이며 도로시는 울고 있다. 영화가 준 감동의 깊이가 대단했던 모양이다. 역시 명작은 시대를 초월하는 법이다. 강렬한 여운을 느끼며 호텔로 돌아온 도로시가 우디의 눈을 진하게 바라보며 말한다.

"이런 영화 우디 아니면 평생 못 봤을 거야... 고마워..."
"사랑하는 사람과 꼭 보고 싶던 영화였어. 나도 고마워."

방학이 좋은 점은 장거리 여행이 가능하다는 것이다. 그리스 여행을 떠나는 우디와 도로시다. 처음으로 비행기를 타고 떠나는 여행이다. 마드리드 공항을 출발해 그리스 아테네(Athens)에 도착한다. 그리스는 오랜 역사를 자랑하고 또 지금까지도 잘 보존하고 있는 유럽 대표 문화유산 국가 중 하나이다. 아테네 중심에 들어서자마자 이들의 눈에 들어오는 많은 신전들. 말로만 듣던 신화 속 상징물들을 두 눈으로 목격하고 있다. 이제는 당연하고 믿을 만한 우디가 예약해 온 숙소. 그리스의 상징이 되는 신전을 콘셉트로 한 아기자기하고 미니멀한 곳이다. 숙소에 도착한 도로시가 칭찬을 듬뿍 담아 우디의 엉덩이를 토닥여 준다.

"어쩜 항상 숙소도 완벽하게 찾는 거야? 귀여워 죽겠어!"

벤은 누구인가

연애 초만 해도 도로시는 우디의 복근 만지길 좋아했지만, 점점 엉덩이로 애정이 이동했는지 어디서든 틈만 나면 우디의 엉덩이를 만지작거린다. 처음 우디는 이런 스킨십에 어떻게 반응해야 할지도 몰라 당황했지만, 이젠 도리어 해 주지 않으면 섭섭한 표정을 짓는다.

"뭐가 또 귀여워! 도로시. 내가 지금까지 살면서 귀엽다는 소리 들어 본 적이 없었다고 했잖아. 그래서 처음에는 귀엽다는 말이 이해가 안 됐는데, 이제 귀여워 안 해 주면 서운할 거 같아... 하하..."
"어머?! 귀여운 걸 깨달았군! 그래! 계속 귀여워해 주지!"

징그러운 대화를 나누고 방에 들어가 여행의 첫날밤을 보낸다. 남은 날들의 일정도 많은 유적지와 다양한 맛집과 카페를 돌아다닌다. 특히 일반 사진관이 아닌 스튜디오가 크게 마련되어 있는 전문 사진관에서 수많은 사진을 찍고 인화해 가며 그리스에서의 추억을 여러 방법으로 남기고 떠난다. 그리스에 자욱이 남긴 이들의 흔적.

우디와 도로시는 지난 수개월 동안 스페인의 웬만한 가 봐야 할 도시와 장소를 모두 가 봤다. 참고로 여기 적어 내지 않은 자잘한 만남과 데이트도 수없이 많았다. 그래서 이제 스페인을 벗어나 프랑스의 작은 도시들을 다니며 데이트 범위를 넓혀 보기로 한다. 그렇게 시작된 프랑스 소도시 투어.

먼저 툴루즈(Toulouse)는 프랑스 남서부에 있는 도시로 스페인과 밀접해 있다. 사실 이곳을 찾은 이유는 조금 특별하다. 툴루즈에는 사우나로 유명한 북유럽의 사우나 방식을 차용해 온 유럽 최대 규모의 북유럽식 사우나센터가 지어져 있다. 추운 겨울, 굳은 몸을 따스하게 풀어 주기 위해 이곳을 찾은 우디와 도로시. 함께 뜨거운 물에서 몸을 데우기도 하고 천연 사우나 방에서 땀을 빼기도 하며 몸이 건강해지는 시간을 보낸다.

다음으로 보르도(Bordeaux)는 프랑스 서부에 있는 도시로 스페인에서 북쪽으로 조금만 올라가면 나온다. 겨울이면 자연스럽게 신체 활동이 줄어들게 된다. 그럴 때 일수록 열정적인 운동이 필요하다. 보르도에는 프랑스를 대표하는 오랜 전통의 스포츠 의류 브랜드인 '르꼬끄'가 제공하는 스포츠센터가 세워져 있다. 이곳에서 우디와 도로시는 다양한 스포츠 종목들을 체험해 보기로 한다. 지치지 않는 20대 청춘의 열정. 반나절가량 땀으로 샤워를 하고 나와 곧장 미리 체크인 해 둔 보르도 최고급 호텔에 들어와 개운하게 샤워를 하고 휴식을 취한다. 이곳 호텔은 와인으로 유명한 보르도답게 실내 수영장이 와인색 물로 채워져 있다. 이 특이한 수영장을 놓칠 일 없는 우디와 도로시. 잠시 후, 수영복으로 갈아입고 호텔 수영장으로 내려가 따뜻한 물에서 몸을 노곤하게 만든다. 모든 근육의 긴장이 풀리며 나른해진 몸을 이끌고 방에 올라온 둘은 우아하게 와인을 마신다. 하루 종일 피곤했던 이들은 금방 취해 버리고 분위기는 후끈하게 달아오른다.

이번엔 특별한 도시. 도로시의 고향. 디종(Dijon)이다. 디종은 프랑스 중심에서 동쪽으로 조금 치우친 곳에 있으며 주변에 산이 많은 소도시이다. 지금은 도로시 가족들도 디종엔 살고 있지 않기 때문에 도로시도 굉장히 오랜만에 방문하는 고향이다. 우디는 지금까지 돌아다녀 본 도시 중 가장

벤은 누구인가

조용하고 또 자연 친화적이라며 디종에 방문한 소감을 얘기한다. 초록의 나무들로 가득한 자연 속 작은 숙소에서 고기도 구워 먹으며, 특히 도시의 별과 또 다른 느낌을 주는 시골의 별도 가슴으로 품어 본다. 침대에 누운 도로시가 옛 향수에 젖은 듯 생각이 많은 얼굴이다. 우디는 조용히 도로시의 사색을 기다려 준다. 잠시 후, 느닷없이 질문을 하는 도로시.

"나 만나는 거 안 지겨워? 내가 왜 좋아?"

갑자기 들어온 당혹스런 질문에 똑바로 대답도 못하고 침묵해 버리는 우디. 무거워진 공기를 이불 삼아 고요히 잠에 든다.

다음은 프랑스 남동부 해안 도시인 니스(Nice)이다. 이탈리아와 밀접해 있어 우디는 어릴 때 몇 번 놀러 와 본 적도 있었다. 그런 우디가 마치 현지 가이드가 되어 도로시에게 이곳저곳을 소개해 준다. 지중해에 붙어 있는 휴양 도시답게 호텔 및 관광이 높은 수준으로 활성화되어 있다. 그리고 들어온 호텔에서 오랜만에 피트니스 클럽에 가는 우디와 함께 따라가는 도로시. 매일 근력운동을 하는 우디는 프랑스를 돌며 근육에 소홀했다며, 운동에 배고파 있다고 한다. 도로시는 운동에 소질이 있지는 않지만 늘 그렇듯 새로움은 마다하지 않는다. 우디는 도로시와 함께 피트니스도 할 수 있어 너무 좋다며, 도로시의 운동을 도와주면서 본인 운동에도 집중한다. 땀을 쫙 빼고 바로 호텔 내 작은 수영장으로 이동해 시원하게 몸을 식힌다.

마지막으로 프랑스 남부 해안에 붙어 있는 또 하나의 해안 도시. 마르세

유(Marseille)다. 이곳은 과거 파리(Paris) 다음으로 큰 도시로 명성을 날렸지만, 현재는 젊은이들이 주변 신도시로 빠져나가고 없어 과거와 역사만 남은 도시로 전락했다. 하지만 여전히 펍(술집) 문화가 활발하기에 우디와 도로시는 짧은 시내 투어를 마치고 펍에서 다양한 술을 거하게 취할 정도로 마신다. 도로시는 술에 취하면 애교도 스킨십도 많아진다. 완전히 취해 버린 도로시가 우디의 몸을 가만히 놔두지 않는다. 그러다 잠시 후, 졸음이 몰려오는 도로시. 얼른 숙소에 올라가서 자고 싶다며 우디를 재촉한다. 우디가 비틀거리는 도로시를 부축해 숙소로 들어온다. 도로시는 곧바로 침대에 눕고 잠들기 직전이다. 마찬가지로 취한 우디가 이해할 수 없는 토라진 말투로 말한다.

"그냥 잘 거야?"

눈도 제대로 뜨지 못하는 도로시와 한숨을 내쉬는 우디. 결국 이성의 끈을 놓쳐 버린 우디가 해서는 안 될 말을 집어던진다.

"도로시. 그거 알아? 디종 이후로 지금까지 우리 한 번도 안 했어. 이제 내가 싫어? 지겨워진 거야?"
"뭐? 아니... 지금은 졸리다고... 도대체 왜 이런 걸로 그러는 거야... 하... 그냥... 모르겠어..."

도로시가 눈을 번쩍 뜨며 정색을 한다. 우디를 뚫어지게 쳐다보곤 다시 차갑게 돌아눕는다. 자존심을 부리는 건지, 술 때문에 제정신이 아닌 건지,

우디도 아무 생각 없이 그대로 도로시 옆에 눕는다. 하지만 도로시를 등져 버린 채로.

화기애애하게 시작된 프랑스 여정. 곳곳에 새긴 이들의 추억. 하지만 끝은 예상 밖 감정 다툼이었다. 연애 초, 서로를 알아 가고 맞춰 가는 과정에서 발생한 사소한 트러블 이후로 한 번도 싸운 적 없던 둘이었기에. 지금의 저 냉랭한 모습에서 심상치 않은 뭔가가 느껴진다. 이번 일을 계기로 조금씩 멀어져 갈 수 있겠다는 느낌이.

"행복할수록 더 노력해야 하고
뜨거울수록 더 조심해야 한다."

만남이 있으면, 헤어짐도 있는 법

우디에게 좋지 않은 소식이 들려왔다. 꾸준히 항암치료를 받아 오던 우디 어머니의 상태가 안 좋아졌다. 우디는 고심 끝에 다시 학교를 쉬기로 한다. 반면 도로시는 복학을 결정했다. 지난해와는 반대로 재학생 도로시와 휴학생 우디가 되었다. 도로시의 개강을 앞두고 우디가 전화로 고민을 이야기한다.

"음... 너는 오랜만에 학교 다니면서 바쁠 테고, 나는 집에서 자주 나오기가 쉽지 않을 테고... 이제 꽤 멀어져 있을 수밖에 없겠네..."
"그러게..."

우디의 예상대로, 도로시가 복학한 시점부터 둘의 만나는 날이 현격하게 줄어들었다. 오늘은 우디가 처음으로 사라고사 대학교에 방문하는 날이다. 어젯밤 도로시의 집에서 잔 우디. 등굣길부터 함께한다. 도로시가 우디와 캠퍼스를 걸으며 이야기한다.

"우리 학교에서 이렇게 같이 걸어 다닐 수 있어서 오랜만에 가슴이 몽글몽글해져. 좋다!"

"나도 새롭게 설레는 마음이야!"

　그렇게 도로시의 강의실 앞까지 배웅을 마치고 나온 우디. 천천히 학교를 둘러보고 있다. 그런데 그 순간. 저 멀리서 우디의 온몸을 경직되게 만드는 누군가 나타난다. 우디가 얼른 나무 뒤로 몸을 숨긴다. 그리고 다시 고개를 빼꼼 내밀어 쳐다본다. 낸시다. 무려 10년 만이다. 우디 쪽으로 걸어오고 있는 낸시. 우디는 자연스럽게 인사라도 해 보려는지 몸을 앞으로 뻗으려 한다. 우디 근처까지 다가온 낸시. 하지만 결국 우디는 몸을 피한다. 다시 멀어져 가는 잊고 살던 그녀. 우디가 숨을 크게 삼키며 혼잣말을 내뱉는다.

　"와... 이게 무슨... 낸시랑 도로시가 같은 학교라고? 말이 돼? 하... 마주칠까 불안해서 놀러 오겠나..."

　이런 우연의 장난이 있을까. 10년 전 우디의 첫 번째 사랑이었던 낸시가 지금 우디의 첫사랑 도로시와 같은 대학교에 다니고 있었다니. 적잖이 충격을 받은 듯 보이는 우디. 집으로 돌아가는 우디의 등에 피로함이 쌓여 있다. 피비해진 우디의 뒷모습.

　어느덧 봄이 찾아왔다. 스페인에도 짧은 벚꽃 시즌이 시작된다. 마드리드 '프라도 미술관'에서부터 '국립 도서관'까지 이어지는 연분홍으로 물든 벚꽃 길을 걷는 우디와 도로시. 이미 만개하고 벌써 떨어지는 잎도 보이기 시작한다. 잠시 후, 가볍게 손을 잡고 걷던 이들에게 내리는 건 벚꽃 잎뿐만

　　　　　벤은 누구인가

이 아니라며 갑자기 등장하는 소나기. 비를 피해 근처 건물로 몸을 피한다.

"그새 젖었네... 아, 갑자기 떠올랐는데... 나 살던 고향에서는 젖은 꽃잎이 이별을 의미한다? 신기하지!"
"응...?"
"속설일 뿐이니까~ 얼른 털어 내자~"

우디가 어리둥절한 표정을 짓는다. 더 물어보면 오해가 생길 수 있으니 그냥 넘어가는 우디. 하지만 데이트를 끝내고 집에 들어온 우디는 여전히 생각에 잠긴 얼굴이다. 지금까지 우디의 다이어리 파일에는 도로시와 행복한 추억을 기록한 내용으로 가득했지만, 오늘 자 글에는 조금 다른 내용이 담긴다.

내가 요즘 예민해진 걸 수도 있지만, 도로시의 그 말.
어떤 의미를 담고 있는 건 아니겠지.
요즘 도로시의 표정과 말투가 예전 같지 않다.
나도 심적으로 여유도 없고 지쳐 가는 기분이다.
과연 극복해 낼 수 있을까.

우디는 관계 회복을 위해 서프라이즈 이벤트를 준비해 본다. 학교 일로 바쁜 도로시를 위해 우디는 혼자 포르투갈을 다녀올 예정이다. 그 이유는 바로 에그타르트. 포르투갈은 역사적으로 에그타르트에 자부심이 있는 국가이다. 최근 학업 스트레스로 지친 도로시에게 달콤한 에그타르트와 함께 케이크를 깜짝 선물할 계획이다. 우디는 새벽 열차를 타고 포르투갈을 들러 도로시의 집으로 향한다. 우디의 양손에 들린 에그타르트와 케이크를 보고 도로시는 설마 포르투갈을 다녀왔냐며 놀라 묻는다. 우디가 멋쩍게 고개를 끄덕이고 도로시는 고맙다는 말뿐으로 화답한다. 도로시의 담담한 리액션에 우디가 표정 관리에 실패한다. 보이지 않는 벽이 생기고 있는 걸까.

날은 벌써 조금씩 더워지기 시작했다. 우디는 어머니 간호에 열중이고 도로시는 학교생활에 빠져 있다. 오랜만에 만나는 날이다. 마드리드에서 별다를 것 없는 저녁을 먹으며 간단히 와인도 마시는 우디와 도로시. 진지한 분위기의 대화 속에서 우디가 굳이 안 해도 될 괜한 말을 던진다.

"요즘은 우리 엄마 안부나 괜찮으신지 안 물어보네?"
"먼저 말을 해 줘야지..."

서로 사소한 것들에서 서운함이 쌓이기 시작한다. 몸이 멀어지니 마음도 멀어진 걸까. 아니면 마음이 멀어진 상태에서 몸도 멀어져 상황이 악화되고 있는 걸까. 확실한 것은 더 이상 예전 같지 않은 둘의 사이다. 시들해지는 이들의 사랑.

피크닉 하기 좋은 날씨. 우디와 도로시는 오랜만에 '바르셀로나 숲'을 찾았다. 싱그럽게 피어난 봄꽃 사이사이 잔디밭 위에 앉아 피크닉을 즐기는

벤은 누구인가

사람들로 가득하다. 우디와 도로시도 적당한 장소를 골라 여유를 즐긴다. 그런데 아까부터 숲 건너편 테니스장이 시끌시끌하다. 한 테니스 브랜드에서 이벤트를 열어 미션 성공 시 선물을 준다고 한다. 도로시는 궁금한 건 못 참는 성격이다. 테니스장으로 이동한 우디와 도로시는 이벤트에 참여해 보기로 한다. 우디는 모든 스포츠에 늘 진심이다. 도로시는 미션에 실패한 반면, 가볍게 성공한 우디가 받은 선물을 자랑한다. 그런 우디를 도로시가 어색한 미소로 축하해 준다. 어느덧 해는 지고 바르셀로나 역을 향해 걷는 둘 사이에 대화가 실종됐다. 길이 어두워서인지, 말없이 걷는 이들의 얼굴마저 더욱 어두워 보인다. 최근 들어 부쩍 멀어진 우디와 도로시.

종강을 일주일 앞두고 도로시는 학교 일에 치여 바쁜 일상을 보내고 있다. 오늘도 마지막 팀 프로젝트 준비로 학교에서 밤새 작업을 해야 한다는 도로시. 프로젝트 팀 10명 중 8명이 남자다. 이 상황이 불편한 우디. 하지만 별말 없이 일상적인 메시지를 주고받는다. 그런데 갑자기. 정말 갑자기. 도로시와 연락이 끊긴다. 우디는 걱정 반 의심 반의 마음으로 쉬지 않고 도로시에게 연락을 취하지만, 아무 연락도 없는 도로시. 그렇게 몇 시간이 흐르고 시계는 새벽 4시를 향해 가고 있다. 그리고 드디어 도로시와 연락이 닿는다. 그러나 전화를 받은 도로시의 목소리. 확실히 맨정신이 아니다. 줄곧 횡설수설만 내뱉고 있는 도로시. 심지어 다른 남자의 이름을 부르기도 한다. 우디는 어이없다는 표정으로 화를 참고 있다. 그러다 툭 전화를 끊는 도로시. 우디는 혼란과 당황을 느끼며 결국 한숨도 자지 못한 채 날이 밝는다. 오전 11시 즈음. 도로시에게 연락이 온다. 미안하다는 말과 함께 상황 설명을 하는 도로시. 학교 작업을 하던 중 팀원들과 급작스레 술자리가 만들어졌고, 우디에게 말하면 싸움만 날 거 같아서 말없이 갔다가 금방 나와 집에서 연락할 계획이었다고 한다. 그러나 술을 주체하지 못하고 계속 마시게 됐다고. 연락은 왜 안 됐냐는 우디의 물음에, 술자리를 주도한 팀장이 아무도 핸드폰을 꺼내지 말라고 했다 한다. 우디는 어이없어 하며 그럼 새벽에 자신과 전화한 내용은 기억하냐고 묻자, 도로시는 통화한 사실조차 기억하지 못한다. 화를 내 본 적이 없던 우디가 처음으로 화를 표출한다.

"네가 항상 말했잖아. 거짓말은 절대 하면 안 된다고. 나랑 전화하면서 다른 남자 말한 것도 기억 못 해? 남자들로 가득한 술자리에서 그렇게 정신을 잃을 정도로 취했으면... 집은 잘 들어갔던 거야? 밤새 무슨 일 있었던 거니..."
"...미안해..."

미안하다는 말만 반복하는 도로시. 평소 눈물이 많은 도로시지만, 눈물 한 방울 흘리지 않는다. 우디는 폭발한 감정을 쏟아붓고 당분간 술자리는 피하기로 약속하며 상황을 일단락한다. 하지만 우디의 온갖 나쁜 상상은 꼬리에 꼬리를 문다. 결국 다친 마음과 정신은 사람을 점점 지질하게 만들 뿐이다. 우디는 뭘 바라는 건지 며칠째 지난 사건의 상처를 직간접적으로 계속 표현하고 있다. 결국 도로시도 지쳤는지 짜증을 낸다.

"사귈 때 분명히 나 이성 친구 많은 거 이해해 준다며."
"... 모르겠어 이제."
"하아..."

벤은 누구인가

"그리고 왜 요즘 반지 안 끼고 다녀? 혹시... 아니다..."

　관계가 틀어질 대로 틀어지고 있다. 그렇게 또 1주일이 흘렀다. 도로시의 종강 날이자, 우디가 어머니를 모시고 밀라노 병원을 다녀오는 날이다. 우디가 어머니와 병원을 다닌 지 어언 4년이 넘었지만, 병원을 가는 날마다 우디는 단 하루도 심적으로 괜찮은 날이 없었다. 오늘도 마찬가지다. 아니, 오늘은 역대 최고로 정신이 불완전한 상태다. 어머니에 대한 근심과 도로시와의 문제가 복합적으로 섞여 스트레스가 최대치로 올라와 있다. 하루종일 심장을 두드리고 있는 우디. 늦은 오후가 되어서야 병원을 나온다. 끙끙 앓는 어머니를 부축하며 집에 도착한다. 두통까지 온 우디는 침대에 기절하듯 쓰러진다. 잠시 후, 평소보다 시끄럽게 울리는 전화벨 소리. 휴식을 취하고 있는 우디의 가슴에 도로시가 돌을 던진다.

"나 종강했다고 다 같이 술 마시러 가재."
"응? 우리 약속한 지 1주일 됐어."
"어쩔 수 없잖아. 나도 사회생활은 해야지."
"근데 뭐가 그리 당당한 태도야?"
"아니... 그래. 미안."

　우디는 도로시가 조금이라도 눈치를 보거나 부탁하는 태도를 보이길 기대했다. 하지만 도로시는 당당하게 통보했다. 이에 우디의 통제력은 완전히 무너져 내렸다. 지난주, 처음으로 화를 내 본 우디. 역시 한번 해 보면 또 하는 건 어렵지 않은 걸까. 오늘도 감정을 절제하지 못하고, 해서는 안 될

짓을 해 버린다.

"너 정말 내가 등신으로 보이니? 그래. 너 하고 싶은 대로 다 하면서 잘 살아. 난 살고 싶은 마음이 안 든다."

끔찍한 단어와 문장을 만들어 메시지를 보내고 핸드폰 전원을 끄더니 날 선 빗방울이 떨어지는 밖으로 나가는 우디. 눈빛이 이상하다. 몇 년 만에 보는 피폐한 모습이다. 이 밤에 어딜 나가는 걸까. 우디가 향한 곳은 과거 수차례 극단적인 시뮬레이션을 했던 그 건물이다. 여길 다시 찾아오게 될 줄이야. 옥상 가장자리에 오른 우디가 차 한 대 없는 적막한 도로를 초점 없는 눈동자로 내려다본다.

긴박한 상황. 룰을 깨고 달려가려는 순간, 우디가 바닥에 주저앉는다. 그러곤 빗물에 섞인 눈물이 끝을 모르고 흘러내린다. 사랑이 뭐라고. 우디를 어머니가 아닌 다른 이유로 울릴 줄이야. 심장을 부여잡고 벽에 기대어 눕는 우디. 영혼이 나간 표정으로 멍하니 우중충한 밤하늘을 올려다본다. 잠시 후, 우디는 그대로 잠이 든다.

새벽 5시 무렵. 현실 같은 악몽에서 깨듯 깜짝 놀라며 눈을 뜬다. 핸드폰 전원을 켜는 우디. 도로시에게 짧은 메시지 하나가 와 있다.

"우리 그만하자."

벤은 누구인가

우디의 굳어 버린 몸과 조금씩 떨리는 손. 도로시에게 전화를 건다. 하지만 도로시는 이미 마음을 굳혔다. 우디는 본인의 행동이 이별의 마침표를 찍으리라는 것을 알지 못했다. 연신 본인이 잘못했다며 한심하게 빌고 있는 우디. 자신이 변하겠다고 애원하며 붙잡아 본다. 그러나 도로시는 이미 우디에게서 마음이 떠난 지 오래됐다며, 냉정하고 단호하게 거절한다. 우디의 또 하나의 세상이 무너지며 내리는 빗물이 뜨거운 볼을 타고 흐른다.

야속하게도 이들의 처음과 마지막을 모두 빗방울이 함께했다. 운명이라며 내리던 첫 만남과 이만하면 됐다며 내리는 마지막 순간까지. 앞으로 우디를 오래도록 괴롭힐 "비 오는 날". 운명인 줄 알았던 인연은 아픈 시련이 되었고, 뜨거웠던 사랑은 차가운 이별이 되었다. 그렇게 우디와 도로시의 드라마는 끝이 났다.

우디의 속절없는 날들이 무의미하게 흘러간다. 예상대로 극심히 괴로워하는 우디. 운동할 이유를 잃었다며 꾸준히 하던 운동도 하지 않는다. 도로시가 사라진 일상에 적응해 보기 위해. 도로시를 머릿속에서 지워 보기 위해. 갖가지 노력을 다 해 본다. 홀로 가까운 바다에 나가 보기도. 산에 올라 보기도. 친구를 만나 보기도. 모든 방법을 다 해 봤지만, 우디의 상처는 전혀 아물지 않았다. 그러던 어느 하루는 동네 친구 윌리엄을 만났다.

"그리워 미칠 거 같아... 나도 내가 이렇게까지 힘들어할 줄 몰랐는데... 왜 난 금방 털어 내질 못하는 걸까... 내 방 가득한 그 추억들을 어떻게 정리하지?"

"첫사랑의 아픔이라... 오래갈 거다... 시간이 약이야... 일단 방에 있는 건 당연히 다 버려야지. 도저히 아직 못 버리겠으면 일단 싹 긁어모아서 안 보이는 데에 처박아 놔."

우디는 한 달가량이 흘러서야 방 구석구석 차지하고 있는 도로시와의 추억들을 정리하기 시작한다. 수많은 편지, 수많은 사진, 수많은 선물. 방 한 가운데 가만히 서서 생각에 잠기는 우디. 곧이어 구석에서 상자 하나를 꺼낸 뒤, 편지와 사진 그리고 작은 선물들을 담는다. 사진 한 장마다 큰 한숨이 뒤따른다. 고작 세 번째 사진을 꺼내 봤을 뿐인데 포기하고 마는 우디. 결국 남은 수십 장의 사진은 마구잡이로 쓸어 모아 상자에 담아 버린다. 이어 편지를 집어 드는 우디의 손이 부들부들 떨린다. 잔뜩 들어가는 힘. 편지는 읽어 볼 시도조차 하지 않고 그대로 상자에 담는다. 커플 물품들과 도로시에게 받은 다양한 선물들. 그리고 반지까지. 흔들리는 우디의 손길에

벤은 누구인가

의해 상자로 들어간다. 상자가 빈 공간 없이 가득 차 넘치려 한다. 우격다짐으로 뚜껑을 덮고 테이프로 절대 열지 못하게 감싸 붙이는 우디. 버릴 생각이 없는 건가. 잠시 후, 창고 문을 열고 안 쓰는 커다란 금고를 꺼낸다. 홍채 인식의 금고. 기력 없는 눈동자를 들이밀고 금고를 열더니 테이프로 감싼 상자를 조심히 집어넣는다. 그러곤 상자에 담기지 않았던 부피가 큰 추억들은 금고의 남는 공간에 쑤셔 넣는다. 저 큰 금고가 도로시와의 기억들로 빈틈없이 채워진다. 금고를 닫고는 다시 힘없는 눈빛으로 금고를 잠근다. 우디가 아니면 누구도 저 판도라의 상자를 열어 볼 수 없다. 묵직해진 금고를 힘겹게 들고 창고로 돌아가 구석진 곳에 박아 둔다. 미련한 우디. 저걸 어쩌려고. 터덜터덜 방으로 돌아온 우디가 크게 한숨을 내쉬며 주위를 둘러본다. 이제 우디의 방에 남아 있는 도로시의 흔적은 아무것도 없다.

.
.
.

원체 감성적인 우디지만, 이별이 바꿔 놓은 한 사람의 미친 감성은 그 치사량을 초과했다. 그리고 지난밤. 그런 우디가 별을 바라보며 시 한 편을 써 내려갔다.

〈 별 〉

힘들었겠다며 나만의 별이 되어 주겠다던
그 감사함을 지켜 내기엔 미숙하고 어리석었다

두 번째 별이었다면 다른 결말이었을까 후회했지만
첫 번째 별이었기에 더욱 소중하고 잊을 수 없다

짧지 않은 시간 동안 남긴 추억이 너무 많아
그 하나뿐인 기억에 갇혀 밤마다 같은 별을 바라본다

한때 내가 발견한 가장 밝은 별이
이젠 내가 마주한 가장 아픈 이별이 되었다.

벤은 누구인가

우디가 후회와 상실감에 힘들어하던 어느 날, 정말 오랜만에 헬렌과 연락이 된다. 여전히 아일랜드에서 살고 있는 헬렌. 잘 지내는지 안부를 물을 겸 전화한 우디에게 사랑과 이별의 이야기를 듣는다. 그리고 모든 내용을 들은 헬렌이 조심스럽게 말한다.

"같은 여자로서 느껴진 촉이 있는데... 솔직히 말해 줄까?"
"응응. 말해 줘."
"물론 아닐 수도 있지만... 다른 남자가 생겼던 거 같아..."
"어...? 에이... 설마..."
"내 느낌은 그래..."

헬렌의 말을 들은 우디의 심장이 요동친다. 사실 우디도 조금의 의심스러움을 느끼고 있었지만, 애써 부정하고 있었다. 헬렌과의 대화 이후로 더욱 착잡해진 우디의 심정. 바람을 쐬기 위해 동네를 산책하는 우디의 발걸음이 불규칙적이다. 걸음 속 한숨이 반복되는 와중에 고개를 절레절레 휘젓는다. 하염없이 걷던 우디가 멈춰 선다. 우디의 시선이 닿는 모든 곳은 아니나 다를까 도로시와 함께했던 장소들이다. 우디의 동네 곳곳이 도로시가 남긴 추억들로 물들어져 있다. 어딜 가도 나타나는 도로시의 흔적. 우디를 고통스럽게 한다. 아무 의미도 없던 공간에 우디의 아픈 기억이라는 의미가 생성됐다. 20년 넘게 변함없이 똑같은 동네일 뿐인데.

한편으로 우디에게 이런 경험이 성장의 발판이 되어 주길 바란다. 살면서 처음 느껴 보는 사랑과 이별이 주는 아픔. 누군가를 미친 듯이 그리워하는 그 미련. 하지만 이 아픔과 미련이 오래가지는 않길 바랄 뿐이다. 물론 아직 우디에겐 충분한 시간이 필요하다.

우디는 최근 매일 책상에 앉아 글을 쓰고 있다. 내용을 보니 도로시에게 쓰는 편지 같다. 어떤 내용이 담겨 있는지 일부를 발췌해 봤다.

- 내 인생을 바꿔 놓은 도로시에게 -

세상을 등지고, 사람을 거부하고, 스스로 가둬 놓은 채
암흑 속 예민한 고슴도치 같은 삶을 살던

그런 내 마음을 처음 열어 준 게 바로 너였어.
사랑이 뭔지 모르고 살던 내게 나타난 나의 첫 번째 인연.

행복을 잊고 웃음을 잃고, 어둠에 갇혀 살던 내게 나타나
행복을 느끼게 웃음을 찾게, 빛나는 별이 돼 줘 고마웠어.

누군가와 일상을 공유하고 미래를 이야기할 수 있다는 게
얼마나 행복한 일이었는지 처음 알았어.

어두운 일상뿐이었던 삶에, 미래를 그려 본 적 없던 삶에
한 줄기 빛이 되어 주고 떠났지만, 그 빛의 흔적이 크다.

서툴렀지만 아낌없이 사랑했기 때문에
모든 시간을 후회하고 싶진 않아.

나에게만큼은 20대 유일한 행복이었고
처음 느껴 본 감정과 순간은 잊을 수 없는 거니까.

추억하고 그리워할 수 있는 사람이 있다는 건
어쩌면 행복한 일이라고 생각해.

그 유일한 사람이 너였기에
그만큼 행복했고 이만큼 아픈 거 같아.

첫 심장 뛰는 사랑을 알려 준 너
첫 실연의 아픔을 느끼게 해 준 너

세월이 흘러 누군가 내게
20대 행복한 기억을 물어본다면,

망설임 없이 가장 먼저
네가 떠오를 거야.

벤은 누구인가

제발 이 편지를 들고 찾아가는 어리석은 행동만은 하지 않길 바랐지만, 우려가 현실이 되고 말았다. 우디는 편지를 손에 들고 도로시가 있는 사라고사로 향한다. 사라고사로 가는 열차 안. 우디는 누가 앞에 있는 것처럼 대화하듯 입을 뻐끔거린다. 자세히 들어 보니 도로시를 만나 할 말들을 정리하며 연습하고 있다. 사라고사 대학교에 도착한 우디가 누가 봐도 초조한 모습으로 돌아다니고 있다. 하지만 막상 여기까지 오니 용기가 없어진 우디. 결국 더 이상 기다리지 못하고 발걸음을 돌리려는 순간. 저 멀리 도로시가 나타난다. 옆에 다른 남자와 함께. 우디에게 보이던 그 웃음을 띠면서. 헬렌의 촉이 정확했던 걸까. 우디는 양 주먹을 세게, 아주 세게 움켜쥔다. 손바닥 틈으로 시뻘건 눈물이 흘러내린다. 자리를 피하고 싶지만, 다리가 굳은 모양이다. 마비가 온 듯 제자리에 서 있는 우디. 도로시가 그 남자와 인사를 나누곤 우디가 있는 방향으로 걸어온다. 이내 눈이 마주치고 마는 우디와 도로시. 도로시가 놀란 표정을 짓는다. 우디와 도로시가 세 발자국 정도의 거리를 두고 마주 선다. 왜 찾아왔냐고 도로시가 묻는다. 그러나 새하얗게 텅 비어 버린 우디의 머릿속. 준비한 말들은 아무것도 떠올려 내지 못한다. 편지는 엉덩이 뒤로 숨긴다. 떨리는 턱과 입술과 목소리로 횡설수설을 시작하는 우디. 대충 자신의 잘못됐던 점들을 전부 반성하고 깨달았으며 또 변했다는 내용이다. 하지만 도로시는 변함없이 단호한 목소리와 차가운 얼굴로 말한다.

　"아니야. 이미 떠 버린 마음은 변하지 않아. 우린 이제 더 만날 수 없어. 이렇게 찾아오지도 말고. 그냥 잊고 살아."

짧은 대답을 하곤 곧장 우디를 떠나간다. 뒤도 돌아보지 않고 빠르게. 우디는 그런 도로시의 뒷모습을 바라만 본 채 처량하게 서 있다. 우디는 너덜너덜해진 몸과 마음을 이끌고 구겨진 편지를 쥔 채 어느새 도로시의 집 근처까지 이동하고 있다. 도로시의 집 앞에 도착한 우디. 또다시 추억이 떠올라 생각에 잠긴 듯 잠시 서성이다가 편지를 집 앞에 두고 떠난다. 그걸 굳이 왜 전해 줘야만 했던 걸까. 현실을 직접 보고 느꼈다면 받아들일 줄도 알아야 하는데.

집으로 돌아와 며칠째 어떠한 활동도 하지 않고 가만히 있는 우디. 그러다 잠시 정신이 돌아왔는지, 몸이 바빠야 생각이 없어질 거라는 판단에 오랜만에 아르바이트를 시작해 본다. 또 일로는 부족했는지 운동을 하루도 쉬지 않고 과할 정도로 열심히 해 본다. 어쩌면 축구선수 시절보다도 더 미친 듯이. 의도치 않게 몸은 더 좋아졌다. 그렇게 또 며칠이 흐르고, 큰 결심이라도 한 듯 결의에 찬 얼굴로 핸드폰을 치켜들고 사진첩에 들어가는 우디.

도로시를 만난 이후로 도로시와 관련 없는 사진은 존재하지 않는다. 그리고 그 수천 장의 사진을 전부 드래그 한다. 워낙 많은 사진에 끌어 담는 시간마저 오래 걸린다. 이어 망설임 없이 선택된 모든 사진을 한 번에 삭제한다. 정성스레 사진첩에 쌓던 추억들은 손가락질 하나에 영원히 사라지고 말았다. 다음으로 어디선가 튀어나올지 모르는 핸드폰에 입력된 도로시의 정보를 떠오르는 대로 찾아 들어가 지운다. 그렇게 우디의 외부에는 이제 정말 도로시의 흔적 따위 보이지 않는다.

벤은 누구인가

문제는 아직 진화되지 못하고 우디의 내부를 아리게 태우고 있는 불씨들이다. 미련한 우디는 아무 의미 없이 여겨도 될 모든 것들에서 반자동적으로 도로시를 연상시키고 있다. 예를 들어, 도로시가 좋아하던 음식은 애써 찾아 먹지 않는다. 도로시와 함께했던 모든 공간은 일부러 피한다. 이별 이후 스페인은 발도 들이지 않는다. 열심히 하던 독일어 공부는 접었다. 도로시와 관련된 사소한 모든 것들까지도 부정하고 거부한다. 스스로를 피곤하게 만들어 살고 있다.

새로운 정신병에 걸린 우디.

•

•

•

어두운 한 달이 지나갔다. 우디는 혼자 멀리 여행을 떠나 보기로 한다. 새로운 환경에서 새로운 사람도 만나다 보면 쓸데없는 생각을 안 하지 않을까 하는 판단이다. 우디가 선택한 나라는 일본이다. 아무 준비도 정보도 없이 무작정 일본으로 떠난다. 오사카(Osaka) 공항에 내려 시내로 이동 중인 우디. 난생처음 와 본 일본의 분위기에 놀란다. 지나다니는 모든 이의 표정은 로봇처럼 굳어 있었고, 거리는 인기척이 느껴지지 않을 정도로 적막하다. 그래도 시내 중심으로 들어오자 젊은이들의 활기로 거리의 데시벨이 꽤나 올라간다. 저녁이 되자 유동인구가 늘어나고, 낮에는 장사를 하지 않던 가게들도 하나둘씩 은은한 조명을 밝히며 문을 열기 시작한다. 거리를 둘러보던 우디가 특이한 이름의 술집을 발견한다. 〈혼자 오세요〉. 대놓고 우디를 부르는 술집의 유혹에 이미 가게 안으로 들어가고 있는 우디. 내부 중심에 긴 바 테이블이 있으며, 주위를 둘러싼 모든 테이블은 1인이 앉기 적합하게 아담하다. 술에 취한다면 앞이 잘 보이지 않을 정도의 희미한 연노랑 빛 조명이 가게를 뒤덮고 있다. 우디는 구석진 자리에 가서 앉는다. 어색했던 술집의 분위기에 금방 적응한 우디. 잘 마시지도 못하는 술을 거침없이 마신다. 그런데 우디의 건너편 테이블에서 아까부터 알 수 없는 시선이 느껴진다. 낯선 여자가 우디를 힐끔힐끔 쳐다보고 있다. 우디도 느끼고 있었는지 술잔을 내려놓으며 그쪽으로 눈동자를 살며시 돌린다. 눈이 마주친다. 우디는 당황해하며 바로 눈길을 피한다. 잠시 후, 술을 마시는 척 고개를 들며 다시 슬쩍 곁눈질해 본다. 또 눈이 마주친다. 이번엔 피하지 않는 우디. 서로 5초 정도 어색하게 바라보다가 피식 웃는다. 취기가 올라온 우디가 자리에서 일어나 먼저 다가간다.

"안녕하세요. 괜찮으시면 같이 앉아도 될까요?"
"네네. 좋아요."

1인 테이블에 의자를 하나 끌고 와 마주 보고 앉는다. 1인 테이블에 두 명이 앉으니 둘의 거리가 한 뼘 정도로 가까워진다. 바에 서 있던 사장으로 보이는 남자가 이들을 바라보며 흐뭇하게 웃는다. 이 술집에서 흔하게 있는 일인가 보다. 어색한 침묵을 깨는 우디.

"왜 계속 처다봤어요??"

벤은 누구인가

"그쪽도... 쳐다봤잖아요...!"

"그야... 일단 소개부터 할게요! 저는 이탈리아에서 온 우디라고 합니다."

"오오... 이탈리아... 저는 유키라고 해요!"

그녀의 이름은 유키(Yuki). 이곳 오사카에서 나고 자란 오사카 토박이다. 신기하게도 우디와 태어난 년도와 생일까지 똑같은 유키. 둘의 대화가 깊어질수록 서로 닮은 점이 많다는 사실을 알게 된다. 유키는 우디보다도 더 소심한 성격으로 뭐든 혼자가 편한 진정한 내향인이다. 도로시와 비교했을 때, 하나부터 열까지 모든 면에서 완전히 반대되는 사람이다. 우디는 자신과 비슷한 사람을 만나 마음의 문이 금방 열린 건지. 자기 이야기를 털어놓아도 될 정도의 좋은 사람으로 느낀 건지. 지구 반대편에 사는 만난 지 1시간 된 낯선 이에게 자신의 아픈 기억을 전부 토로해 낸다. 우디의 말이 끝나자 유키는 너무도 공감한다는 표정으로 괜찮다며 위로를 건넨다. 그러곤 본인의 이야기도 꺼내 놓는다. 유키의 과거도 우디와 공통된 점이 많았다. 몇 년 전 아버지가 편찮으신 적이 있었으며, 최근 남자친구와 이별해 힘들어하고 있는 상황이라고 한다. 아픈 경험마저 유사한 우디와 유키. 이렇게 단시간에 가까워지는 관계를 운명이라고 하는 걸까. 술의 힘까지 빌리자 어색한 분위기는 금방 사라지고, 마치 몇 년 된 친구 사이처럼 가까워진 둘. 긴 시간 깊은 대화를 끝내고 가게를 나오며 인사를 나눈다.

"숙소는 이 근처야?"

"응응! 너도 이 근처 사는 거야?"

"맞아! 요 앞에 살고 있어!"

"그렇구나! 음... 내일은 뭐 해?"

"내일 아무것도 없어!"

"그래? 그럼 내일도 볼래?"

"좋아 좋아!"

다음 날, 우디는 유키를 따라 오사카 여기저기를 돌아다닌다. 확실히 유키와 함께 있는 순간만큼은 잡생각에 빠지지 않고 있는 우디. 정말 오랜만에 우디에게 웃음을 선사해 주고 있는 오사카 투어. 그 하루의 마무리는 역시 술이다. 어제와 전혀 다른 분위기의 빵빵한 음악과 시끄러운 대화 소리로 가득한 술집에 들어간다. 술이 들어가자 자연스럽게 대화 주제는 사랑과 이별로 이어진다. 열띤 대화를 주고받는 우디와 도로시. 연애관을 비롯한 대부분의 생각이 서로 흡사해 맞장구치느라 바쁘다. 도로시와의 이별 이후 처음 보는 우디의 웃는 얼굴. 둘 다 지난 사랑의 상처가 너무 커, 다음 연애에 두려움이 큰 상태라고 한다. 어느 정도 술기운에 몽롱해진 유키가 말한다.

"난 술 취하면 옆 사람한테 들러붙는 버릇이 있다?!"

"응? 아 그래? 그건 도로시랑 똑같네..."

우디는 뒷말을 들릴 듯 말 듯 아주 작게 속삭인다.

"뭐라 했어?"

"아냐 아냐. 오늘은 여기까지만 마시고 헤어질까?"

"그래~ 아, 언제 돌아간다고 했지?"

"딱히 정해진 계획은 없어. 돌아가고 싶을 때 가면 돼!"

우디는 이후 일주일째 일본에 더 머물고 있으며, 그중 절반 이상을 유키와 함께 보냈다. 직장 생활을 하고 있는 유키는 퇴근 이후엔 매일같이 우디와 술을 마시고 있다. 그리고 오늘 직장에서 힘든 일이 있었다며, 평소와는 다르게 빠른 속도로 술잔을 들이키는 유키. 지금까지 정신을 잃을 정도로 마신 적은 없었던 유키가 날을 잡은 모양이다. 늦은 밤까지 계속된 술자리에 결국 유키는 완전히 취해 버린다. 마치 지난번 본인이 했던 말을 지키기라도 하듯, 우디를 끌어안고 손을 잡기도 한다. 일반적으로 여자가 먼저 이런 행동을 하면, 남자는 음흉한 생각에 빠지거나 자신을 좋아하는 줄 착각하곤 한다. 그런데 우디의 표정이 좋지 않다. 아니 나쁘다. 사실 우디도 유키와 굉장히 가까워지면서 분명 조금의 호감은 느끼고 있었을 테다. 그런 우디가 유키의 적극적인 스킨십에 좋아하기는커녕 외려 얼굴이 굳어진다. 무슨 생각인 걸까. 우디는 제대로 걷지도 못하는 유키를 부축해 유키의 집 앞까지 도착한다. 유키는 혀 꼬인 말투와 애교 섞인 목소리로 우디에게 숙소 돌아가기 너무 늦지 않았냐며 자고 가라 한다. 하지만 고개를 절레절레 흔드는 우디.

"하… 정말 다 똑같구나. 그때 걔도 정말 그랬을까. 갈게."

그렇다. 우디는 유키의 술에 취한 모습에서 도로시를 떠올리고 있었으며, 그 감정은 분노가 되었다. 다음 날, 우디는 곧장 이탈리아행 비행기 표를 예약하고 집으로 돌아간다. 우디가 여태 만나 본 사람들 중 가장 짧은 시간 동안 가장 빨리 가까워졌지만, 역시 그 관계는 지속될 수 없었다. 개인적으로 안타깝다. 유키와 잘 어울렸는데. 우디는 스스로 이상한 망상에 빠져, 어쩌면 운명일 수도 있었던 인연을 자발적으로 끝내 버렸다. 이런 식이면 다음 사랑을 찾는 데 오랜 시간이 걸리지 않을까 걱정이다.

이탈리아로 돌아와 일상을 사는 우디의 심리 상태가 이별 직후보다 조금은 괜찮아져 보인다. 하지만 여전히 머릿속을 떠나지 않고 문득문득 팅 하고 나타나 우디를 괴롭히는 도로시에 대한 기억은 이제 그냥 체념하고 살아간다. 그리고 오랜만에 등장하는 친구. 제이콥은 우디가 휴학을 할 때도 착실히 학교를 다니며 먼저 졸업하고 바로 취업에 성공했다. 우디는 제이콥의 여름휴가 기간에 맞춰 함께 짧은 모로코 여행을 떠나기로 한다. 모로코로 가기 위해선 '지브롤터 해협'을 건너야 한다. 즉, 스페인을 반드시 통과해야만 한다. 도로시와의 이별 이후 처음으로 스페인을 방문하는 우디. 정확히는 지나친다. 제이콥의 개인 자동차를 타고 마드리드 역에서 출발하기로 했다. 오랜만에 스페인 땅을 지나는 열차가 야속하게도 바르셀로나와 사라고사에 정차하는 노선이다. 이제는 쉽게 예상 가능한 우디의 모습. 바르셀로나를 지나며 바르셀로나에서의 추억을, 사라고사를 지나며 사라고사에서의 추억을, 의도치 않아도 자연히 떠올리고 있다. 추억이라는 늪에 빠져 허우적대는 동안 시간은 흐르고 마드리드에 도착한다. 아직 도착하지 않은 제이콥. 우디는 마드리드 역을 나와 주변을 둘러본다. 우디의 시선은 어느 한곳에 정착하지 못하고 불안정하게 서성거린다.

벤은 누구인가

"에휴... 뭐 어딜 가나 떠올리고 앉아 있네... 이 병신..."

　우디는 아직도 현실을 완전히 받아들이지 못하고, 미련한 자신을 욕하며 뒤돌아 마드리드 역으로 되돌아간다. 그사이 도착한 제이콥의 자동차를 타고 모로코로 향한다. 톨레도를 지나, 세비야를 지나, 말라가를 지나고 있다. 우디는 모든 도시에서 또다시 떠오르는 추억의 풍선을 터트리지 못한 채 바라만 본다. 그러고는 제이콥에게 이야기를 푼다. 제이콥은 사실 본인도 얼마 전에 여자 친구와 헤어졌는데 이상하게도 아무렇지 않다며, 사람마다 이별을 받아들이는 방법은 전부 달라서 어쩔 수 없다고 한다.

　어느새 지브롤터 해협을 통과하고 모로코 해안 도시, 카사블랑카(Casa-blanca)에 도착한다. 진한 향신료 냄새가 우디의 코를 자극시킨다. 시내를 돌며 짧은 관광을 하고 곧장 숙소가 있는 해변으로 이동한다. 얼른 짐을 풀고 나온 우디와 제이콥은 고민도 없이 바다로 뛰어든다. 바다 수영은 수영장에서 하는 수영과는 또 다른 매력이 있다. 대서양의 거친 파도와 뜨거운 여름을 날리는 차가운 물살을 느끼며 시간 가는 줄 모르고 물개가 된 둘. 태양과 달이 교대를 시작하고 숙소로 들어가 고기를 구워 먹는다. 술과 함께. 술은 입에도 못 대던 우디가 이젠 꽤나 늘었다. 이미 많이 취해 버린 우디는 제이콥과 해변에 나와 바다를 바라보며 앉는다.

"밤바다 보고 있으니까 또 떠올라... 진짜 미친놈인가..."
"그만 좀 생각해라 이 자식아."
"하... 나밖에 없다면서... 나 하나뿐이라더니... 이렇게 떠날 거면 그 수

많은 미래를 왜 약속한 건데... 왜... 그래... 내가 똑바로 못한 거지... 내 잘
못이지..."

"야야. 너 지금 제정신 아니다."

"혹시 나중에라도 다시 만날 일은 없을까? 진짜 이대로 끝인 거야? 재회
는 말도 안 되는 거야?"

"내가 재회해 본 적 있는데 바로 다시 헤어졌어. 안 돼."

우디는 정신 줄을 놓은 상태로 한심한 소리만 내뱉고 있다. 그런 우디의
등을 토닥여 주던 제이콥이 갑자기 새로운 방법을 제시한다.

"너 헤어진 이후로 찾아가거나 전화해 본 적 있어?"

"찾아간 적은 있어... 전화는 안 해 봤고..."

"찾아가기까지 해서 안 됐는데도 이러고 있다고??"

"알아... 병신 같지..."

"이왕 이렇게 된 거 더 확실한 충격요법을 쓰자. 전화해."

"...뭐?"

"전화해서 받으면. 난 아직 네가 그립다. 나 달라졌다. 이딴 개소리로 붙
잡아 보는 거지. 그리고 또 까여 봐야 네가 정신 차릴 수 있지 않을까? 아니
면 만에 하나라도 혹시 모르잖아? 받아 줄지?"

"하아... 알겠어..."

우디가 또 한 번 후회할 짓을 하려고 한다. 이번엔 전화라니. 아무리 아
픈 이별이 처음이라지만, 최악의 방식을 택한다. 잠시 후, 핸드폰을 들고

벤은 누구인가

혼자 바다를 향해 걸어가며 전화를 건다. 도로시에게.

"…"

"여보세요?"

"응. 왜."

"통화… 괜찮을까…?"

"그래. 아주 잠깐 가능해."

우디는 진심을 담아 차근차근 도로시를 설득하려고 한다. 심지어 시간이 흘러서라도 돌아와 달라며 사랑을 구걸하고 있다. 더 이상은 들어 주기 불편했는지 우디의 말을 끊어 버리는 도로시.

"제발 좀 그만해. 그래. 내가 첫사랑이면 힘들 수 있겠지. 나도 예전에 첫사랑 못 잊어서 힘들어한 적 있었어. 근데 자꾸 이런 식으로 나오면 더 싫어지는 거야. 찾아오고, 편지 쓰고, 전화하고. 이러면 그냥 공포감만 들어. 현실을 받아들일 줄 알아야지. 그거 병이야. 그리고 나 새로운 사람 만나. 난 원래 한 사람만 평생 못 만나는 사람이야. 여러 사람 만나 봐야 한다고. 그냥 날 나쁜 년이라 생각해. 똥 밟았다 생각하라고. 끊을게."

우디는 한참을 칠흑같이 어두운 먼바다를 넋 놓고 바라보다가 제이콥이 있는 곳으로 터덜터덜 돌아온다. 제이콥은 뭐라 했냐고 눈치를 보며 물어본다. 우디는 힘없는 목소리로 방금 듣고 온 이야기를 들려준다. 제이콥이 얼굴을 찌푸리며 말한다.

"뭐? 그렇게까지 말했다고? 이 정도까지의 충격요법을 의도한 건 아닌 데..."

"공포래. 병이래. 자기는 원래 한 사람 오래 못 만난대. 그동안 했던 말들 이 전부 그냥 혹해 뱉은 빈말이었나 봐"

"야. 오히려 잘됐어. 걔 말대로 똥 밟았다 생각하자."

"소중했던 사랑이 똥이었다는 게 가능하다고? 도대체 왜!"

"에휴... 들어가서 술이나 더 가져올게. 기다려."

"하아..."

제이콥이 술을 가지러 숙소로 올라간다. 하늘과 바다는 어둠으로 하나 되어 경계가 사라져 있다. 해변 밖 건물들의 조명도 서서히 꺼지기 시작한 다. 혼자 남은 우디를 비추는 것은 오로지 달빛뿐이다. 바다 위에 떠 있는 처량한 우디의 눈동자. 우디가 달에 시선을 정지시킨 채 앞으로 한 걸음씩 뚜벅뚜벅 내딛는다. 느낌이 싸하다. 스산한 밤바람이 온몸의 털을 치켜세 운다. 당장이라도 무슨 일이 생길 것만 같은 공기다. 우디의 발걸음은 멈추 질 않고, 달을 향해 계속 걸어간다. 우디의 발을 적시는 작은 파도에도 아 무렇지 않게 나아간다. 설마. 아니겠지. 우디가 몹쓸 짓을 여러 번 시도할 뻔했던 집 근처 그 건물이 아닌, 새로운 곳이기 때문에 더 긴장된다. 우디 의 골반까지 차오른 물. 우디가 도저히 멈출 기색을 보이지 않는다. 우디가 위험하다. 기록원에서 잘리더라도 사람 목숨은 구해 놓고 봐야 하지 않는 가. 우디에게 달려간다.

"저기요!!"

"…"

"위험해요! 얼른 나오세요!"

"…"

짐승만큼 커다란 파도 소리에 내 말이 들리지 않는 건가. 어쩔 수 없다. 나도 바다로 뛰어든다. 우디의 가슴까지 물이 차 있다. 이제 우디와의 거리는 팔만 뻗으면 닿을 거리.

"안 돼! 위험해!"

"…"

어떻게 된 거지. 아무 반응이 없다. 그 순간.

"야!! 미쳤어!?!"

반대쪽에서 나타나 우디의 어깨를 잡아채는 제이콥. 바다에 들어가는 우디를 발견한 제이콥이 곧바로 뛰어 들어와 극적으로 우디를 살려 낸다. 제이콥의 손에 끌려 나오듯 구출되는 우디. 다행이다. 그런데 왜지. 왜 내 말엔 아무 반응이 없었던 거지.

숙소에 들어와 힘든 하루를 끝내며 퍼질러 눕는 우디와 제이콥. 우디는 제이콥에게 사과와 함께 고마움을 전한다.

"아까는 순간 미쳤었나 봐. 고마워 살려 줘서. 나 이제 정신 차릴 수 있을 거 같아. 내가 걔 때문에 이렇게 살아야 할 이유가 없지. 그래. 정말 많이 아끼고 사랑했지만, 이제 너무 싫다."

"그래! 잘 생각했어! 이 세상에 여자가 걔 하나뿐인 것도 아니고, 더 좋은 사람 많다~"

짧은 대화를 끝내고 제이콥은 피곤했는지 바로 코를 골며 깊은 잠에 든다. 하지만 아직 말똥말똥 천장을 쳐다보는 우디의 두 달덩이. 잠시 후, 침대를 나오더니 건물 밖으로 나온다. 다행히 바다 방향이 아닌 건물 뒷길에 난 산책로를 걷는 우디. 생각해 보니, 아까 우디가 정신이 없어서 내 말에 무감각했던 게 아닐까. 바로 옆에 있던 나를 못 봤을 리가 없다. 그래. 이미 발각된 거. 우디에게 제대로 인사를 건네야겠다. 얼른 산책로 역방향으로 돌아가 우디와 얼굴을 마주칠 수 있게 걸어 본다. 우디가 보이기 시작한다. 우디와의 거리 10m. 대략 25년 만에 드디어 우디와 대면하는 순간이다.

"안녕하세요."
"…"

우디가 아무 말 없이 투명인간 취급을 하고 지나간다. 뭐지. 다시 달려가 우디의 앞길을 막아선다.

"안녕하세요! 저 잠시 대화 조금만…"
"…"

벤은 누구인가

우디의 초점에 내가 잡히지 않았다.

우디가 내 몸을 통과했다.
내 몸이 우디에게 통과됐다.

나는......
나는......

나는 사람이 아니다.

소나기가 쏟아진다. 장대같이 퍼부으며 바다 위로 번개가 내리친다. 25년 전 우디가 태어난 날, 시칠리아에 내렸던 비처럼 내린다. 비를 고스란히 맞으며 서 있지만, 내 몸은 젖지 않는다. 혼란스럽다. 아무 기억이 나지 않는다. 내가 '인간 기록원'으로 일한 건 맞을까. 생각해 보니 25년간 단 한 번도 본부와 연락해 본 적이 없다. 가족도 친구도 아는 사람도 없다. 누구와도 대화해 본 적 없다. 심지어 내 이름도 모른다. 이 모든 게 기록원의 사명이라고 생각하며 의심하지 않았다. 내 존재에 의문을 품지 않았다. 내 기억은 언제부터 지워진 것인가. 나는 언제 죽었던 것인가. 나는 누구인가.

우디는 피렌체로 돌아가 충실히 일상을 살아가고 있다. 그리고 나는 더 이상 우디를 기록하지 않기로 했다. 처음으로 우디와 멀리 떨어져 홀로 베네치아(Venice)에 왔다. 물의 도시라 불리는 베네치아는 과거 비가 많이 올 때마다 수차례 도심이 물에 잠기는 문제가 발생했었다. 하지만 다행히 기술의 발달로 비가 많이 와도 도심의 수위를 조절해 주는 장치가 생겨나 지금은 주민들이 안심하고 생활할 수 있다. 해가 쨍쨍하게 맑은 하늘의 오후 2시. '산마르코 광장' 벤치에 앉아 바삐 지나다니는 많은 사람을 바라보고 있다. 여전히 혼란스럽다. 내가 저 사람들과 똑같은 사람이 아니라는 사실을 제외하고, 아무 궁금증도 해소되지 않았다. 그때.

"저기요."
" … "
"저기요?"
"… 네? 저요?"

"네네. 그쪽이요."

"제가... 보이세요...?"

누군가 내 옆으로 다가오며 나를 부른다. 나를? 주변에 다른 사람을 부른 거겠지 하고 주위를 둘러봤지만, 아무도 없다. 내 두 눈을 똑바로 바라보며 내게 말을 건다.

"안녕하세요. 제 이름은 고드라고 합니다."

"아... 네... 혹시 그쪽도..."

"지금 그런 건 중요하지 않습니다. 많이 혼란스러우시죠?"

"네? 그렇긴 한데... 누구시죠...?"

"그것보다는 왜 당신을 찾아왔는지 궁금하지 않습니까?"

"도대체 무슨 상황인지 전혀 모르겠어요..."

"이해합니다. 그래서 제가 진실을 알려 드리러 왔습니다."

"진실...이요...?"

갑자기 알 수 없는 사람이 나타나 진실을 알려 주겠다고 한다. 이름은 고드(Godd). 지극히 평범한 외모와 평범한 옷차림의 중년 남성이다. 그는 또 누구인가. 나와 같은 존재인 걸까.

"지금부터 제가 하는 말 집중해서 들으시길 바랍니다."

"...네."

"당신은 115년 전인 2019년 8월 30일에 사망했으나, 영혼의 상태로 지금까지 이승을 떠돌아다니고 있습니다. 당신이 영혼으로 80년 정도를 보냈을 즈음, 어느 순간부터 현실을 헷갈려 하더군요. 본인이 죽은 영혼인지 살아 있는 사람인지. 그러다 결국 스스로를 현실에 존재하는 사람으로 인지하기 시작했고, 자발적으로 과거의 모든 기억을 삭제했습니다. 그 후 당신은 본인을 '인간 기록원'이라 자칭하며 망상의 틀에 갇혀 살기 시작했습니다. 기록원이 되어 마치 누군가와의 운명적인 만남을 기다리는 것처럼. 그리고 시간이 흘러, 그 운명적 존재가 태어났습니다. 바로 당신이 25년을 관찰한 '우디'. 당신과 우디가 연결된 것이 우연이라고 생각하십니까? 우디는 당신의 삶을 그대로 가지고 태어난, 당신이 환생한 모습입니다. 100년에 가까운 세월 동안 세상을 떠나가지 못했던 이유는 바로 당신의 환생, 즉 우디를 기다렸던 것이죠. 우디를 통해 당신의 지난 삶을 돌아볼 수 있는 특별한 경험을 원했던 겁니다. 오래 기다리셨습니다."

"...지금 그걸 믿으라고요?"

"믿기 어려우시겠지만 진실입니다. 하지만 안타까운 소식도 있습니다. 당신은 115년 전, 25살의 나이로 사망했습니다. 따라서 당신이 우디를 지켜볼 수 있는 시간도, 우디가 25살이 되는 순간 끝이 납니다. 당신이 사망한 날이자 우디가 태어난 날인 8월 30일. 얼마 남지 않았습니다. 당신이 이 세상을 영원히 떠나는 날이."

고드(Godd)는 말이 끝나기가 무섭게 정중히 인사를 하고 자리에서 일어난다. 아직 궁금한 것도 물어볼 것도 많은데.

"잠시만요! 하나만 물어볼게요. 제 이름은 무엇입니까?"

벤은 누구인가

"당신의 이름은 벤(Ben)입니다."

이름을 알려 주고는 순식간에 떠나 버린 고드(Godd). 어느 순간부터 나는 내 이름도 모른 채 떠돌아다녔다. 오래도록 몰랐던 내 이름. 이제야 알게 되었다.

내 이름은 벤(Ben).

그리고 저게 다 무슨 말인지. 침착하게 정리를 해 보자.

나는 115년 전, 2019년 8월 30일에 죽었다. 그런데 영혼의 상태로 떠돌아다녔고, 너무 오랜 세월 영혼으로 살다 보니 현실을 혼동하고 스스로 살아 있다 착각하기 시작했다. 그 과정에서 과거 기억을 모두 잃었다. 이렇게 이 세상을 떠나지 못한 이유는 내 환생의 존재인 우디를 만나기 위해서였다. 그리고 며칠 남지 않은 우디가 25살이 되는 생일날, 나는 사라진다.

인생의 이유와 의미는 인생이 끝나는 지점에야 비로소 알 수 있다. 왜 이 사람들을 만나고 왜 이런 상황에 놓이는지. 삶의 마지막 순간에서야 내가 왜 이런 삶을 살아야만 했는지 총체적으로 이해할 수 있다. 하지만 나는 그걸 깨달을 겨를도 없이 죽었다. 그것이 한이 되어 이승을 떠돌아다녔다. 내가 바란 건 단 하나. 내 환생인 우디의 삶을 지켜보며 내 삶을 해석해 보고 싶었다. 다른 인간들처럼.

믿기 어렵지만, 어느 정도 정리는 됐다. 하지만 풀리지 않는 의문. 나는 왜 죽었을까. 아무리 노력해도 기억이 돌아오지 않는다. 지난 25년이 주마등처럼 스쳐 지나간다. 지금껏 지켜봐 온 우디의 삶이 과거 내 삶이었다니. 어디까지가 똑같은 모습일지 기억이 지워져 알 수 없지만, 돌이켜 생각해 보면 항상 우디에게 알 수 없는 유대감을 느끼고 있었다. 또 하나 풀리지 않은 문제. 나는 '인간 기록원'이 된 적도 없었다. 아마 지금도 누군가 우디의 기록원으로서 활동하고 있겠지. 그동안 나는 우디의 모든 걸 직접 두 눈으로 가까이서 보고 있었던 것이다. 우디와 연결해 주는 탐지기? 기억을 지워 주는 약? 그딴 건 애초에 내게 주어진 적도 없었다. 그럼 우디의 감정과 생각은 어떻게 공유되었던 걸까. 모르겠다. 그냥 자연스럽게 느껴졌다. 서로의 정신이 연결돼 있던 걸까. 지금 이러고 있을 시간도 없다. 이제 정말 시간이 얼마 남지 않았다. 당장 우디를 보러 가야겠다.

2134년 8월 29일. 내일이면 우디와도 이 세상과도 이별한다. 다행히 우디의 정신 상태는 많이 좋아졌다. 우디 어머니의 건강도 더 이상의 악화 없이 유지되고 있다. 그래도 맘 편히 떠날 수 있을 거 같아 다행이다. 우디를 볼 수 있는 마지막 밤이 찾아왔다. 우디가 잠자리에 든다. 누워 있는 우디의 침대 옆에 다가가 앉는다. 오늘 밤, 우디에게 작별인사를 하려고 한다. 물론 듣지는 못하겠지만, 텔레파시가 통하길 바라는 마음으로.

벤은 누구인가

안녕 우디야. 25년 동안 한순간도 빠짐없이 너와 함께한 벤이라고 해. 물론 넌 내 존재도 알지 못하겠지만, 그래도 꼭 해 주고 싶은 말이 있어. 정말 고생 많았어. 지금까지 잘 자라 줘서 고마워. 나는 아직 혼란스럽긴 하지만, 이렇게 가까이서 인사할 수 있다는 것만큼은 감사한 일이라고 생각해. 철없던 꼬맹이가 벌써 이렇게 커서 많은 경험을 하고 있구나. 너의 모든 시간을 지켜본 내가 생각하는 네 인생을 바꿔 준 변곡점의 순간은 두 번이었어. 하나는 어머니의 병환. 다른 하나는 도로시.

20살이라는 이제 성인이 된 어린 나이에 너무 큰 충격과 아픔을 겪었지. 스스로 세상과 담을 쌓고 매일 울고 있는 너를 볼 때면 가슴이 미어졌어. 그래도 칭찬해 주고 싶은 건 어머니에게 너무 잘했다는 거야. 3년이 넘는 세월 동안 어머니 옆에서 늘 든든하게 지켜 드렸잖아. 모르긴 몰라도 어머니가 지금까지 잘 버티고 계신 건 분명 네 존재 덕분일 거야. 앞으로도 지금처럼 변함없이 대견하고 듬직한 아들로서 어머님도 아버님도 보살펴 드리길 바랄게.

그리고 성인이 되고서야 찾은 첫사랑 도로시. 너에게 정말 많은 깨달음을 주고 떠나갔지. 사랑을 주는 방식도, 사랑을 받는 방식도, 그리고 이별을 받아들이는 방식까지도. 누군가와 사랑을 나눈다는 게 얼마나 어려운 일인지 처절하게 느꼈을 거야. 열 번 잘해도 한 번 실수로 무너지는 게 관계고, 열 번 마음이 맞아도 한 번 오해하면 쉽게 망가지는 게 사람 마음이라는 거. 가장 아름다운 기억이 가장 아픈 기억이 되는 순간을 경험했을 거야. 그러나 여기서 제일 중요한 건, 이 모든 깨달음과 후회를 발판 삼아 성장했냐는 거지. 꼭 성장을 이뤘길 바랄게.

25년 동안 건실하게 커 오느라 고생했어.
남은 인생은 한층 더 성숙한 모습으로 당당하게 살아가렴.
너 자신을 믿고.
힘내자.
우디.

좋은 꿈이라도 꾸고 있는지, 곤히 잠든 우디의 입가에 옅은 미소가 드리운다. 새 지저귀는 소리가 아침이 밝았음을 알려 준다. 눈을 뜬 우디가 이상한 표정을 지으며 상체를 일으킨다. 잠시 생각에 잠기는 우디. 이내 혼잣말을 한다.

"이상한 꿈이네... 누구지..."

뭉그적거리며 침대를 나온 우디. 우디의 표정은 여전히 지난밤 꿈의 여운이 가시지 않은 듯하다. 잠시 후, 함께 식사하던 부모님에게 꿈 이야기를 들려준다.

"내가 어제 진짜 이상한 꿈을 꿨거든? 뭔가 낯이 익은 얼굴인데, 분명 처음 보는 사람이 나타나 가지고 갑자기 막 눈물을 흘리면서 고맙다는 거야. 또 많은 조언도 해 주고 사라졌는데, 전부 나한테 필요한 말들이었거든. 그리고 왠지 모르게 유대감이 느껴졌어. 마치 내 영혼과 대화한 느낌이랄까? 이상하게 의미심장한 꿈이야."
"아이고. 우리 아들 요즘 생각이 많더니 생일에 재밌는 꿈 꿨네~ 음... 꿈에 나온 사람이 해 준 말들... 우디가 스스로에게 항상 해 주고 싶었던 말 아니었을까?"
"그런가..."

소름이 돋는다. 내 말이 들렸던 걸까. 우디의 꿈에 내가 나타난 모양이다. 지난밤, 나와 우디는 정말 만났던 것일지도 모르겠다.

아침 식사를 마치고, 우디의 생일을 맞아 오랜만에 우디와 부모님은 시칠리아에 놀러 간다. 시칠리아에서 부모님과 행복한 추억을 남기는 우디의 표정이 밝아 보여 다행이다. 저녁이 되고 프라이빗한 룸이 있는 시칠리아 유명 레스토랑에 들어와 스테이크와 파스타까지 먹는 우디. 식사를 끝내고 나니 오후 7시를 넘어가고 있다. 수 세기가 흘러도 전 세계 공통으로 변치 않는 생일의 피날레 코스. 바로 케이크 촛불 불기다. 의도한 건 아니겠지만 공교롭게도 잠시 후면, 우디가 세상에 나온 정확한 시간인 "7시 9분"이 된다. 태어난 시간에 맞춰 생일 초를 불게 되다니. 이 또한 우연을 가장한 우리의 정해진 운명일까. 우디가 시칠리아 시내에서 신중히 골라 온 케이크를 꺼낸다. 테이블 중앙에 가지런히 올려 둔다. 작은 초를 꽂고 불을 붙인다. 우디와 부모님은 다른 룸에 방해가 되지 않게, 작지만 신나는 목소리로 생일 축하 노래를 부르기 시작한다.

노래가 끝나자 우디가 두 손을 맞잡고 소원을 빈다. 정적이 흐르는 순간. 시간은 7시 9분을 넘어간다. 느낌이 이상하다. 심장에서 먼 쪽부터 조금씩 몸이 사라지고 있다. 이제 정말 떠난다. 우디가 소원을 다 빌고 눈을 떠 촛불 앞으로 얼굴을 가까이 한다.

"후우..."

우디의 바람과 함께 피어오르는 연기.
그 연기에 섞여 나는 눈을 감는다.

Addio.

벤은 누구인가

"가장 고통 받았던 지난날들이
돌이켜 보면 인생 최고의 시간이다."

에필로그

촛불 연기와 함께 115년 만에 이승을 떠난 벤(Ben)은 저승에 도착한다.
저승의 거대한 문이 열리자 아는 얼굴이 보인다. 고드(Godd)가 벤(Ben)을
맞이하고 있다. 벤(Ben)은 어느 정도 예상은 했지만, 정말 고드(Godd)가
저세상 존재였다는 사실에 흠칫 놀란다.

"또 뵙는군요. 고생 많으셨습니다."
"역시 사람이 아니셨군요..."
"자, 이제 당신이 삭제한 그 과거의 기억을 되돌려 드리겠습니다. 천천히
눈을 감고 마음을 평온하게 만들기 바랍니다."

벤(Ben)이 눈을 감고 크게 한번 심호흡한다. 고드(Godd)가 손을 머리 위
로 들어 손가락을 한번 튕기자, 벤(Ben)이 단번에 정신을 잃고 쓰러진다.
잠시 후, 눈을 뜬 벤(Ben)은 심각한 두통을 느끼며 머리를 감싸 쥔다. 벤
(Ben)의 모든 기억이 돌아왔다. 자신의 삶도 죽음도.

1994년 네덜란드 암스테르담(Amsterdam)에서 태어난 벤(Ben). 놀랍게
도 벤(Ben)의 25년과 우디(Woody)의 25년은 거의 똑같았다. 둘의 성격과
가치관은 물론이고, 이들에게 발생했던 수많은 사건까지 굉장히 유사했다.
차이점이 있다면 배경이 된 국가, 도시, 장소 등 몇몇 디테일만 다를 뿐이었

벤은 누구인가

다. 우디(Woody)의 삶 속에서 발생한 다양한 사건의 배경이 되는 곳이 고향 이탈리아를 비롯해 스페인, 프랑스 등으로 넓었다면, 벤(Ben)의 삶은 이 모든 것들이 오직 네덜란드에서만 일어났다. 즉, 우디(Woody)의 인생은 벤(Ben)의 인생 확장판이었다고 할 수 있다.

그리고 가장 의문스러운 벤(Ben)의 죽음. 때는 2019년 8월 30일, 여름휴가를 맞아 3명의 친구와 요트를 빌려 북극해 빙하 투어를 떠난 벤(Ben). 하지만 북극해의 거센 파도에 벤(Ben)은 뱃멀미가 심해져 선실로 내려가 약을 먹고 깊은 잠에 들었다. 그리고 벤(Ben)이 잠든 사이 갑자기 하늘은 먹구름에 먹혀 버리고 폭풍우가 몰아쳤다. 요트는 조종이 불가능한 상황에 이르렀고, 결국 빙산과 충돌하고 말았다. 충돌과 동시에 요트에는 물이 들어찼고 삽시간에 가라앉기 시작했다. 약에 취해 몽롱한 벤(Ben)은 상황 파악도 안 된 채 잠에서 깼고, 벌써 많은 물이 차오르고 있는 선실 내부를 발견했다. 선실 밖 데크에 나와 있던 친구들은 눈 깜짝할 사이 벌어진 사고에 당황하며 벤(Ben)의 존재를 까맣게 잊고 구명보트로 바로 탈출해 버렸다. 설상가상 물에 잠겨 선실 문은 열리지 않았고, 벤(Ben)은 선실에 갇혀 친구들을 목 놓아 부르짖었다. 그러나 그들은 이미 떠나가고 없었다. 자느라 구명조끼도 입고 있지 않았던 벤(Ben)은 그대로 선실에 갇힌 채 얼음보다 차가운 바닷속에 잠기고 말았다. 그렇게 벤(Ben)은 심장마비로 외롭고 고통스럽게 삶을 마감해야 했다.

그러나 충분히 살 수 있었던 억울한 죽음을 맞이한 벤(Ben)은 이 세상을 떠나지 못하고 영혼의 상태로 떠돌아다녔다. 삶을 되돌아볼 기회조차 없이. 삶의 의미와 이유를 생각해 볼 시간조차 없이. 갑작스레 찾아온 죽음에 벤(Ben)이 바라던 것은 단 하나. 어떤 식으로든 자신의 인생을 돌이켜 보며 해석해 보는 것. 물론 도중에 기억을 잃어 그 목적을 잊어버렸지만, 결국 우디(Woody)라는 자신이 환생한 존재를 만나 바라던 목표를 이루었다. 우디(Woody)가 선천적으로 심장이 좋지 않았던 이유도, 벤(Ben)의 죽음이 심장마비였기 때문이다. 또 어쩌면 우디(Woody)가 바다에 빠지려는 순간, 벤(Ben)이 참지 못하고 구하러 달려간 것도 과거 자신이 바다에 빠져 죽었기 때문이 아니었을까. 우디(Woody)만큼은 그 고통을 느끼지 못하도록 하기 위한.

모든 진실을 알게 된 벤(Ben)은 우디(Woody)가 본인과 같은 결말이 아니었다는 것만으로도 다행이라며 미소 짓는다. 모든 기억을 찾은 벤(Ben) 앞으로 고드(Godd)가 다시 다가온다.

"기억이 돌아오셨나요? 기분이 어떠십니까."
"네. 기억도 돌아오고 속 시원한 기분입니다. 이제 미련 없습니다."
"좋습니다. 자, 그럼 들어가시죠."
"네. 갑시다."

벤이 가질 수 없었던 25살 이후의 삶은 이제 우디가 이어받는다.

벤은 누구인가